医者札记系列

总主编/总策划　韩启德

协和妇产科
医生手记

谭先杰　著

人民卫生出版社
·北京·

图书在版编目（CIP）数据

协和妇产科医生手记 / 谭先杰著 . —北京：人民
卫生出版社，2022.9（2022.10重印）
ISBN 978-7-117-33302-3

Ⅰ.①协… Ⅱ.①谭… Ⅲ.①纪实文学 – 中国 – 当代
Ⅳ.①I25

中国版本图书馆 CIP 数据核字（2022）第 113315 号

协和妇产科医生手记
Xiehe Fuchanke Yisheng Shouji

著　　者	谭先杰	
出版发行	人民卫生出版社（中继线 010-59780011）	
地　　址	北京市朝阳区潘家园南里 19 号	
邮　　编	100021	
印　　刷	三河市宏达印刷有限公司（胜利）	
经　　销	新华书店	
开　　本	880 × 1230　1/32	印张：12
字　　数	237 千字	
版　　次	2022 年 9 月第 1 版	
印　　次	2022 年 10 月第 2 次印刷	
标准书号	ISBN 978-7-117-33302-3	
定　　价	59.00 元	

E – mail　　pmph @ pmph.com
购书热线　　010-59787592　010-59787584　010-65264830

打击盗版举报电话　010-59787491　　E-mail　WQ @ pmph.com
质量问题联系电话　010-59787234　　E-mail　zhiliang @ pmph.com
数字融合服务电话　4001118166　　　E-mail　zengzhi @ pmph.com

序

谭先杰大夫出了这本新书，让我说几句话，我倒也是忍不住要讲一讲的。

我欣赏"手记"的书名，手记或者笔记，比较轻松、洒脱、自然。我们想起伟大领袖列宁的《哲学笔记》，我在 20 年前也写过《妇科手术笔记》。虽然叫笔记，但是可以体会到列宁的笔记是讲辩证逻辑，讲哲学批判；手术笔记是讲外科思维，讲手术技术。所以我们在写笔记时，实际上具有一种庄严的神圣感、仪式感。我们可以在汽车上、火车上、飞机上想问题，但当我们坐下来书写的时候，哪怕敲键盘，我们是庄重的、认真的、负责的，因为医生的笔记都与人的健康与生命相关，与生老病死相通。我一直认为这是和自己或别人的一种对话、一次感验，那是尊重的、坦诚的、严肃的。

谭大夫在书里写了医生，写了医学，写了病人，写了家人，写了同事，写了工作，写了学习，写了生活，也写了爱好，都是非常感人的，写得都像故事，但我以为并不是故事，而是真实的写照。编故事是作家的事儿，医生的本职和医学的本源是真，包括我们对疾病的诊断治疗，包括我们和病人、和同事的谈话，真可能是我们最重要的底色了，当然还有善良，还有美好。这一切构成了谭大夫写作的基本背景。

我想起著名画家冯远的名画《世纪智者》，里面有我们敬爱的林巧稚大夫。一个妇产科医生，毕其一生为妇女和儿童服务，应该是伟大的，但能与马克思、爱因斯坦、居里夫人等共享其尊，令人震撼与深思！一个妇产科医生，为什么会成为智者呢？每一年我们评出中国优秀的妇产科医生，颁授"林巧稚杯"，在颁奖词里我这样写道："我们和许许多多被她救治，被她教育，被她感动的人们一样，永远谨记她留给我们的珍贵礼物：对知识和技术的渴望，对真理的追求和理解，对人的善良、同情和关爱，以及用毕生力量改善人与社会健康的智慧。"

我们以此纪念林大夫、学习林大夫，也以此做人、做医生、做工作，把改善人与社会健康作为我们的神圣职责。我想这是我们行医作文的出发点，也是我读了谭先杰大夫这本书的一点感想。

不是序，权作为序。

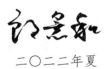

二〇二二年夏

刀笔之力，医文同发于腕；

医文之功，养成于心。

如愿老先生教授以共勉

二〇二二年十一月八日

景和

前　言

在 30 年的从医生涯中，我见证了许多生离死别、病痛愁苦，也看到了世间百态、善恶美丑。但在本书中，我只想展现人生中阳光的一刻，医学中温暖的一面。轻松有趣，真实真诚是我希望的主基调。

说是写，其实多半是晚上或出差途中在电脑上断断续续敲出来的。所谓手记，旨在强调本书的纪实性和原生性。书中故事皆来源于我真实的从医经历和生活经历，人物名字有的是为保护患者隐私，使用了假的，但故事都是真实的。我只如实讲述，缺乏加工创造，还未高于生活，称不上是艺术，便姑且称之为手记。

其中一些文章曾陆续发布在自媒体平台上。幸运的是，多篇文章的阅读量都超过了 10 万次，被《人民日报》《健康报》和新华社、中央电视台等主流媒体刊发或转发。一篇文章还被中央电视台《面对面》栏目选用，以此为蓝本制作了一期名为《手术背后》的访谈。

第一章《身为医生》所讲述的就是发生在妇产科手术前后的

故事，有患者的担心，医生的纠结；也有患者的无助，医生的悲悯；更有医生和患者之间的互信和互助。

第二章《诊间随笔》收录了我近年发表的一些医学随笔，有的涉及专业知识，但并非系统的医学科普，而是对患者的温馨提示，对同行的善意提醒。有俏皮说事的时候，也有严肃呼吁的时候。如友邻的闲散聊天，平淡如水，却诚意满满。

自 1992 年进入北京协和医院，除出国进修学习、援疆支农之外，我一直学习和工作在这座青砖碧瓦的医学圣殿中，被时光雕刻出一道道的印记。第三章《协和印记》从我差点与协和擦肩而过开始，到有幸进入协和妇产科、考取博士研究生，再到参加国际会议、热心女性健康科普，最后以纪念和学习人民医学家林巧稚大夫结束。对协和，对妇产科，对前辈，对同事，我感恩于心。

作为医生，我在周末也偶尔出差讲课和参加学术活动。在飞机上、火车上，我都曾被呼叫参加抢救，有的甚至发生在当医学生的时候。多半是救旅客，也偶有自救。这些经历汇集在第四章《医在旅途》。最后那篇《一个医生吞下尖硬枣核之后》同时被《人民日报》和新华社微信公众号转发，您不妨先读。只是提醒您，可千万别笑岔了气。

穿上白大褂，我是医生；脱下白大褂，我是普通人，是父亲，是兄长，是儿子，生活中既有亲情友爱、阳光灿烂，也有尴尬局促、胆战心惊。第五章《百味人生》中的故事有趣有料，可能会让你笑痛肚子，笑出眼泪，也可能会感动到你，可称是生活的本色。医生的生活多半是严肃枯燥的，但我希望通过写作，通过讲述，让人们感受到医生温暖有趣的一面。

感谢人民卫生出版社编辑老师们的审核把关和文字润色，作者与编辑之间一次次字斟句酌的较真和"较劲"，都是美好的记忆，甚至可以写成一本书；感谢韩启德院士对样书的审阅和提出的宝贵建议，韩院士作为医学前辈和领导人，为一名晚辈医生所创作的医学人文作品倾注如此大的心血，令人感动；感谢老师郎景和院士一如既往的支持，不仅审阅书稿后欣然作序推荐，还在样书出来后书赠条幅勉励——一位著作等身的老师对一名喜欢写作的学生的走心鼓励；感谢乔杰院士、毕淑敏老师、袁钟教授、王一方教授等前辈老师的鼎力推荐；感谢师弟冯唐和好友@六神磊磊等朋友的大力支持；感谢为本书提供素材的患者朋友；感谢家人的支持。最后，也要感谢读者朋友你慧眼识"珠"，拿起这本书，读下去，甚至传下去……分享是一种快乐，于你于我，都是如此。

谭先杰

2022 年初夏

目　录

第一章

身为医生

出门诊，做手术，是妇产科医生的日常。手术前后，有时甚至是跨越数十年的医患故事。

第二章

诊间随笔

多半是在出完门诊之后，或等待手术开台之前的灵光一现，庄谐成趣，并包含健康知识。

第三章

协和印记

自 1992 年进入北京协和医院，在这座青砖碧瓦的医学圣殿中，
学习和工作的时光在我的心中刻下深深的印记。

第四章

医在旅途

旅途不仅激发灵感，也考验人性和良知。

无论是在绿皮火车上，还是在飞机、高铁上，闻声而动，与其说
是提供帮助，不如说是医者本能。

第五章

百味人生

穿上白大褂，我是医生。脱下白大褂，走在人群中，我是一个普通得不能再普通的人，生活中有阳光灿烂，也有尴尬局促。

有笑，有泪，才是生活的真味。

第一章

身为医生

"有时是治愈，常常是帮助，总是去安慰"是加拿大医生特鲁多的名言，也是医学的现状。

出门诊，做手术，是妇产科医生的日常。手术前后、手术背后，甚至跨越数十年医患故事的字里行间，是人性的温暖，是医学的温度，更是从医的初心。

手术背后

我不是一个优秀的医生，因为，我不够单纯，想得太多！

但我是一名合格的医生，因为，我敬畏生命，尽心尽力！

一

小昭很年轻，娃娃脸，笑眯眯地和妈妈一起进入诊室。

刚进诊室，我的助手就说："这儿不是产科，您是不是走错啦？"

"没错！"小昭妈妈很干脆地说。

等小昭把衣服撩起来，连我都惊呆了——腹部膨隆，整个儿就像一个即将分娩的孕妇，而且是双胎孕妇！更让人崩溃的是，检查起来肿物周围一点缝隙都没有，丝毫推不动！

小昭说她 29 岁，近两年来一直在减肥，但效果不好。最近一个月，她感觉走路越来越沉重，晚上也不能平躺，连呼吸都困难。于是，小昭先去看了外科，CT 报告说这个肿瘤直径有 30 厘米，可能来源于妇科，所以她就从网上抢到了我的号。

凭直觉，我认为肿瘤是良性的。但无论什么性质，手术风险都不会小——突然从腹腔中搬出这么大个东西，血压会维持不住，搞不好就会呼吸心跳停止！果然，小昭说她去过好几家医院，都建议她到协和看看。

我告诉小昭，我近期要出国开会，不能安排手术，因此建议她去找其他医生看看。如果需要，我可以帮她推荐医生。这时，小昭妈妈才说她和我中学同学的妈妈是亲戚，在网上查了很多我的资料，非常信任我，还说她同学曾经给我发过微信。我翻看微信，发现旅居美国的同学前段时间的确给我发过微信，只是我默认已经阅读回复了。

我有些内疚，但隐隐有些犹豫。行医这行当，似乎有一个攻不破的魔咒——越是熟人，越容易出问题，而且往往是大问题！虽然如此，我也很难让她去看其他大夫了，我无法拒绝小昭妈妈那信任的眼神。

二

我让小昭去查大便常规和潜血。如果大便潜血阳性，就有可能是胃肠道肿瘤。我还让小昭到麻醉科会诊，做术前评估——后来证明，这是最明智的一步。

大便潜血回报阴性，很大程度上排除了胃肠道肿瘤的可能。按照惯例和规则，我将小昭的病情提交妇科肿瘤专业组讨论，请老教授和同事们共同拿主意。

我特意让小昭来到讨论现场，因为我有一个小小的心思。

近年来，人们对医学的期望值越来越高，一旦出现问题，有时难以接受，导致大大小小的医患纠纷越来越多，医生们的胆子也越来越小。某些医院高风险的手术能不做就不做，这大概也是那几家医院不肯接收小昭的部分原因吧。

所幸，协和仍然坚守有一线希望，就付出百分之百努力的信念！但我感觉，大家的勇气似乎也有些打折扣。因此，我担心如果不让小昭到现场，只根据影像学片子判断，讨论结果可能会是不做手术。但是，如果大家看到一个活生生的年轻人，就可能改变主意。

事实证明我完全多虑了！

小昭进来之前，讨论就达成了共识：手术一定要做，否则病人没有活路！

三

我告诉小昭，床位紧张，需要等很长一段时间，如果情况加重，只能去急诊。小昭说她家经济条件还可以，希望住国际医疗部。

这倒是解了我的围，但我并不希望她住国际医疗部。一是肿物的良恶性尚不明确，如果是恶性，在国际医疗部将花费很大；二是手术难度可能很大，一旦发生意外，花费更是难以估算；三是一旦结果不好,或者医疗过程有瑕疵,追究起来后果更严重——诉求通常是和付出成正比的。

然而,小昭的丈夫执意要住国际医疗部,我也就没再坚持。

两天后,麻醉科主任黄宇光教授在走廊遇到我,说:"小昭的麻醉风险非常高,但不做手术太可惜。到时候,麻醉科会全力配合!"

这让我吃了一颗定心丸。

四

3月29日,清明小长假前的周三,小昭住进了医院。

由于CT报告肿瘤压迫输尿管,所以计划30号上午放置输尿管支架管,防止术中损伤。然后再进行血管造影,阻断肿瘤的供血动脉,减少术中大出血的危险。3月31日,也就是周五,进行手术。

然而,周五的手术已经排了不少,小昭的手术可能要在下午晚些时候才能开台。一旦前面的手术不顺,小昭的手术就有被取消的风险。正在四处协调的时候,我接到了黄宇光教授打来的电话。他说小长假前做这样大的手术很危险,如果出现意外,搬救兵都困难,因此建议假期后再做。他说,如果需要,他亲自保障。

我感动得差点落泪,为我自己,也为病人。

于是，小昭暂时出院了。

五

4月4日，周二，清明小长假的最后一天，小昭再次住进医院。

4月5日，周三，上午，输尿管支架管如期放置。

按理说我的心可以放下了，但事情出现了一些变化。

前来会诊的外科医生警告我说，肿瘤已经把下腔静脉完全压瘪。这种对静脉的长期压迫和对肠管的长期压迫可能导致粘连和异生血管，搬动肿瘤过程中可能撕破大静脉，导致难以控制的致命性出血！

我当然害怕这种情况，病人死于台上，无论如何是难以交代的。

我的压力陡然增加。

不仅如此，由于小昭在国际医疗部手术，医务处接到病情汇报后，要求我们进行术前谈话公证，目的是让家属知道病情的严重性和医生的严肃性。程序是必需的，但时间来不及了。律师说要第二天上午11点半才能来医院，而小昭的手术10点左右就会开始。前一天输尿管支架管放置之后，小昭出现了血尿，而且腰很痛。下午她还要去做创伤更大的血管造影和栓塞，之后可能会发热，所以手术绝不能后延！

于是，我在出门诊的过程中自己和律师沟通，公事私办，恳求他们第二天 8 点半做术前谈话公证。

六

4 月 5 日，周三下午，血管造影如期进行，我同时得到了一个好消息和一个坏消息。好消息是肿瘤血供来源于髂内动脉，这基本肯定了老教授和我的判断——巨大子宫肌瘤。坏消息是从造影中无法判断肿瘤与下腔静脉和肠系膜血管有无交通，而且肿瘤和周围器官似乎有粘连。

我再次与小昭的丈夫和妈妈谈话。小昭妈妈对病情的严重性似乎很理解，只是显得非常焦急。小昭丈夫却似乎很淡定，不停地安慰岳母，说医生总会有办法的。

这让我有些不安。我给美国同学发微信询问这家人对手术的期望，甚至更直接地问，一旦手术失败甚至病人死于台上，他们能否真的接受。

同学回复说小昭丈夫人很好，之所以"淡定"是不想让一家人都陷入混乱状态。

七

忙完回到家，已是晚上 7 点多，敲门却无人应答。开门后，我看见闹钟上别了一张纸条：

饭在锅里，菜在微波炉里，自己热一
下吃。烤箱里有一只虾，别忘吃！我俩出
去遛弯儿了，一会儿回。

我突然心一酸！是啊，我不是扁鹊、华佗，只是一个普通医生。病人需要活下去，我也需要工作，需要养活家人。医生为患者担当了如此的风险，会有人问我们，值得吗？

四年前，同样是同学介绍，同样是浴血奋战，同样是出于好心，同样是在国际医疗部，因为规则问题，我得到了一次大大的教训。病人输不起，我同样输不起！

于是，我在朋友圈发了家人留下的小纸条的图片，并配了这样一段话——

家人：这也是家常便饭！
病人：开弓没有回头箭！您信任我，我便全力以赴。天佑病人，天佑我！共同搏一把！

理解的朋友很多，有安慰，有理解，有鼓励……
一位知名电视栏目的编导再三表示希望实时报道，也被我婉言谢绝。
我需要心无旁骛！

八

其实，我更需要的是有人帮我分担压力，或者更确切地说，是分担责任！太太不是医生，并不懂我们这行的难言之隐。这个时候，我想起了老师——郎景和院士。

我给郎大夫打电话，不通。他前几天去了英国，也许还没回来。我只好试着给他发短信，问周四上午他是否在医院，有事求助。他回复："好的，上午在呀。"随后，我给他发了一条比较长的信息，简单叙述了病情和我的担心。郎大夫很快回复："到时候叫我。"

九

忙完这些，我对正在收拾书包的小同学说："爸爸明天有一台很困难的手术，咱们早上可不可以麻利些，这样爸爸送你到学校后，就能到医院好好吃顿早餐！"

小同学爽快地答应了。

我一直认为自己心理素质不错，尽管考试前会紧张，但一上考场就没有问题。很长一段时间，我都是一上床就睡着。但那天晚上，我的脑海中却一遍遍地预演着手术，想象着可能发生的危险和对策，前半夜居然睡不着了。没办法，我起来从冰箱里拿了一听啤酒，喝完后便很快睡着了。睡眠时间不算长，但质量颇高，起来之后神清气爽。

小同学没有忘记前一天晚上的承诺，穿衣刷牙洗脸一气呵成，我们提前到了学校。在校门口，小同学歪着头对我说："爸爸，您好好手术吧！今天我很乖，是吧？"

我摸了摸他的头，骑着前一天刚买的电动自行车，前往医院。

不到两年，我丢了两辆电动自行车。心疼之余，我安慰自己就当是破财免灾。是啊，对于外科医生，手术意外就是灾难。若果真如此，自行车也算丢得值了！

十

4月6日，听起来很吉利的日子，至少比清明让人感觉舒服。连续几天雾霾的北京，居然晴朗了不少。

7点半，我来到郎大夫办公室，向他详细汇报了病情。郎大夫让我手术开始后通知他。他说上午有讲演，但可以随时电话，手术优先！临走前，郎大夫告诫道："第一，切口不要贪小，否则一旦出血，止血很困难；第二，如果能把瘤子完整分离出来，就基本成功了；第三，任何情况下都不要慌乱，有我在呢！"

从郎大夫办公室出来之后，我连走路都轻快了很多。

8点整，查房。我问病人睡得如何，她说后半夜睡不着，还问我是不是也没有睡好。我肯定地回答说我睡得很好！因为我要让她相信，我是在精神百倍地给她手术。

精神百倍一点不假，因为一种名为儿茶酚胺的物质已经在起作用，它让人投入战斗！

十一

8点半，律师到达病房，而小昭妈妈似乎对公证的烦琐程序有些不高兴，认为这"污辱"了她对我们的绝对信任。

至此，万事俱备，只等开台！

十二

9点半，第一台手术结束。患者是一名4个月大的女婴，生殖道恶性肿瘤。这就是医生眼中的"人生"——有的不幸，还有的更不幸。

10点整，小昭被接进手术室，黄宇光主任和病人打过招呼后，回过头重重地拍了拍我的肩。

他亲自给小昭输液，开局很顺利。

然而，小昭很快说头晕，并问是不是低血糖。其实，应该是仰卧位低血压综合征。病人的腹部像小山一样隆起，比足月妊娠更壮观。这样大的包块压迫到下腔静脉，血液不能回流，血压自然就低了。

所幸小昭很快被麻倒。

由于担心手术中大出血危及生命，麻醉后需要进行深静脉穿刺，以便快速补液，还要进行动脉穿刺，以监测动脉压力。静脉穿刺比较顺利，但动脉穿刺遇到了困难。小昭的血管都瘪了，纵然是黄主任亲自上手，也遭遇了麻烦。

黄主任手一挥："不要再等，消毒开台！"

十三

10 点 35 分，再次核对病人和病情之后，手术宣布开始。巡回护士通知了郎大夫。

一刀下去之后，我此前所有的紧张和不安都消失了。关于可能出现医疗纠纷的担心，也不知道去了哪儿。我的全部精神在刹那间集中了！这个情景我并不陌生。作为曾经的"学霸"，这就像是每次考试一打开试卷，我就不会再紧张了一样。

瘤子的确太大了，而且血管非常丰富，和周围还有粘连。我们细心地一处处将粘连分解后，瘤子被完整地从腹腔中搬了出来！我们将情况简要汇报给郎大夫，并告诉他可以继续讲演。

我和助手一层层剥离瘤子表面的包膜，一根根结扎血管，最后居然一滴血都没有出，瘤子被完整地剥了下来，子宫留下了！

黄主任和我一起端着这个比两个足球还大的瘤子到家属等候区，小昭妈妈双手合十，当场就哭了……

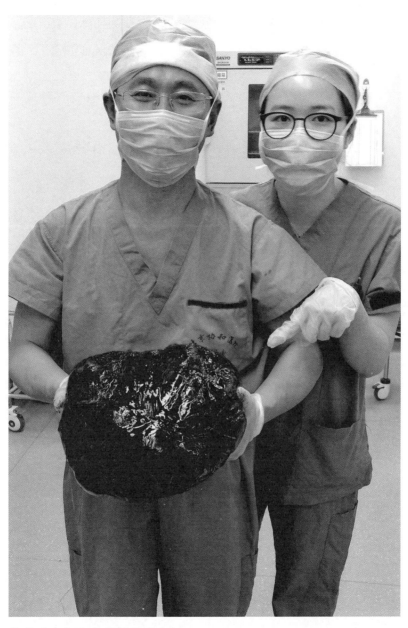

作者（左）和主管医生（右）

十四

　　病人被平车推出手术室进入麻醉恢复室后，我和主管大夫抱着瘤子拍了一张"庆功照"，笑容灿烂，皱纹都出来了。

　　然而，进入医生休息室，我一下瘫坐在沙发上。

　　是啊，我并不是一名优秀的医生。因为，我不够单纯，想得太多！但我似乎又是一名合格的医生，因为，我敬畏生命，尽心尽力！既然答应给小昭手术，就要想办法，创造条件，精心准备，寻求帮助……

　　就像一支已经满弓的箭！

　　我拿起一张废弃的麻醉记录单，写下几句话，作为对这段协和医事的记忆：开弓没有回头箭，千方百计总向前。幸有良师左右扶，一箭中的终延年！

后记

　　小昭出院时给麻醉科黄宇光教授和我各送了一面锦旗。细读之后，我才发现都是嵌有名字的藏头诗。

　　我将这个故事的初稿打印出来，呈给导师郎景和院士指正。郎大夫在南下长沙讲课的飞机上，写下如下点评，令我感动不已：

　　谭先杰大夫为我们细腻地描述了一个有惊无险的病例，如同一幅朴素的工笔画，几个人物栩栩如生，跃然纸上。

有情理，有磁力；有情景，有思想。

这也是爱的图解，对病人，对职业；医患间，同事间。

就从医而论，也体现了"不打无把握之仗""有备无患"的基本原则和策略——最后的具体手术似乎并不那么复杂惊险了，这正是之前充分准备的结果，否则一定会荆棘丛生，危机四伏！

这里，也还印证了我常说的另外一句话：外科手术，决策占75%，技巧占 25%。

决策、设计、计划是决胜的关键。

郎景和

二〇一七年六月九日

于南下途中

潘先生大夫的我们细腻地描述了一个有惊无险的病例，如同一幅扫素的工笔画，几个人物调训如生，跃在纸上。

有情理、有磁力；有情景、有思想。

这又是爱的图解，对病人、对船士；后生向、同事向。

说毕底为论，又体现了不行无把拓，仗"艺高胆壮"的是基本原则和策略——再高明的体手术（以手术不那么复杂惊险），这正是万事充分准备的结果，否则一定会荆棘丛生、危机四伏！

这里，又让记呀我常说的另外一句话：外科手术，决策占75%，技巧占25%。

决策、设计、计划是决眼的关键。

郎景和
二〇一二年六月九日
于南下途中

郎景和院士的点评

九岁女孩

在刀尖即将碰到女孩柔滑细腻的皮肤时，
我的心突然抽紧了一下，感到握刀的手有
些颤动。

在刀尖即将碰到女孩柔滑细腻的皮肤时，我的心突然抽紧了一下，感到握刀的手有些颤动——这是很少出现的状况！上一次我自己感觉到手有颤动是在空腹喝了一杯超浓的咖啡之后。而这次我没有喝咖啡，难道真是老了？

一

小荷是一个 9 岁的女孩，小学四年级学生，南方人。两周之前，小荷早上小便后发生腹痛，还伴有呕吐。父母以为只是受凉了，也不想耽误她学习，心想扛一扛也许就过去了。第二天，小荷还是说痛，去当地医院输了液之后，腹痛缓解，但是超声检查显示她的盆腔有一个直径大于 6 厘米的实性肿物！小荷父母很着急，五一假期就带着她来到北京。

在门诊接诊小荷后，我建议尽快给她进行腹腔镜检查。小女孩，尤其是青春期前女孩的盆腔肿物要特别引起重视，警惕卵巢恶性生殖细胞瘤等恶性肿瘤。当然，也可能是良性的卵巢囊肿蒂扭转。无论哪一种，都需要及时手术。现在一般推荐腹腔镜手术（从肚脐处开一个 1 厘米长的切口，放入摄像镜头，使腹腔器官的影像在显示器上显示，然后在左、右下腹部各切开一个 0.5 ～ 1 厘米长的切口，放入特殊器械进行操作）。

二

周五，小荷办理了住院，确定两天后手术。

周日，我去术前访视，小荷安安静静地坐在桌子前画画。我和她聊了聊学习，鼓励她别害怕。小荷抬头看着我，似乎一点儿也不害怕。然而，我却有些害怕。

我让值班医生给小荷约一个超声检查，因为我担心如果术中没有盆腔肿物，开空的损失就大了。超声复查显示盆腔包块仍然存在，提示可能是扭转的卵巢。这对手术来说当然是有利的消息！如果是扭转的卵巢，手术中复位后，说不定能"起死回生"。

我叮嘱值班医生一定要让麻醉科大夫来看病人。值班医生说，麻醉科大夫已经看过了。是的，确实是我多虑了。对于这样的"小"病人，麻醉科自然更为重视。

三

　　周一上午 10 点，手术室通知接病人。去手术室的途中，我在电梯里遇到了小荷妈妈，眼睛红红的。我安慰她包块多半不会是恶性，别太焦虑。其实，我自己也有些焦虑。3 年之前，我给一个 14 岁的女孩做过手术，初二学生，罕见的卵巢恶性肿瘤，不到半年就走了。3 个月前，我给一个 18 岁的女孩做过手术，大一学生，同样的疾病，还在化疗……

　　事不过三！我真的希望。

四

　　走进手术室，小荷已经从平车上被转移到了手术台。护士和麻醉医生正在做核对和准备工作。小荷毕竟还太小，有些紧张，差不多就要哭了。输液的护士鼓励她："就疼一下下，像被蜜蜂扎一下。"她还让小荷看墙上的显示器上循环播放的各种卡通图片，色彩艳丽，非常漂亮。终于，小荷放松地笑了。

五

　　一切就绪，手术开始。

　　拿起手术刀，就出现了本文开头的一幕。我没有喝咖啡，而且这是我当天第一台手术，手部一点儿都不疲劳，怎么就开始抖了呢？小时候我干过农活，从劳动锻炼中受益颇多，臂力和握力都很好。无论写字、手术，甚至是倒立，手部的稳定性都很不错。难道是对手术没有信心？应该不是。手术不大，也并不困难。

是因为小荷是个小孩子，而我自己也有小孩！我不忍心在小荷的肚子上开刀，更不希望她像前两个女孩那样。当然，我也担心操作意外……

六

像小荷这样瘦小的小孩，手术风险的确比成人要大得多。小荷太瘦了，不仅腰没有 A4 纸宽，厚度也就差不多一沓 A4 纸。从肚脐上可以清楚地看出腹主动脉搏动。

腹主动脉是人体最大的血管之一，其旁边还有更让医生感到危险的下腔静脉。腹腔镜手术需要建立人工气腹（在腹腔内注入二氧化碳排开肠管，暴露手术部位），气腹针和进入腹腔用于观察腹腔情况的套管的穿刺切口就在血管的正上方。特别瘦的人的这两根血管离前腹部切口的距离很近，而这两次穿刺都是凭感觉进行，是所谓的"盲穿"。之后的操作是在直视下进行，相对安全。

七

我停了一下，吸了一口气，找回了感觉。切开皮肤，平稳穿刺，两次突破感，气腹针穿刺成功！但在穿刺直径 1 厘米的套管针时还是遇到了困难。小荷的腹部没有经过怀孕拉伸，腹壁很薄却很韧，所以需要使劲，却又不敢使劲。这两步操作平时都是由助手完成，但这次，我越俎代庖了。不是对助手没有信心，而是对自己更有把握，就像自驾游时总喜欢抢方向盘一样。

八

　　检查发现，小荷的右侧盆腔有一个包块，已经被大网膜粘连包裹（大网膜即胃结肠韧带，是连接胃与横结肠的类似围裙状的结构，富含脂肪及血管，有观点认为其主要作用是保护胃肠道和储备能量）。分离粘连后显示，果然是右侧卵巢囊肿蒂扭转，扭了 3 圈，表面紫黑，已经坏死发炎，导致周围的大网膜粘连包裹。

　　卵巢囊肿蒂扭转为常见的妇科急腹症。约 10% 卵巢肿瘤并发扭转，好发于瘤蒂长、中等大、活动度良好、重心偏于一侧的肿瘤。常在患者突然改变体位时，妊娠期、产褥期子宫大小、位置改变时，或憋尿再排尿后发生蒂扭转。急性扭转后静脉回流受阻，瘤内极度充血或血管破裂，瘤内出血，致使瘤体迅速增大，后因动脉血流受阻，肿瘤发生坏死变为紫黑色，可破裂和继发感染。蒂扭转一经确诊，应尽快行手术。

九

切除已经扭转的肿物最安全，也最省事，但是这样小荷就会失去一个卵巢。我们将扭转的卵巢复位，用热水浸泡观察一段时间，希望其表面色泽能够改善，这样就有可能被保留。然而，奇迹没有出现。助手依然不想放弃，说肿物剔除之后，剩下的卵巢没准儿色泽会恢复呢？

由于包块的良恶性还不清楚，我们将一个特殊的塑料袋（标本袋）放入腹腔中，将肿物保护起来，切开肿物表面，尝试剔除肿物。如果肿物里面流出油脂和毛发，那多半是囊性成熟性畸胎瘤。遗憾的是，内容物是糟脆的组织，应该是完全坏死的卵巢组织，但也可能是恶性生殖细胞肿瘤！

小荷的甲胎蛋白（血清中的一种物质）不高，说明至少不是最恶劣的卵巢卵黄囊瘤，但有可能是未成熟畸胎瘤或者卵巢无性细胞瘤。无论如何，剔除肿物留下卵巢是不可行的了。

十

快速病理回报初步考虑肿物是坏死组织，暂时没有发现恶性细胞。我们第一时间将结果告知了小荷妈妈。小荷妈妈喜忧交加。喜的是，目前看来，肿物不是恶性。忧的是，孩子毕竟失去了一侧卵巢。所幸，大自然为女性准备了一左一右两个卵巢。留下来的卵巢，足以支撑小荷生儿育女。

十一

　　显而易见，手术本身并不复杂，是我的内心比较复杂而已——不用说给小孩做手术，每次看见小孩进手术室，我就难受。我儿子一岁多的时候，就进了一回手术室。

　　那是大年三十的前一天，刚刚学会走路的儿子不小心摔了一跤，嘴磕到了路边的水泥刺上，上唇及部分上颌被劈成了两半。家人打车将儿子送来医院，他裂开的上唇还有血迹，但已经不哭了，一直低头玩那种很小的弹力玩具车。

　　儿子被带进手术室，最初能听见哭闹，后来就听不到了。虽然我说缝好了就没事了，即使有瘢痕，将来留胡子就没有关系了等等，但实际上，我非常担心，会不会发生麻醉意外、心脑血管意外、术中出血、术后感染、伤口裂开……在手术室门口等待的那一个小时，仿佛是一个世纪。既希望护士出来叫我，又害怕护士出来叫我……

　　儿子的伤口是美容缝合，愈合很好。儿子长大了，说一点儿都记不得进手术室的事了，但我却一直记得，以至于后来遇到类似场景，我的心就有些哆嗦——孩子多遭罪，父母多揪心啊！

　　因此，给小孩子做手术，更是万万不能失手。如履薄冰，如临深渊！这应该就是我哆嗦的原因。当然，也是年龄问题。只不过，是小荷的年龄，不是我的年龄。

十二

故事讲完了，作为妇科肿瘤医生，给有缘看见这本书的朋友几点建议。

第一，女孩在青春期之前或者青春期出现腹痛、呕吐，不要轻易认为是受凉或者吃东西不卫生，要第一时间去医院就诊。留给医生手术复位卵巢和保留卵巢的时间，通常不超过 24 小时。

第二，如果被诊断出有不大不小、直径 4 ～ 5 厘米的卵巢囊肿，医生认为暂时不需要手术，或者由于医院床位紧张或自身工作、学习原因在等待手术，一旦发生剧烈腹痛，请尽快去医院急诊。

第三，小女孩的妇科肿瘤建议不要找我诊治，我的神经不够大。北京协和医院妇科肿瘤中心有青少年妇科肿瘤专家，医院官网上面有介绍。

第四，顺便说一句，同事们的水平其实比我强得多，只是他们静水流深，不像我这样喜欢写出来分享而已。

最后，愿孩子们都健健康康，没有机会进入手术室，不要再让我这样"胆小"的大叔哆嗦了。

（本文写于手术当日，整理完成于第五届中国医学人文大会。文稿经小荷父母审阅，同意发布。）

万分之一

万一呢？其实，万分之一只是概率，摊到了就是百分之百。过去了，就是故事；过不去，就是事故。

一

那年我在急诊值班，接班不久就看见一个女性患者被救护车送到了急诊门口。病人是中年女性，脸色青灰，腹部膨隆，血压低到几乎测不到。转送病人的当地医生说，病人十多天前在他们医院做过人工流产手术，手术中看见了胚胎组织，也就是绒毛团，还把手术记录拿来了。

当地医院给病人抽血做了血常规，结果显示白细胞总数每微升 4 万多（正常不超过 1 万），中性粒细胞占比 95%（正常不超过 75%），符合重度感染的血常规表现。我的第一判断是人工流产导致子宫穿孔，引起腹腔感染，引发感染性休克！我让护士将病人直接推到抢救室，请内科医生实施抢救。

我之所以做出如上判断，是因为一段进修医生老杜讲给我们的离奇"故事"。

二

　　老杜是东北人，年龄比我大了不少，资深主治医师，已经是当地一家医院的妇产科副主任。通常而言，像他这样高年资的医生，都不会出来进修了。我和老杜开玩笑说，是不是和嫂子闹翻了才来的？老杜不置可否，笑而不答。

　　老杜喜欢唠嗑儿。那个时候没有微博、微信，值班闲下来的时候，同事们还能在一起聊聊八卦，老杜就给我们讲了一件他亲历的事儿。

　　一天下午，老杜接诊了一个剧烈腹痛的年轻女患者，脸色苍白，脉搏又快又弱，血压只有 80/50 毫米汞柱（正常不低于 90/60 毫米汞柱），在急诊验了尿，显示妊娠试验阳性。

　　病人半个月前做过人工流产手术，是老杜刚工作时的带教老师做的。老杜对老师的技术颇为佩服，认为不太可能是流产不全，更可能是异位妊娠（宫外孕）。尤其是患者阴道流血不多，而且有休克征象。

　　所谓宫外孕，就是正常情况下应该在子宫腔内生长发育的胚胎，生长到了子宫腔以外的区域。由于"爱情种子"播撒的不是地方，那里的"土壤"不如子宫内膜"肥沃"，很难开花结果。不仅如此，胚胎的生长通常会导致流产或出血，严重时可造成腹腔内出血休克。

　　宫外孕是妇产科的夺命急症。在现代女性因为怀孕分娩而丧生的情况中，四分之三以上的原因都是宫外孕，所以急诊值班医生对此都很重视。一旦诊断为宫外孕导致的腹腔内出血，就要尽快手术，绝不敢怠慢。往大里说，是救死扶伤；说通俗点，也是怕人命砸到自己手里。

老杜也不例外。他按照诊疗常规进行了经阴道后穹窿穿刺术，也就是通过患者阴道的最顶端进行腹腔穿刺。人体在站立或半坐位的时候，子宫与直肠之间的凹陷是腹腔内位置最低的地方，如果有血或者液体，自然会积存于此处。

一旦穿刺抽出来的血液不凝固，就说明有腹腔内出血。因为如果血是从血管内抽出来的，由于血液中存在着一种称为凝血酶的物质，血液会很快凝固；如果血液是从腹腔中抽出来，由于腹膜具有特殊的抗凝作用，血液会长时间保持不凝固的状态。

老杜医院的人手很少，没有实习生和进修生，即使是副主任，穿刺也得亲自操作。他一针进去就顺利穿出了血，足有 5 毫升，不凝固！腹腔内出血诊断无疑，更支持了宫外孕的诊断。

老杜决定急诊手术。

三

当时他们医院还没有开展腹腔镜微创手术，宫外孕急诊手术都是通过开腹途径进行，也就是传统的"开刀"。患者做过剖宫产，有些粘连，但老杜经验丰富，很快进入了腹腔。

然而老杜发现，腹腔里只有几十毫升血，并不是事前估计的数百上千毫升！老杜说他当时就傻眼了：没有大量出血，病人的血压怎么会下降呢？是不是宫外孕的发生部位被肠子遮住了，或者是在肝脏与横膈之间的罕见位置？老杜全面探查了腹腔和盆腔，仍然没有找到出血部位。

事已至此，老杜只好让护士给他的上级——妇产科主任打电话。

四

主任其实不比老杜大多少，虽然是位女医生，但脾气比较火爆。她一进手术室，对着老杜劈头盖脸就是一顿骂："这么点血你就敢开肚子？这是开刀，不是开玩笑！"

的确麻烦。郎景和院士说过，外科医生有三大忌讳，他称之为NOT。第一，不能在病人体内遗留任何异物（Object），例如纱布、纱垫、钳子等，这是一辈子都不能犯的错误，关腹前医生、护士要反复核对。第二，不能让病人死于台上（Table）。如果病人死在手术台上，会被指手术指征把握不当，根本不该做，或者被指术前准备不到位，操之过急。第三，本来以为体内有肿块、病变或出血，但打开之后却没有，也就是"开空"了（Nothing）。

主任骂完之后，刷手上台，再次对腹腔及盆腔进行了全面搜索。奇怪的是，仍然没有发现明显的异常。老杜说他看见豆大的汗珠从主任的额头渗出，都差点掉到台上了，幸好巡回护士过来帮她擦掉。

医院和军队差不多，等级森严，有时上级大夫批评起下级医生来会不留情面。但是这也有好处，一旦将情况汇报或求助上级后，下级就轻松了很多。手术台上负责的，是年资高的大夫。

五

无奈之下，主任只好让护士打电话向刚刚退居二线的老主任求救。老杜说，老主任是科里的救火队员，哪里出了问题，她就会出现在哪里。

老主任很快来到手术室，但她并没有刷手，而是站在较高的凳子上，居高临下查看手术野，让老杜他们再仔细检查。突然，老主任让他们停下，看看子宫的后壁。在那里，老杜他们发现了一个 0.5 厘米左右的破口，周围有炎性反应和少量出血，很不明显。

老主任分析，患者做过剖宫产，子宫粘连到腹壁了，位置极度靠前（前倾位）。她十几天前进行人工流产手术，手术中探宫腔或者吸宫的时候子宫穿孔了。可能当时血止住了，但后来感染，再次发生了破裂，导致出血，引起腹膜反应，因此出现剧烈腹痛，并反射性引起血压降低和心率增快。很巧或不巧的是，这么一点儿血恰恰就被老杜的"金手"给抽到了。

缝好子宫破孔后，手术很快就结束了。病人术后恢复很好，如期出院。

六

不久之后，病人把老杜的老师（做人流的医生）给告了，索赔的金额很大。而医院认为子宫穿孔属于人工流产的并发症，不能完全避免。双方无法达成一致，僵持了好几年。

老杜说他老师是一位资深的计划生育专家，做了一万多例手术，从来没有事故，不久前还获得了"计划生育手术万例无事故"的奖项，这次的子宫穿孔是第一次……

讲完故事，老杜深深地吸了一口气，幽幽说道："患者遇上了万分之一的'事故'，挨了一刀，的确不幸，而赶上这万分之一的医生，同样不幸。"

老杜说他的老师本来就有抑郁症，被官司折磨后，病情急剧加重，最后完全无法工作，只好提前退休。老杜为此伤感了很久。更糟糕的是，等老杜当上副主任后，那个病人转而反复投诉他，所以他才决定来北京待一段时间。

原来，这就是老杜笑而不答的进修原因。

七

老杜的故事让我长了不少见识，却也因此差点把我带进坑儿里！

正是因为老杜的"故事"，我将急诊的那个病人毫不犹豫地转给了内科抢救。然而，十多分钟后，内科医生跑过来，说病人的情况不像感染性休克，可能有腹腔内出血，是失血性休克！

简单说说感染性休克和失血性休克的区别。血管中的血量是一定的，由此维持血压和营养的供应。失血性休克就是血管破裂了，血液留到血管外面（或者腹腔），血管中的血容量降低了。而感染性休克是血管本身没有破裂，但由于感染后毒素的作用，血管壁通透性增加，血中的液体成分渗透到血管外的组织中，同样导致有效循环血量减少，引起休克。

两者处理方法当然不同。对于失血性休克，首先要做的，就是堵住血管破口！我飞奔到抢救室，直接给患者进行了腹腔穿刺，一针就抽出了不凝血液，证实确有腹腔内出血！患者是中年女性，出血原因自然考虑与妊娠有关，首先考虑宫外孕，手术当然是妇科来做。

我电话报告上级医生，同时联系手术室麻醉科。幸运的是，那一刻所有电话都畅通无阻，一路绿灯。

十多分钟后，病人从急诊室送到了手术室。我们很快探查腹腔，发现里面全都是血！我们将一摞大棉垫填塞到腹腔中，十几秒后就清空了腹腔的积血。这一招，年轻同行遭遇此类情况时可以参考。绝对不能用吸引器去吸，太慢！

清理完积血后我们发现，的确是宫外孕！破口就在子宫右角，还在出血。右侧宫角妊娠的诊断明确无误——这是宫外孕中最为凶险、出血最猛的类型，因为子宫的双侧角部血供极为丰富。

我们迅速钳夹了出血的地方，切除了右侧输卵管，修补了子宫。麻醉科很给力，病人的血压和脉搏很快恢复正常，手术顺利结束。

那一刻，我没有成就感。相反，我知道自己一定会挨批。

八

果然，第二天早上病房交班讨论会上，我受到了批评。我把一个宫外孕患者推给了内科，好在当天的内科值班医生很有经验，怀疑腹腔内出血并及时告诉了我们，否则再耽搁一时三刻，病人很可能就回不来了。

当时管病房的是连利娟教授，她说话很温柔，让我自己先分析一下。我说病人二十多天前做了人工流产，手术记录明确无误地描述刮宫刮出物中已经见到绒毛团，也就是胚胎组织。我真的没有想到过，居然还有子宫内和子宫外同时怀孕的情况。

连教授点点头，温柔而严肃地问我："你知道宫内宫外同时怀孕的概率是多少吗？"

我老老实实地低头回答说不知道。

连教授说："三万分之一！你回去查查资料，明天早上给我们讲一讲宫内宫外同时怀孕这个题目吧。"

九

从那以后，三万分之一这个数字令我终身难忘。也就是说，每三万次怀孕中，就会发生一次宫内和宫外同时怀孕。随着辅助生殖技术（如试管婴儿）的开展，这一概率上升了很多，最近有报告说是三千分之一。

有一句话说，梦想总是要有的，万一实现了呢?！都说万一，万一，那么万分之一到底是大概率事件,还是小概率事件？老杜的老师和患者遇上了万分之一，我和我的患者遇上了三万分之一。概率虽小，总有人摊到。这，就是生活。

很多情况，处理好了，过去了，就是故事；处理不好，反过来，就是事故。这，不限于医学！

为你而生

为你而生，生而为你，生生不息。柔弱的
背后竟是如此强大。

一

1996 年 2 月 28 日，我值产科夜班，接班时来了一个孕妇小
柔。小柔瘦瘦小小，用弱不禁风形容毫不为过。检查显示，小柔
腹中的胎儿不是特别大，可以自己生。小柔来的时候是下午六点
多，宫缩已经比较规律了。她不像其他孕妇一样在待产室的床上
待着，而是不停地在病房内来回走动，显得有些心事重重。

最初，我没有太注意到小柔。10 点半左右，我看她疼得比
较厉害，就去检查了一下。我想判断她什么时候能生下来，如果
是后半夜，我可以赶紧先去睡一会儿。

二

我做检查的时候，小柔问我能不能现在就剖了。我告诉她，
她的胎心监护很好，产程进展也很顺利，一点儿剖宫产指征都没
有，为什么要剖呢？

小柔说，今年闰年，明天是 2 月 29 号，要每四年才有一次。如果孩子后半夜出生，要四年才能过一个生日。小孩子对生日都很期盼，别的孩子每年都有生日可过，而她的孩子要四年才过一次生日，到时候会很难受。

我安慰小柔道，那就不过阳历生日，过阴历生日，这样不就没事儿了吗。小柔回答说，由于信仰原因，他们家只过阳历生日，不过阴历生日。

小柔问我，如果不做剖宫产，有没有可能在 12 点之前自己生下来。我说这很难判断，分娩都是走一步看一步，不像卫星、火箭发射那样精确。当时小柔的子宫口开了 6 厘米左右，即使顺利，也要 12 点前后才可能开全到 10 厘米左右。要在 12 点之前生下来不是完全没有希望，但难度非常大，关键得看她会不会配合。

小柔一听还有希望，马上说她会好好配合，试一试。于是，我对她进行了指导，让她每次宫缩来的时候就放松，没有宫缩的时候再稍微使点劲儿，这样子宫口扩张得会快一些，而且不容易引起宫颈水肿。

三

坦白地说，作为妇产科医生，我更关心的是母子的安全和健康，比较讨厌那些算八字测时辰的，有时甚至认为很愚昧。但是对小柔我却硬不下来心肠，大概也只有妈妈才会对孩子的生日如此关心。

我再一次检查宫颈的时候，发现胎头下降很好。小柔的宫颈很软，于是我用手指帮她扩了扩宫颈。11点半左右，小柔的宫口开全了。

四

我们把小柔推进产房，我帮她破了羊膜，羊水正常，胎心也正常。由于宫缩的疼痛和一直在使劲，小柔全身是汗，说话明显有气无力。我劝小柔不如放弃，先休息一下，积蓄力量慢慢来。但小柔平静而坚定地说她会努力，她很有劲儿，就是有点饿了。

护士从小柔的包里拿了一块巧克力，让她吃了补充能量。小柔吃完巧克力，差不多已经11：50了。以我的经验，正常情况下，十分钟之内很难生下来，而且小柔是第一胎，她又这么柔弱，关键时候不会有很大产力的。但是我们还是做好了接生的准备，让一线医生铺开了接生的产台。

五

小柔吃完巧克力，说她准备好了，要试一试。我站在小柔的床旁给她鼓劲，小柔说她想抓着我的手。按照规定，产妇应该抓着产床两边的扶手，但很多产妇都愿意抓着旁边医生或护士的手。

我们理解这一点，因为人的手有体温，而且人与人之间或许真的有能量传递。

小柔很会使劲，每次她都深吸一口气，憋住往下使劲，一声都不吭。每次她用力的时候，我都能感受到她的力量，捏得我都有些疼。我很惊讶，如此弱小的女性哪来这么大的劲儿？

进展出乎意料得快。很快，小孩的头发都可以看见了。小柔每看一次产房的挂钟，用的力就越来越大，越来越有效。终于，胎儿生下来了！我们清理完新生儿的口鼻黏液后，他终于发出了脆亮的哭声。墙上的挂钟显示，11：59！

小柔满头大汗，她看了一眼孩子后欣喜地笑了。我们对新生儿进行了简单擦洗，然后就让孩子趴在小柔的肚子上开始吸奶。

小柔无限柔情地低头看着怀里的孩子："快谢谢叔叔阿姨，咱们每年也有生日可过了！"

后记

2017年国庆期间，我从网上看到一首医生填写的《世界上最遥远的距离》，对比了长假期间医生的各种苦和游人的各种乐。看了之后，我觉得我们就是干这个职业的，过多抱怨并没有用，不如玩笑一把。假期什么事都可以推一推，说走就走，唯独生孩子这事儿推不了，说来就来。于是，10月2日值妇产科四线班时，我也填了一首。

《世界上最遥远的距离》产科反转版

你登庐山赏瀑布，我到病房查产妇。

你赴青城醉薄雾，我给胎儿做监护。

你去自驾天山路，我来静滴催产素。

你攀武当求仙道，我给孕妇做宣教。

你登峨眉拜金顶，我帮产妇推宫颈。

你游漓江戏丽水，我进产房破羊水。

你去钱塘看潮头，我给产妇转胎头。

你问月亮圆不圆，我查宫口全不全。

你在犹豫约不约，我在琢磨切不切。

你飞迪拜去血拼，我上产台护会阴。

你在三亚秀恩爱，我在产台断脐带。

你去少林寺问禅，我给新生儿吸痰。

你尝月饼甜不甜，我问胎盘全不全。

你泡咖啡发微博，我蹲产房做缝合。

你躺三里屯喝酒，我去楼道里刷手。

你去喀纳斯采风，我上手术室剖宫。

……

你说世界很大，说走就走，只争朝夕；

我说人类繁衍，说来就来，生生不息。

你与美人美景，大玩一见如故；

我和新苗新芽，畅谈人生之初。

你追求物我两忘，云淡风轻；

我坚守如临深渊，如履薄冰！

职业有别，天涯远，手不能相牵；

普天同庆，明月共，心可以相连。

——致敬战斗在一线的妇产科同事们

只为道别

道别需要时间，我们就共同"创造"时间。

一

2013 年春天，我在门诊接诊一名患者小温，来自北京西南郊区。小温性格随和，她说自己很倒霉，两年前因为直肠癌做了手术，前一段时间复查，发现盆腔内长了一个肿物。当地医生说，直肠癌做得很彻底，包块很可能来源于卵巢，建议到妇产科就诊。

我检查之后也判断肿瘤可能来源于卵巢，因为肿块的边界比较清楚，位置也的确是左侧卵巢的位置。结合小温的年龄和CT 检查结果，很可能是卵巢成熟性畸胎瘤，手术切除之后她还可以很好地活下去，但也不能排除是直肠癌复发。如果真是直肠癌，复发到这种程度，几乎没有治愈的希望，再手术的价值就不大了。

然而，手术前我们其实很难分辨肿瘤到底是来源于卵巢的良性肿瘤，还是直肠癌的复发，只有手术过程中或者手术切除后做病理检查才能知道。

二

　　由于小温两年前做过直肠癌手术，盆腔可能会有粘连，手术有可能比较困难，所以当地医院不愿意手术。我看了她的情况后也建议先定期复查，如果肿瘤生长缓慢，最好先不手术。小温说她做直肠癌手术已经受了一次罪，能不手术当然更好。

　　最初，小温按照约定的时间来医院复查，发现肿瘤在继续长大，但速度不快。后来，有一次我周六上午出门诊，小温找我加号，说她刚刚做了检查，能否给她看看。我一看检查结果，肿瘤直径超过 5 厘米，应该说已经有手术指征了。于是，我建议她尽快手术，否则肿瘤长得太大更不好做。而且，手术可以明确诊断，免得总是这样提心吊胆。

　　小温说她需要考虑考虑，因为她离婚了，自己一个人带着孩子。如果要手术，需要好好计划一下才行。我问她孩子在哪里，她说在诊室的门外等着。我赶紧让她把孩子叫进来，别弄丢了。她出去把小孩叫了进来，是个男孩，10 岁左右。小男孩有些害羞，一看见我就躲到了妈妈身后。

三

　　然而，小温很长一段时间都没有来复查。暑假的一天，小温走进我的诊室，我发现她的脸已经瘦得脱形，而腹部隆起来了。她说现在每天都腹痛，总是想吐，不想吃东西，实在扛不住了。

这次我检查时发现，她的肿瘤已经长得很大，完全不活动了。她已经出现肠梗阻迹象，排便困难，腹胀越来越重，呼吸也很困难。

她问我现在还能不能做手术。显然，如果不做手术，我估计最多两周，甚至一周，她就会撑不住了。但是，如果做手术的话，她的肿瘤情况如此复杂，很有可能下不来手术台。所以，我有些犹豫。

四

曾经有一次，我用手机给她打电话让她来住院，她留下了我的号码。我们后来有一段时间病情交流都是通过短信，短信里就是问我一些这里或那里的不舒服，我催促她赶紧来医院，她却每次都找理由支吾过去。

这次来门诊她告诉我，她本来的确不想做手术，但肿瘤突然长得这么快，多半是直肠癌复发了。之所以后来又想做手术，是因为她的孩子才 10 岁，之前她一直没有把病情告诉孩子，但没想到病情发展得这么快，如果能做手术让她多活几天，她就可以想办法和风细雨地告诉孩子她的病情，好好地和孩子说声再见。

这话对我的触动特别大。因为在我 12 岁的时候，母亲因为妇科肿瘤离开了我，都没有来得及和我说再见。她怕我太难过，让家人两个月之后才告诉我。这件事一直让我感到痛苦和遗憾。

回到小温的病情，我当时想，即使是恶性的卵巢癌或者直肠癌复发，如果我能想办法把大部分肿瘤切下来，然后加上化学治疗，也许她可以存活较长的一段时间，那么她也可以和孩子多待一段时间。所以，我不再犹豫，决定和她一起搏一把。

五

2013 年 8 月中旬，我们给小温排了手术。手术前的几天，肿瘤已经很大，胀得小温躺不下去，痛苦地呻吟了一整夜。第二天下午，孩子的舅舅带着孩子来探视，小温一直面带微笑，同孩子说话，头上却都是冷汗。孩子离开病房后，小温放声痛哭，护士和病友都上前劝慰。

经过几天的肠道准备后，我们在 8 月 16 日给小温进行了手术。手术比预料的还困难。我们发现根本不是卵巢的良性肿瘤，也不是卵巢癌，而是直肠癌的复发和转移。

外科医生会诊说，这样的复发肿瘤手术没有任何意义，不会从根本上延长她的生存期，即使切除大段肠管，也只是暂时缓解症状。我和小温的弟弟交流后，和外科医生一起切除了一大段被肿瘤浸润的肠管。我继续尽力对肿瘤进行切除，最终切除了大部分的肿瘤，这样她的腹胀至少可以缓解一段时间。

六

　　下了手术后，我和小温弟弟进行了交流。为了姐姐术后能恢复得好一些，小温弟弟让我告诉小温肿瘤是良性的卵巢畸胎瘤，但和肠管有粘连，肿瘤被完全切除了，肠管也切除了一部分，手术算成功的。

　　我和小温弟弟说，小温那么聪明，这件事很难瞒过她。但小温弟弟仍然请求我暂时瞒一下。

　　小温最初恢复得还真不错，对我们说的话也没有怀疑。小温弟弟一直在医院陪护，他梳着小辫子，一看就是搞艺术的。我猜对了，他是做视频合成剪辑的。小温弟弟说，他们就姐弟俩。他周末领着小孩来看一看小温后，就把孩子送回了郊区老家，然后再到医院来陪他姐姐。

　　尽管姐弟情深，但小温的病情并没有因此停止发展，而是快速进展了——小温再次出现了疼痛和腹胀。也许是她自己感觉到了事情的真相，也可能是弟弟告诉了她，有一天，小温平静地要求自动出院了。学医的人都知道，自动出院基本上意味着放弃治疗，回家等待时刻而已。

　　出院之后，小温没有再来门诊复查，也没有再给我发过短信。

七

　　2014年1月，北京电视台拍摄微纪录片《致母亲》，我给导演讲了这个故事。导演说这段素材非常好，希望我能和患者沟通一下。我给小温打电话，电话已经关机。我从住院登记系统查到小温弟弟的电话，打了过去。小温弟弟接了电话，他说他姐姐昨天下午刚刚去世。

小温弟弟说，姐姐走的时候很安详，她很感谢我能冒险给她做手术，让她有较多的时间和孩子讨论病情，让她能告诉孩子她走了之后，可能要经历的事情……

小温走的那一天，距离我给她手术的日子有三个多月。我在《致母亲》中说，虽然我没有能够把她的命救回来，但我让她的孩子多见到妈妈96天。我说我愿意为女性患者服务，因为每个女性患者的背后都有一个家庭，说不定身后会藏着像当年的我一样的半大孩子！

这确实是我愿意冒险给小温做手术的真正原因。

你顺畅吗

听着不雅的词，表达的未必都是坏事。

一

小萌你好，不知道你能不能收到这封信。我从病历里查到了你的地址和电话，但电话打不通，说号码有误。也许是你入院的时候写错了？于是我只好用这种最原始的方式与你联系，同时还会贴在网上。

我之所以给你写信，是因为今年你已满 18 岁，成年了，有权利知道一些事情的真相和经过。

二

记得你第一次看我门诊的时候，一个人和你说，你笑起来特别像韩国演员宋慧乔。

你妈妈说你是舞蹈演员，17 岁，前一段时间跳舞的时候肚子痛，到医院检查发现卵巢上长了肿瘤。当地医生说多半是良性的，但你自己却认为可能是恶性的。你说你做了个梦，梦中有人和你说肿瘤是恶性的，让你一定要到北京来检查。

我当时安慰你不要迷信，是你过于担心了。我告诉你妈妈，我们医院病人多，床位少，建议你回当地做手术，你妈妈被我说服了。

三

可是，你却坚持要在我们医院做。你说你看了很多我写的文章，信任我，希望我给你做手术。

我对你说，叔叔的文章写得是不少，但手术比我牛的人很多。而且，你的手术不是大手术，在我们医院要等 3 个月甚至半年，一点儿都不值得。

你说等多长时间都值得，就因为那个梦！我无法说服你，而下一个病人又在门口探了好几次头，便只好给你开了住院单。你说你要去托熟人帮忙，其实你并不知道，即使找人，最后压力还是在我这儿。我的资源真的有限，非常有限。

四

其实，我对于你认为肿瘤是恶性的预感是很重视的，因为你的肿瘤标志物 CA125 水平的确较高，肿瘤很可能介于良性和恶性间，也就是交界性肿瘤。你这么年轻，我也希望能给你做手术，我对自己的技术还是有信心的。我把你的情况告诉了负责协调床位的住院总医师，让她如果有临时取消手术的情况就优先叫你。

你的运气不错。没过几天，一台大手术取消了，恰好你妈妈来门诊看结果，我决定让她直接去找住院总医师。你是跳舞的，我决定做腹腔镜手术，就是在肚子上做 3 个 0.5 ～ 1 厘米的小切口。由于是微创手术，你的肚子上不会留疤，就可以继续跳印度舞了。

你在手术室的表现特别好，安安静静等待麻醉。你说话的时候总是有笑容，右边还有酒窝。据说爱笑的女孩运气不会太差，我希望这句话是真的。

五

不幸的是，手术中我们发现你的双侧卵巢都有包块，左边更大些。我们剥除了左边的肿瘤送了快速冷冻病理，结果报告果然是交界性肿瘤，而且不能排除局部有癌变。

这让我们比较难办。如果是癌，按照原则我们应该把左侧卵巢完全切除，同时还要切除可能发生转移的盆腔淋巴结，前提是右侧的卵巢是正常的。然而，当我们把右侧卵巢上的小肿瘤完整剥离下来送了冷冻病理，结果回报和左边的一模一样！

当时你在麻醉中，我把情况告诉了你的父母。考虑到你太年轻，万一快速冷冻病理有误，我们切除了子宫和双侧卵巢，而正式的病理报告没有癌变，子宫就接不回去了。我告诉你的父母，我们可以先切除淋巴结，但这可能会导致粘连，会影响将来怀孕。

他们商量后要求干脆缓一步，等最终病理回来再说。如果是癌，再做手术。我们尊重了你父母的决定。

六

两天后，你高高兴兴地出院回家了。然而，一周后最终病理回来了：双侧卵巢癌！显然，第一次手术的切除范围不够。

我将你的病情拿到我们的妇科肿瘤专业组进行了讨论。前辈专家认为，你的肿瘤不大，而且是完整剥除的，你这么年轻，可以尝试保留生育功能，但需要再次切除左侧卵巢和腹膜后淋巴结，如果证实没有转移，以后结婚生孩子就得赶紧了。

那天，我和你的父母谈了很久。本来我不想在你的肚子上留疤，但我做不到，还是按照讨论意见进行了开腹手术。

七

手术过程特别顺利，几乎没有任何出血。

你的父母祈祷着你切除下来的所有组织中都没有癌，我当然也希望是这样。但是结果却让我们失望——在离卵巢位置很远的 24 枚腹主动脉旁淋巴结中，有一枚发现了癌转移！如此一来，你的肿瘤就不是早期的 1 期，而是晚期的 3c 期了。

看到你妈妈陪着你在走廊上大哭，我无法实质性地安慰你，只希望能减少你的痛苦，增加你活下去的机会。

我们给你做了化疗，你的头发掉得很快，一把一把的长发，我看了都心痛。我建议你把头发剃下来留着，我安慰你化疗结束后头发会长出来，更黑，而且是卷发。我从手机中翻出化疗后病人长出新头发的照片，你终于又笑了，你笑起来真的很好看。

化疗了两个疗程后，我们给你进行了第三次手术，切除子宫和右侧卵巢。

八

你肯定不知道，而且我也没有预料到，第三次手术如此困难。由于第二次手术很顺利，而且是我自己做的，所以我本以为腹腔情况很好，结果却发现腹腔粘连极其严重——肠管与肠管粘成一团，把盆腔都封闭了。

经过一个多小时的努力，我们终于把粘连分开，切除了子宫和卵巢。检查发现多处肠管有小的破损，幸好都不是全层破裂。我们逐一进行了缝合修补，最后请外科医生上台进行了会诊检查。

外科医生告诉我，如此广泛的肠管粘连，水肿又这么厉害，术后发生肠瘘的危险非常大，而且这样的小肠粘连，都无法提前做大肠（结肠）造口。

九

我让你妈妈通知了所有的家属，让他们来到医院。因为如果出现肠瘘，再引起感染性休克，你们就很可能是最后一次见面了。你的舅舅、叔叔、大姑、姥姥、姥爷都来了。我向他们通报了情况，他们都很善良，一直对我说谢谢。你姥爷说生死有命，怨不到别人。

那几天我寝食难安，我很内疚——也许你找别人手术，就不会是这个结果。因为我有些相信，病人和医生之间是有缘分的，而我们缘分可能不够。尽管我们知道术后的腹腔粘连与个人体质有关，与手术本身有时并不直接相关，但一想到像你这样一个17岁的女孩子会在我的手术刀下离开，我真的很难过。

我每天都忐忑地到你床边，假装轻松地问你情况如何。结果出乎意料，术后第三天你就放屁（排气）了！这说明你的肠道功能恢复了，没有发生可怕的肠瘘！

十

术后第九天，你又打了一个疗程的化疗，拆线出院了。你们要求回当地医院继续化疗，我同意了。我希望你能坚持用完八个疗程，这样复发的可能性更小。

大约半年后，中秋节前夕，你在门诊出现了，满头短短的卷发。你很高兴地说你的化疗打完了，一切指标正常，这次是来特别感谢我的。我欣慰了很久。

十一

但是小萌，又一年过去了，你该来复查，却一直没有出现，我也始终联系不上你。我希望你每天能顺顺畅畅地"放屁"。尽管这个词不雅，但对你而言，却太重要了。

因为，我一直放心不下的，还是你粘成一团的肠管……

（本文刊登于 2017 年 9 月 27 日《北京青年报》。令人欣慰的是，小萌从网上看到了这篇文章，那年国庆节后来复查了，情况良好。）

一条短信

一条短信，传递的是信任。

一

2014 年春天的一个下午，我出门诊时突然接到一条短信，一看落款，发现是五年前我诊治过的一个产妇的丈夫——牛先生发来的。牛先生在短信中说，感谢五年前在妻子住院期间我对他们的关照，那段时间我是他们全家的精神支柱。他说他去年再婚了，爱人怀孕了，有事情需要帮忙……

这条短信，让我回到了五年前那个星期天的上午。

二

那是 2009 年，我在医院的西院区上班。一个星期天，我值三线班，突然接到了值班医生的电话，说急诊来了一个 34 周的孕妇，休克了，正在抢救室抢救。

我赶到急诊。病人的血压很低，神志已经不太清楚，超声检查提示腹腔内有大量积液，胎儿的部分肢体已经在子宫外面，胎心几乎探测不到。诊断是子宫破裂！

子宫破裂是一种产科急症。通常是因为孕妇子宫以前动过手术，如剖宫产或子宫肌瘤切除术，然后怀孕了，随着孕周的增加和胎儿的长大，子宫壁越来越薄，在原先有瘢痕的薄弱部位发生破裂，有时也会因为胎盘长到了前次手术的切口中引发子宫破裂。破裂后不仅会撕裂出血，而且胎儿会被挤到子宫外面，一般都无法存活。

三

迅速准备后，我们紧急进行了手术。手术中发现子宫顶部有一个很大的破口，胎儿的下肢和臀部已经到了子宫的外面。孩子剖出来的时候已经没有生命迹象，同时子宫的破口有活跃出血。

从破裂的子宫伤口中可以看到子宫肌层内布满了大大小小的肌瘤，这是一种极为罕见的子宫肌瘤的极端形式。取出胎儿和胎盘后，我们先剔除了破口附近的肌瘤，进行了缝合止血。

产妇的子宫收缩不好，容易发生严重的产后出血，到底是切除子宫还是保留子宫，我们很难做出决断。于是，我们给主管西院的妇产科副主任打电话汇报了病情，副主任从家里赶到了手术室。

患者 34 岁，有子宫肌瘤、多年不孕史，两年前接受了子宫肌瘤切除术，好不容易才怀上了小孩。现在孩子已经没了，如果再把子宫切了，她这辈子就没有生育的机会了。但如果不切除子宫，由于她的宫缩不好，若产后出血多，要再次手术，情况就更加危险了。

四

我们和家属交代了病情，家属希望能够保留子宫。我们尽量剔除了大的肌瘤，缝合修补了破口，确认无活跃出血后，放置了腹腔引流管，结束了手术。

产妇被送进重症监护室，医生给了各种增强宫缩的药物，但患者的血压还是维持不住，输入了大量血液后血压仍然在往下降。产妇的阴道流血较多，尿量很少。这些迹象表明，其产后出血难以控制。医务处组织了多科会诊，唯一可行的办法是切除子宫，这样才可能彻底止血。

五

我们再次向家属交代病情。两个家属都是男性，一个是患者的丈夫牛先生，另一个是患者的父亲。听了病情分析后，他们同意切除子宫，保命要紧。

由于气管插管没有拔除，麻醉很快。我们沿着原来的切口打开腹腔，发现腹腔出血不是很多，于是按计划切除了子宫。患者再次进入重症监护室，血压、脉搏逐渐恢复正常。然而，手术后患者一直呈昏迷状态，再也没有醒过来。

为了防止交叉感染并保证不妨碍治疗，当时重症监护室的探视制度很严格。每次探视只能进去一个人，且每次探视不超过半个小时。即使是特别危重的病人，也不允许家属长期留在病房。

六

我每次去看望病人后，牛先生都会问我很多的问题。按原则，病人进入重症监护室后，病情解释权归重症监护室所有，我只能在他们权威发布后稍微解释一下。因为目前专业划分越来越细，隔行如隔山，同时解释说法不一致可能造成不必要的误会，比如我们认为情况不错，而他们认为情况危重等。

尽管如此，我还是尽可能多地向牛先生解释病情。牛先生说，他爱人是独生女，在银行做管理工作。牛先生自己也是国企的管理层人员，高高大大，很有风度，说话通情达理。

患者的病情逐渐加重，肾功能和肝功能先后发生衰竭，因此接受了血液透析和人工肝治疗。患者一直昏迷，状态很差。牛先生将他们的结婚照片放在妻子的床头，探视的时候一遍遍呼唤妻子，给她讲故事，希望妻子能够再醒过来。

七

在重症监护室住了三十多天之后，我们和家属谈话，告诉他们这样继续维持下去没有意义，不可能起死回生。牛先生仍然不愿意放弃，但患者的父亲很理智，和我们一起劝牛先生。做出放弃治疗的决定后，患者的父亲老泪纵横。他虽然是农村人，但说话很果断。他说感谢医生和护士这段时间的照顾，只是女儿的命不好。此后，我和牛先生就失去了联系。

在向牛先生交代病情的时候，我把我的手机号码给了他，说如果需要帮助，可以给我打电话。但是患者住院期间，牛先生从来没有打过我的手机，都是在我看完病人后和我直接交流。那段时间，他一直都待在重症监护室外面的走廊里。

八

那天突然接到牛先生的短信，我非常感慨，也很感动。牛先生在短信中说，他信任我们医院，希望太太能在产科建档。我立即回复我一定会尽力，尽管我知道，这并不容易。

出完门诊我就去找产科主任汇报了情况，产科主任说这样的病人应该照顾。牛先生的运气不错，当时登记分娩的人数还在产科主任能掌握的红线范围内，过了红线就得惊动院里了。有人说在我们医院登记分娩比考研究生还困难，我觉得差不多。

我给牛太太联系了产科医生，我的一个师妹。牛先生短信向我表示了感谢，然后我们就基本没有再联系了。然而有一天，我接到了产科同事的电话，说我介绍的一个病人和医生发生了冲突。

九

原来是牛先生的妻子出了状况，超声检查怀疑有部分性前置胎盘，也就是胎盘的一部分向下盖住了宫颈内口，一旦有宫缩，就容易牵拉、撕破胎盘，引起出血，严重时会危及母子生命。牛太太当时是孕 32 周，正好是牛先生前妻怀孕出问题的时候。牛先生非常紧张，说预感很不好，要求立即剖宫产，但是主管医生认为情况没那么严重。

我赶紧到产科病房和同事直接沟通。我们一起给牛先生夫妻做工作，让牛太太先短暂观察，毕竟只是怀疑有问题。如果立即剖宫产，孩子还没有足月，必须转入儿科，放暖箱一段时间。

牛先生虽然犹豫，但最终还是决定信任我们。牛太太住院观察了几天，检查确认胎盘位置正常。过一段时间胎儿足月后，牛太太顺利分娩，母子平安出院。

十

几个月后，大概是孩子过百日的时候，牛先生给我送来一幅字，说是从大师那里求的，嵌入了我的名字。字没有装裱，折起来装在信封里，我将信封放在了办公室。遗憾的是，换了办公室后，我一直没有找到那个信封。也许有一天，它会自动冒出来。

两件礼物

来自老区的礼物，让人感动的温暖。

一

一天下午，门诊即将结束时，一位患者送给我一份礼物——两双精美绝伦的鞋垫！它让疲惫的我瞬间精神焕发。回到办公室后，我发了一条微博：

> 【物尽其用有点难】一个多月前，一位吕梁地区的患者几经周折，终于做上手术。之后她恢复顺利，今天来门诊复查，临走时送我一件礼物。她说上次住院时，她老公瞄了一眼我的脚，后来她回家就给我做了两双鞋垫。多谢！可是，这如此精美的鞋垫，我哪里忍心塞进那"有滋有味"的地方，镶在墙上还差不多。

微博引来了不少转发和评论。我半开玩笑地说：这其实是医患互信互助的典范之作，等征得患者同意后，我可以在不暴露隐私的前提下，与大家分享这段"动人"故事。出乎我意料的是，很长一段时间，我都没有得到原来在微博上和我互动过的患者小萨的回复。后来，终于通过电话征得了她的同意。

二

小萨是一位来自山西吕梁地区的年轻妇女，一所山区小学的老师，患了子宫内膜异位症。这是一种主要累及生育年龄妇女的常见病，以月经期腹痛、不孕和盆腔肿物为主要表现。尽管是良性疾病，但它与恶性肿瘤类似，可以反复复发，严重影响妇女的健康和生活质量。两年前，小萨在当地医院做了盆腔肿物的切除，但一年前肿物复发，直径已经有七八厘米，疼痛也加重了。

检查完毕后，我跟小萨说她需要手术，但在我们医院等待时间太久，可回当地医院。她说当地医院的医生不敢手术，推荐她来我们医院，还说她在网上看到了我的介绍。解释无效，我只好给她开了住院证，让她回家等入院通知。

三

一晃三个月过去，她在微博上留言，说她天天开机，但一直没有接到入院通知。现在腹痛越来越重，都无法给孩子们上课了。我与病房住院总医师商量，调整出一张床位后给她打电话。我以为她会欣喜若狂，没想到她在那头很着急，说她要坐十多个小时的火车，两天后才能到达北京，恳求我们能提前通知。这其实很难，因为我们医院床位紧张，做长远计划很有难度。又过了大约半个月，住院总医师在周末通知她，安排在周二手术。

没想到的是，由于旅途劳累或着急上火，周一下午她发热、咳嗽，经检查为急性咽喉炎。由于手术是全身麻醉，需要气管插管，麻醉科建议延缓手术。我告诉她情况后，她表示理解并带着药物出院。她在微博中留言，说她心里很难受，这都是她的错。我回复说没有对错，治疗好后再联系。其实我同样难受，因为周一下午才取消手术，出于医疗安全，无法更换病人，好不容易挤出来的床位和手术台都被浪费。但这些是行内苦衷，与病人说不着。

四

　　大概一个多月后的周末，她再次接到入院通知，仍然安排周二手术。她非常高兴地对我说，用药后很快就不咳了，这回总可以手术了吧。但周二早上我刚到病房，值班医生就告诉我病人昨天晚上突然提前来月经了！按照医疗原则，为了避免感染和并发症，女性月经期间不能手术，于是手术再次取消。

　　查房时我看到她脸色很不好，想缓和一下气氛，就开玩笑说："您知道吗，医生和患者之间也是有缘分的，也许您和我的缘分还没有修到。"没想到她听到这句话哭了起来，问我是不是再也不给她手术了。我赶紧安慰她说，等她生理期结束后会尽快给她做手术。

五

十多天之后，手术如期进行，如预料的一样困难。

在她术后恢复期间，有一天我下手术晚了，将白大褂交给门卫后，直接去了医院东边的小饭馆。当我心满意足喝完最后一口面汤，才猛然想起我的钱包在办公室的背包里！更不幸的是，我光顾了七八年的小店刚换老板，双方一点友谊也没有。我有些狼狈地去柜台跟老板说明情况，老板笑了笑，说账已经有人结了，是来给他妻子买粥的家属，刚出门。我奔到门口一看，正是那位折腾了几次才做上手术的患者的丈夫。

我追上他向他道谢，并一起从饭馆走回病房，路上和他聊起了他妻子的病情和工作。他说妻子的学校很小，就几个老师，如果她生病请假，孩子们的学业就撂荒了，所以一直扛着。同行期间，我感觉他好几次在看我的脚。我知道我的皮鞋很久没有擦油，比较斑驳，有些尴尬。没想到他是在"量"脚的尺寸，于是就有了前文提到的漂亮鞋垫。山西同事告诉我，在吕梁地区，这种鞋垫是用来送给最亲爱的人，是"很特别"的礼物。

六

在多年的行医生涯中，这是我收到的"很特别"的礼物之一。之所以说是之一，是因为 5 年前我就收到过一份类似的礼物，历史总是惊人地相似，只不过人物改成了小霞。

小霞是一位来自山东沂蒙山区的中年妇女，走进诊室的时候气色很差，肚子隆起得和孕妇差不多。原来，小霞患有子宫肌瘤，5年前已经做开腹手术剔除过一次，但复发后每月的月经量非常多，严重贫血，丧失了劳动能力。小霞去了几家医院，都说不能排除恶性，只能切除子宫。她辗转来到我们医院，排了两夜的队终于挂上了号。她没有像其他患者那样说是慕名来就诊（几年前我还不会让人慕名）。她以为我只看门诊，希望我给她推荐个医生做手术。她说她还没有孩子，无论如何也要留住子宫。感触于小霞的痛苦，更感动于她的朴实，我决定给她做手术。

七

小霞的肌瘤很多也很大，完全改变了盆腔的正常解剖结构。而且由于有前次手术史，肠管广泛粘连，手术十分困难。幸运的是，子宫总算保留住了，病理检查也排除了恶性。然而，小霞术后恢复并不顺利，持续发热好几天。我担惊受怕了很久，甚至都有些后悔了。

三个月后，小霞到门诊复查，她的气色很好，跟换了个人似的。复查完以后，小霞从包里拿出了一双布鞋，说我查房的时候她瞅了瞅我的脚，给我纳了一双布鞋，昨天在来北京的火车上赶完的，让我试试合不合脚。

也许是那时我还年轻，我不仅激动，更有一种想落泪的冲动！

因为这样的情景和这样的礼物，我只在文学作品中才见到过——那通常是老区的大姑娘小媳妇们给上前线的战士们的礼物。而小霞来自沂蒙山区，这种感觉愈发强烈。

八

除了感动之外，我更感到了责任。作为妇科肿瘤医生，我面对的病人都是女性，且多已为人妻、人母。在收到那双鞋不久，我读到了《人民日报》记者白剑峰先生的文章《没有情感的医学是苍白的》。文中有这样一段描写：著名医学家裘法祖早年从医，曾在老师的带领下为一名中年妇女进行开腹手术。术后没几天，那名妇女就去世了。经解剖发现，患者的死因与手术并无关系。当时，裘法祖的老师轻轻说了句："她是四个孩子的妈妈。"文章中写道，就是这句简单的话，让裘法祖念念不忘，他知道那句话饱含了多少情感，懂得了医生的责任有多重大……

当我读到"她是四个孩子的妈妈"时，想起了我的母亲。我的童年无忧无虑，尽管是"文革"后期，农村条件不好，但我有一个疼我爱我的母亲。然而 12 岁那年，母亲因为妇科肿瘤去世。在她离世两个月之后，在县城寄宿学校读书的我才得知这个消息。我的金色童年戛然而止。在痛苦中，我萌生了当医生的想法。经过努力和争取，我最终成为了一名妇科肿瘤医生。而那双布鞋，正是我离开了研究和工作 10 年之久的子宫内膜异位症组，执意进入妇科肿瘤组工作不久之后收到的！小霞的一针一线再次让我感受到，每一张病床上的妇科肿瘤患者，牵挂着的都是一个家庭。

九

　　有意思的是，文中提到的两件礼物都来自革命老区——吕梁地区和沂蒙山区，都与千里之行、始于足下的某个器官有关，都是患者亲手制作而且术后几个月之后复查时送的。尽管目前任何形式的物质致谢都在禁止之列，但在当时，它承载的更多的是医患之情。同样颇有意思的是，本文 2013 年 8 月 19 日首次发布于新浪微博，5 年后的同一个日子，被确定为第一届中国医师节。这个节日既不放假，也不发钱，多为鼓励，亦有鞭策，它更多的是提醒医务工作者不忘从医的初心，不负从医的使命。

三世情缘

一段情缘，持续了 20 多年，仍在传递，
已传了三代人。

一

1996 年春天的一个晚上，北京下了入春以来的最大的一场雨。我到妇科急诊接班后，很长一段时间一个病人都没有。我暗自高兴，这么大的雨，估计不会有病人来了。那个时候手机还没有普及，也没有微博、微信，在诊室干坐着很是难熬。于是，我向护士报告去向，准备回宿舍拿本书，前半夜看看。

八点钟左右，我从宿舍拿书回到急诊。刚到急诊室门口，就看到几个人从一辆农用三轮车上用门板往下抬病人。我想这样风雨交加的夜晚，多半是车祸或者外伤，只要不是女患者就好。因为女性患者一到急诊，通常会被分到妇产科，尤其是腹痛，因为须首先排除宫外孕。

二

不幸的是，病人还真就是女性！我边走边问一个浑身湿透的

抬人者大概是什么情况。对方着急地说："快要生了！"

我"腾"地一下就紧张了，赶紧让其中一个人去挂号。我领着他们到妇产科诊室，让他们把患者从门板挪到平车上。患者姓穆，怀孕 32 周，下午开始头痛，呼吸困难，郊区医院看到她病情危重，直接让送到我们医院。我听诊，还能听到胎心！

小穆面色青紫，上、下牙直打架，无法完整回答我的问话。她丈夫是典型的北方汉子，后来我们叫他老成。不知是被冻的还是被吓的，当时的老成也已经哆哆嗦嗦，语无伦次。但我很快弄清楚了病情，妊娠合并心脏病，并发急性心力衰竭！

两条人命的压力，一股脑儿压到了我并不宽阔的肩上。

三

我打电话向上级医生简要汇报病情，请他下来指导。随后自己跑去联系内科、超声科、心电图室，并和家属一起推车运送孕妇去做各种检查。会诊决定急诊进行剖宫产结束妊娠，否则心力衰竭无法纠正。

紧急准备后，小穆被推进手术室进行了剖宫产。手术过程中，小穆出血较活跃，血压一度波动很大，好在有上级大夫坐镇，有麻醉医生护航，总算有惊无险。

手术后，小穆住进了重症监护室观察。孩子因为早产，被送进了儿科。

四

　　一切忙完之后，天差不多快亮了。我回到急诊室，瘫倒在平车上。正好小穆的老公，也就是老成，探头进来询问情况。我怒从心头起，悲自口中来，"噌"地跳起来，仰着头质问这个"浑蛋"老公："你老婆都这样了，为什么还让她怀孕？还有，为什么这么严重才来医院……"

　　原来，小穆结婚前就诊断有严重的风湿性心脏病，二尖瓣狭窄伴关闭不全，医生早已宣判她不能怀孕。但这两口子从小青梅竹马，感情很好，小穆觉得不为男方留个一瓜半枣儿就对不住人家。于是两人共同"作案"，结果就怀孕了！

　　然后，他们偷偷让胎儿发展，躲着不去看医生。好不容易扛到了32周，结果还是出了事，发生了急性心力衰竭。

五

　　小穆母子平安出院后，老成专程来向我道谢，后来我和老成成了很好的朋友。尽管老成的个子比我高出一头还多，而且留着大胡子，但他仍然"依法依规"低头一口一个谭哥，让我很有"社会人"的感觉。

　　别说，老成还真帮我"打过架"。有一次，同样是我值急诊夜班，因床位紧张无法将一名药物流产失败的女大学生收住院，我建议她按当时的规定转回给她药物的医院。她男朋友一着急，骂骂咧咧就要和我动手。老成正好来医院找我,不由分说,一把拎着男生的领子,生生将他举离了地面,瞪着他吼:"医生你都敢打,老婆不想要啦!"

几年后的夏天,我去了老成承包的鱼塘,和他一起在小木屋中守鱼塘。尽管老成"坐拥"四口鱼塘,但那个时候他其实很穷,木屋中的"床"就是门板。于是,在北京郊外璀璨的星空下,在阵阵蛙声中,就着小穆做的侉炖鱼,我们喝了一宿,聊了一夜。他喝的是北京著名的二锅头,我喝的是北京著名的啤酒。

六

后来老成生活条件好了,每年春节都专程给我送山货。有一次他用编织袋包了一包东西,放在我宿舍的床底下。半夜里我听见床底下有动静,打开一看,才发现是一条蛇,吓得我魂飞魄散。虽然后来老成告诉我那蛇并不咬人,但我小时候放牛割草时,蛇是我最怕的动物,没有之一!

还有一次,是在禽流感流行之后"鸡头遍地"的时候,老成居然冒险乘公交车给我送了一只活鸡,说让我煲汤!

七

再后来,我坚决不让老成给我送年货了,但我和他们一家一直保持着联系。2014年春天，北京电视台拍摄微纪录片《致母亲》时，我带着摄制组去了老成家。仰望当年差点让妈妈和自己回不来、身高已经1.9米、即将参加高考的老成儿子，我颇为感慨。

《致母亲》片长不到三分钟，老成一家有30多秒的镜头，应该算主演了。但老成好几次笑着抱怨，说摄影师对着他左拍右拍了十几分钟，结果只有1秒钟的镜头，其余镜头都给他儿子了。说完，呵呵一乐。

八

2018年，父亲节前夕，老成邀请我参加他儿子婚礼，我欣然前往。老成儿子已经参加工作，个头比几年前又高出了一些。当然，"吨位"也上去了不少，像座黑塔一样。

老成一如既往地率性。喜宴开始前，老成还算"老成"，扣子还扣得整整齐齐。但喜宴进行当中，别着小红花的老成可就不"老成"了——上衣的扣子居然一颗也不愿意扣上，与宾客们坦诚相见，成为我参加过的婚礼中见过的最"靓丽"的公爹。

九

不久之后，老成的儿媳妇就怀上了。虽然他儿媳妇怀孕期间也有几次小波折，但相比老成自己惹的大窟窿，可谓是小菜一碟。

我帮他儿媳妇在几年前我挂职过的妇幼保健院建了档,把她托付给当地医院的同事。

日子一天天过去,很快到了瓜熟蒂落的季节。2019年夏天,老成儿媳妇顺利分娩。老成给我发来信息报喜,邀请我喝满月酒,同时希望我给他孙子起个名字。

虽然在老成眼中我"才高八斗",但书到用时方恨少,我花了好几个晚上,也没能给老成的孙子想出一个满意的名字。老成转而求其次,说他看我在朋友圈总是发字,希望我能写幅字,于是我用自来水毛笔写了一幅字,拿着它到北六环边上的老成儿子家里,参加了老成孙子的满月宴。由于当时没盖印章,而且我家"领导"批评说看起来像是用棍子写的,我就没有送给老成。

十

我和老成一家合了张影。这张合影让我欣慰,让我感动,让我温暖。

是啊,没想到许多年前风雨之夜的一次偶然相遇,铸就了医患之间三代人不变的友情。老成说,二十多年来,他儿子出生,儿子结婚,孙子满月,我都在场,真是高兴。

其实,作为医生,能见证这些人生场合,我也很高兴。再过几天,老成的孙子就一周岁了,我重新写了一幅字,这次是用毛笔写的,还盖了印章,等疫情过了,我就送过去。

再过 20 年，等老成的孙子抱了儿子，四世同堂时，我再写一幅，想想画面都很美啊！

和老成一家三代在一起

写给老成的条幅

七次致敬

我曾经遇到过两位特别的"病人",给过他们一些力所能及的帮助,但实际上,他们给我的帮助更多,让我前后七次从心底向他们致敬。

2019年国庆长假后的第一个门诊,我接诊了一名60多岁的女性患者。患者异常消瘦,腹胀如鼓,持续发热一个多月,呼吸有些困难,几天来一直在急诊室。检查显示,腹腔内有一个巨大包块,多半是卵巢恶性肿瘤。如果不做手术,发热难以控制,病人撑不了多久,但是肿瘤能否被切下来,只有手术中才能确定。

术中发现,肿瘤直径足有30厘米,充满整个腹盆腔。由于生长迅速,肿瘤曾经自发破裂并发感染,所以与周围器官广泛粘连。更严重的是,肿瘤底部是一层厚厚的脓苔,其下的实体部分与肠管和血管形成一个盔甲样的结构。我们邀请外科医生上台协助,反复尝试后认为无法切除!于是,只好停止手术,准备化学治疗(化疗)几个疗程,让瘤子缩小松动后,再看有没有机会手术。

手术后患者一度恢复得很好，我们也开始了化疗前的准备工作。遗憾的是，患者很快出现并发症，化疗无法启动，所以只好先进行支持治疗，希望等待一段时间再做化疗。但是我们知道，腹腔中的肿瘤不会等待，只会疯狂生长。因为，病理报告显示，肿瘤是卵巢恶性布伦纳瘤，一种极为罕见的恶性肿瘤，文献报告病人存活时间通常只有数月。病情果然进展很快，没有给我们再次手术的机会。我们请老年医学科会诊，开始以改善生活质量为主的舒缓治疗。

从病情而言，这只是我诊治过的恶性肿瘤患者中的一例，谈不上多么特别。然而，在与患者丈夫的交流中我才发现，这对夫妇是我从医生涯中遇到的非常特别的两位"病人"，我先后七次向他们致敬。当然，每次的身份都不相同……

以曾经的医学生身份

患者姓白，丈夫姓常。常先生是地道北京人，中等个头，精神矍铄，颇为健谈。常先生说他与北京协和医院颇有渊源，是个"标准化病人"，已经给北京协和医学院的学生服务八年多了！

标准化病人（standardized patient，简称 SP），又称为模拟病人，指经过标准化、系统化培训后，能准确表现病人实际临床问题的正常人或病人。这是一种很好的临床能力评估方法，唯一的缺点是训练"演员病人"需要大量的资金和时间的投入，成本较高。此外，由于工作的枯燥和重复性，标准化病人经常流失。

常先生就是这种稀缺的"演员病人"，八年多来，风雨无阻，给医学生们当标准化病人！于是，我从此和学生一样，称他为常老师，称病人为白老师。

常老师说，报名当标准化病人的提议是白老师首先提出来的，但当时她上班跑通勤，没有时间，于是就鼓励常老师报名。标准化病人需要按要求伪装各种症状，让学生问病史、查体并作出诊断！与美术学院的普通模特相比，标准化病人的技术难度显然更高，更需要敬业精神和奉献精神！

我有些感动，第一次从心底向常老师夫妇致敬，身份是曾经的医学生。因为若干年前，我实习时也曾接受过"标准化病人"的指导，所以非常感动。

而接下来的故事，更让人感动。

以医疗从业者的身份

常老师说，他和白老师已经立下正式遗嘱，去世后都要将遗体捐献给医学院，供医学生们解剖，为医学事业继续做贡献。感动之余我也有些意外，因为这是我第一次遇到生前主动立遗嘱将遗体供解剖的病人。

于是，我再次向常老师夫妇致敬，身份是医疗行业从业者。

我们知道，医学院的学生们会称供解剖学习的遗体为"大体（解剖）老师"。在开始解剖之前，学生们会围着遗体鞠躬，对"老师"表达尊重和谢意。

我忽然觉得，除了常规的医疗服务外，我应该为常老师夫妇做点儿什么。我问常老师，白老师有什么遗憾。他说白老师没有什么遗憾，反倒是他自己觉着有点遗憾。他说遗体捐献协议已经拿到了，就是几张薄薄的纸，冷冰冰地放在抽屉里，一点儿仪式感都没有。

我心头一热，立即向常老师请求，如果白老师同意，我可以联系北京协和医学院解剖系，在病床前举行一个简短的捐献仪式。安排完毕后，我向郎景和院士和妇科肿瘤中心主任向阳教授发了微信，邀请他们参加。遗憾的是，他们在外地参加学术会议，无法赶来，让我代为致敬。

捐献仪式当天，我罕见地打上领带。送儿子上学的路上，我将常老师夫妇的故事简单告诉了他。儿子听完之后说："我太敬佩爷爷奶奶了！"于是，我让他对着手机说两句话，到时候放给爷爷奶奶听。

录音很短："爷爷奶奶，你们真伟大！祝奶奶您早日康复！"

捐献仪式简单、庄重。我播放了录音，常老师和白老师都颇为感动。

以普通人的身份

应邀前来会诊的老年医学科宁晓红教授建立了一个舒缓医疗小组微信群。我们希望，在医学技术不能延长白老师生命的情况下，能以人文关怀让她的最后一程走得安详、宁静、温暖。

舒缓医疗小组做了不少工作，但疾病仍以毫不留情的速度进展。整个小组都在想能为白老师做点什么。有人提议组织医学院的学生到病房探望，也有人提议将白老师的照片做成时光相册，但都被常老师否决了。常老师的回复谦虚朴实，说他们是普通人，没有多少照片，也不要惊动大家。但是，正如一个舒缓医疗小组的成员所说："能坚持做一件平凡的事本身就是不平凡"。

我第三次向常老师夫妇致敬。而这次的身份，是一个没有如此坚持精神的普通人。

以儿女辈的身份

即使是普通人，也终归有愿望。

一天晚上我在病房和常老师聊天，反复诱导，试图知道白老师在有生之年还有什么心愿希望实现。常老师终于说，白老师唯一的遗憾，是虽然儿子儿媳已经领了结婚证，但她可能无法参加婚礼了。

听了这句话，我突然像打了鸡血一样兴奋起来。我要干一件"大事"——为白老师的儿子组织一场婚礼，不让白老师带着遗憾离开！

然而，场地呢？

病床边？最可行，但过于简陋，太委屈儿子儿媳了！

有一处地方倒是特别好——北京协和医学院东单三条礼堂！这曾经是林徽因、徐志摩等为泰戈尔64岁生辰演出泰翁诗剧《齐德拉》的地方，是协和医学院举行毕业典礼的地方，当然，也是历史上很多重要事件发生的地方……假如白老师能以自己的奉献，为儿子争取到在这样一个地方举办婚礼的机会，一定非常欣慰。

我的理由似乎也很充足：患者要捐献遗体供医学解剖，患者家属是标准化病人，去世后也会将遗体捐献……

但事实证明，我还是太不成熟。有关人员毫不留情地批评了我，说很多医学大家都捐献了遗体，也没有享此殊荣，这个口子，你说哪个领导敢开？

但我没有气馁，退而求其次——借用阶梯教室举行婚礼！我和白老师的儿子和儿媳讨论了婚礼的事。儿子和儿媳很通情达理，强调主角应该是妈妈。真的应了那句俗语：不是一家人，不进一家门！

然而，借教室为病人家属举办婚礼还是有些突兀的。于是，在向教育处领导汇报时，我提出借此机会开展一堂针对医学生的医学人文课。因为，医学生们参加的是一场特殊的婚礼，是即将成为他们"大体老师"的儿子的婚礼。

教育处欣然同意。

志愿者们紧锣密鼓，分头筹备。

遗憾的是，几天后常老师提出还是不要举办婚礼了。我在群里回复："尊重白老师和您的意见。但如果单纯是怕同学们和我们麻烦的话，倒是不用担心。同学们都很愿意。"

常老师回复道："她（白老师）让我感谢老师们所做的一切，她确实感觉自己的情况不好，很难坚持十分钟。"

婚礼终究没有办成。

白老师的儿子专门来向我致歉，说他和妻子真的想举办婚礼告慰老人，但老两口考虑来考虑去，觉得太占用大家时间了，父母说一辈子都不想给旁人添麻烦，不要到头了，还兴师动众……白老师的儿子有些哽咽。

我的眼睛也湿润了。我第四次向常老师夫妇致敬。这次的身份，是一个儿子辈向善良宽容的父母辈的致敬。

以写作爱好者的身份

癌细胞如风卷残云般吞噬着白老师所剩无几的时光。

一天凌晨，常老师在群里发了一首诗《风》。

冷空气

终于在凌晨四点

透过窗扉的缝隙

来了

来的那么从容

那么坚定

就像那无形的磁场

穿透了我的心

面对

面对这股强冷空气

我读懂了风的信息

风的情怀

风的逻辑

时间与风争夺着

争夺着

那么一点点缝隙

你

你将在我眼前

留下深深的

划痕

逝去

我当时以为白老师走了，后来才明白，这是常老师对白老师的爱恋和心痛！相濡以沫中的陪伴相守，爱痛交集中的诗情画意，不正是平凡人内心的闪光之处吗？

于是，我第五次向常老师夫妇致敬，以一个喜欢温暖文字的写作爱好者的身份。雨果说过，每个人心中，都有文学的一面。

以临床医生的身份

一个多月后，2020 年元旦前夕，白老师真的走了。

我参加了白老师的追思会。常老师的挽联为：柔厚坚稳聪美人，何忍情融惠他仁。

追思会朴素而简短，除了白老师的家人及单位代表、医学院马超老师、我和成佳奇、李杰等志愿者外，还有实习同学十余人。追思会结束后，白老师的遗体被送往北京协和医学院解剖学系。

我给白老师郑重三鞠躬。

这次，是我作为主治医生表示遗憾，也是代表医生和医学事业对白老师致敬。

以人生路上行者的身份

半年多之后，我将文章整理好发给常老师审阅，询问人物是否化名，照片是否打码等。常老师的坦荡再次让我动容，他说可以用真名，照片也不用打码。他说，要做一个真实的自我，留给后人真实的资料。

此刻，常老师早已不是病人的家属，也不是因客气而称呼的老师，而是真正的老师，甚至是人生导师了。白老师和常老师无私的行为、坦荡的境界，我还远没有修到，深感惭愧。

于是，我第七次向这两位"病人"致敬。

这次的身份，是人生路上的行者。当然，也是医者。

第二章

诊间随笔

所谓诊间随笔，多半是在出完门诊之后，或者等待手术开台之前的灵光一现，当时记录大概，后来补充整理而成。

庄谐成趣，涉及一些健康知识，但并非系统的医学科普，而是对广大患者的温馨提示，对医学同行的善意提醒。

絮絮叨叨，如邻家大叔聊天，平淡如水，却诚意十足。

进妇科诊室别带"闺蜜"

有一种财富，叫作隐私；有一种关爱，叫作回避！

妇科门诊中经常见到有些女性朋友就诊时带着"闺蜜"（注：此处泛指要好的朋友，未必真是从小到大的玩伴）。闺蜜始终陪伴左右，形影不离，温馨感人。但是作为妇科医生，我的建议却是：除非病情紧急，进妇科诊室最好不要带着闺蜜。数个理由，并不牵强，容我一一道来。

第一，关于是否有过爱情故事。

对于年轻妇女的停经、腹痛和阴道流血，医生通常要首先排除妊娠相关的急诊情况，例如自然流产和宫外孕（胚胎长在子宫腔之外），后者是目前妇产科能迅速致死的两大疾病之一。这时，医生自然会询问患者是否有性生活。于是，问题就来了。

对于绝大多数已婚女性，这个问题根本不是问题。但如果是法律上未婚但事实上已有性生活的女性，或者是老公长期在外、两地分居的女性，当着闺蜜的面有时可能打死也说不出"是"，尤其是一贯以清纯形象示人者，只好硬着头皮说"否"！不要小看这个谎言，它会误导诊断，甚至闹出人命。

二十多年前，我还是新手医生，急诊夜班来了一名停经、腹痛、阴道流血的女大学生，亭亭玉立，楚楚可怜，是一名女同学陪她来的。患者来的时候都有些休克症状了，我非常怀疑是宫外孕破裂腹腔内出血，需要紧急手术。然而当我问她有无性生活时，她一直否认，但我还是从她躲闪的眼神中得到了肯定的答案。我让护士进来，委婉地请她同学出去一下。这时患者告诉我，她的确有性生活，但是由于和送她来的同学很熟，不便说出口。我和护士一起对她进行了妇科检查，随后急诊送手术室。腹腔内出血1 500毫升，要不是姑娘身体素质好，后果不堪设想。

还有一次类似的情况。我问一名年轻女孩到底有没有过性行为，并告诉她这对于医生判断病情非常重要。女孩想了一会儿，犹犹豫豫地说："好像有过！"哎，姑娘，这又不是中午饭吃还是没吃，怎么因为闺蜜在旁，就变成"好像"啦？

除了闺蜜之外，长辈在旁边时，有时也得不到真实信息。因此，我通常会让长辈暂时回避。当然，很多时候，"严刑逼供"证实患者的确与父母眼中的乖乖女是一致的。

第二，关于是否有过爱情结晶。

对于因为不孕前来就诊的女性，医生询问病史时会问患者以前是否怀过孕，因为这涉及不孕的诊断思路和检查策略。如果从来没有怀过孕，称为原发不孕，有女性自身的原因，也要考虑男方因素，但通常不会首先考虑输卵管堵塞。如果曾经怀过孕甚至有小孩，但目前怀不上，则称继发不孕，原因也很多。其中之一是要考虑输卵管堵塞，因为一次或多次流产可能导致这一后果。除此之外，对于曾经有孕育历史的女性，医生还要进一步了解情况，以判断不孕的原因是否在男方。于是，问题又来了。

因为"一根筋"，医生需要知道曾经的那一次或几次怀孕到底是和现任伴侣的爱情结晶，还是和前夫、前男友的激情产物？如果最近一次怀孕的确是和现任，而且时间并不遥远，那么可以初步判断现任没有大的问题。如果爱情结晶是和前任的，现任就需要做检查了。

对于再婚女性，或只有唯一现任的女性，闺蜜在旁边不会有大的影响。在绝大多数情况下，她会大大方方告知实情。但是有时，有的女性会闪烁其词。因为，地球人都知道，没有必要看一次病就把某些历史暴露给了旁人，包括闺蜜。如果您恰巧是经常陪人看病的闺蜜，那么建议主动回避。因为，过度关心和八卦猎奇之间的距离只有一步之遥。

第三，关于爱情故事的某些细节。

还是以不孕为例吧。为了明确不孕原因，有时医生需要知道两人性生活的某些细节，如性生活时间、频率、男方有无功能障碍，甚至惯常姿势等。曾有笑料说，有一对不孕的高知夫妇，以为两人亲亲抱抱就能怀孕。真假姑且不去深究，但无论如何，当闺蜜在旁边的时候，回答医生提出的这些问题的确有些难堪。不善意地推测，彼时彼刻的闺蜜，关心之中也存在好奇的成分。所以，除非是后面提到的"极品闺蜜"，还是不带普通闺蜜为好。

第四，关于爱情故事的可能主角。

在现代价值观的框架下，这个问题理论上非常小众，主要是指在排卵期（两次月经的中间）前后分别和不同男士上演故事，而又想知道到底谁是主角的情形。尽管根据生殖医学的原理我能说出个子丑寅卯，但准确率仅 50%！所幸有这种情况的患者就诊时会避开熟人，包括普通闺蜜。但对于"极品闺蜜"，则另当别论了。

所谓"闺蜜"或"普通闺蜜"，是指双方的确是好同事、好姐妹、好朋友，但在某些问题上仍会有所保留者。所谓"极品闺蜜"，则是指姐妹双方知无不言，言无不尽，事无巨细都要知心分享者。影视作品中那些能和闺蜜讨论另一半的种种功夫和细节，说者意气风发，听者血脉偾张，观者心潮澎湃者，是"极品"中的"极品"。那么，现实生活中有吗？我只能说世界太大了。

同样将镜头拉回二十年前，同样是月朗星稀的夜晚，同样是忙乱的妇科急诊。两名穿戴时尚的年轻姑娘走进诊室，一名是患者，另一名是闺蜜。病情其实相当简单，就是怀孕了，有些先兆流产出血而已。但是两人之间的亲密对话却让我大跌眼镜。

我埋头书写病历记录的时候，两位美女聊开了。哇，全英文对话！原来她们在讨论到底是 Peter 的，还是 David 的！尽管我当时还是新手，但也见怪不怪了。然而，那闺蜜的一句话却让我瞬间石化！只听她对患者说："不对！绝不可能是 Peter 的，那几天 Peter 一直和我在一起，怎么可能？"我的天，姑娘们，这"分享指数"也忒高了点吧。

石化的我缓慢融解之后感到有些气愤。她们太欺负人了——欺负我的英文，欺负我的机构。于是，我淡淡地对她们说："两位，请不要在这里讨论这个问题好吗？请注意，这里是北京协和医院，你们的每一句话、每一个单词我都能听懂，OK？"或许，我应该赠送给那位闺蜜一句："有什么不可能，你也忒低估 Peter 同学声东击西的游击战争能力了吧！"

当然，这样的"极品闺蜜"实属罕见，绝非主流，我也没有遇到过第二个！但无论如何，鉴于种种原因，有些时候带着闺蜜进妇科诊室是弊大于利的。如果可能，不妨短暂分开。因为：

有一种财富，叫作隐私；有一种关爱，叫作回避！

好友、老公和手机

一段门诊结束后的有感而发，竟成为一篇
女性认识自己、了解自己的热门科普。

一

在妇产科门诊，一个最常问到的问题是：你的末次月经是什么时候来的？翻译成女人之间"喜闻乐见"而且接地气的话就是：你和你的好友——"大姨妈"最近一次见面是什么时候？

请相信我，回到几年前，很多女生会在一脸萌萌的懵之后，转头审问陪同男士："你说，你说，你快说，到底是什么时候？快想想，你快想想，我让你快想想！"然后，很多陪同男士会不好意思却极其准确地报出日子，误差不会超过1天。当然，也有的男伴会一脸的懵，只不过是傻傻的懵。

为什么是傻傻的懵？

因为，可以这么说，能记住女伴末次月经的男人，基本够格参评"模范丈夫"。

为什么？

因为，对于女性而言，末次月经是一个与生日和结婚纪念日同等重要的日子。记得住女伴末次月经日子的男人，至少是一个在共享欢乐的同时，还很在意或担心女伴怀孕的有责任感的男人。所以，如果连女伴的末次月经都没有记住，这种零成本的爱都不能顺畅表达，是不是就有点傻了呢？

二

前辈大师说："逢女必问经、带、孕、产、痛。"经就是指月经，带是指白带，孕是怀孕次数，产是分娩次数及方式，痛则是痛经和下腹痛等等。你瞧瞧，经，也就是"大姨妈"，赫然排在首位。

为什么排在首位的居然是她？

理由就是：她牛！月经是女性特有的生理现象，是提示女性健康的重要标志之一。

那么，女性为什么会有一个月流血七天的特殊现象呢？

这得从人类的繁衍说起。

三

正常女性一生全部的卵细胞在胎儿期就已生成，即有几十万个原始卵泡。在女性生长发育过程中，多数原始卵泡夭折，仅有部分卵泡能够幸存到青春期。在下丘脑的控制下，脑垂体前叶分泌促卵泡激素，促使卵泡发育成熟并合成分泌雌激素。在雌激素的作用下，子宫内膜开始增殖，在排卵前 1～2 天促卵泡激素的分泌和黄体生成素的分泌都出现高峰。随即雌激素水平开始下降，卵泡成熟并排卵。排卵后，在孕激素的作用下，增殖期子宫内膜转变为分泌期子宫内膜，更为蓬松，为受精卵前来安家落户做好准备。

如果排出的卵子能够得到精子的"求爱"并受孕形成受精卵，就会继续发育成胚胎、胎儿，直到分娩。如果卵子没有受孕，黄体就开始萎缩，孕激素和雌激素的分泌也迅速减少，子宫内膜突然失去这两种激素的支持，血管就会收缩，导致子宫内膜萎缩、坏死而脱落，引起出血。血液与脱落的子宫内膜自阴道排出，就是我们所说的"月经"。

从自然生理的角度看，月经是受孕失败的结果，是成熟卵子被"放了鸽子"的表现。然而，为了种族的繁衍，卵巢和子宫是坚强的。即使屡败，子宫内膜也总是未雨绸缪，为每一次可能的受孕做准备。卵巢内的卵泡也开始发育，进入下一个周期。周而复始，渐成规律。

四

月经，顾名思义，就是女性每月一次的特殊经历——每月一次规律的身体出血。这种出血不是切菜切到手指出血、鼻子出血或牙龈出血，而是子宫出血。

表述月经的指标包括周期的频率、规律性、经期长度、经期出血量 4 个要素，或者至少通过三个指标来表述。

月经周期：是指本次月经第一天到下次月经第一天之间的时间长度。此处的月，是 28 天。说句题外话，常言道：十月怀胎，一朝分娩。其中的月，就是 28 天，10 个月就是 280 天，正好 40 周。如果按照公历的每月 30 天计算，就是三年不生的哪吒——过期妊娠了。

当然，月经周期的规律性是相对的，其准确性并不像卫星、导弹发射那样精确到分和秒。实际上，以 28 天为基点，往前提几天或往后推几天都是可以的，只要最近一段时间每次月经都如此，而且没有引起贫血、不孕或伴有肥胖、多毛等表现，都可以认为是正常的。

月经期：指出血的持续时间，即从出血第一天至出血完全停止之间的天数。通常为 3 ～ 7 天，3 ～ 5 天居多。如果月经期时间延长而且量又不多，则称为月经淋漓不尽。

月经量：指整个月经期出血的总量，一般为 50 毫升左右，也就是一两杯红酒或白酒的量。一般认为超过 80 毫升，就称为月经量多，低于 20 毫升，则称为月经量少。但是，月经量的多少和高矮美丑一样，因人而异。简单地说，关于月经量，只要没有少到引起不孕，或者没有多到引起贫血，基本都可以算正常。

地球人都知道，闺蜜是最好的朋友，也是"敌人"。请不要打我，闺蜜之间可能什么都会分享，但也存在什么都要攀比的现象。不过，在月经量方面，就请不要比了吧。你多你光荣，我少我骄傲。反之亦然！

五

其实，好友"大姨妈"是地球上很娇贵的"物种"。很多因素，包括学习紧张、工作压力、生活打击、环境改变等"喜怒忧思悲恐惊"，都能吓她一大跳，让她表现异常（月经紊乱），甚至暂时隐入深闺（闭经）。也就是说，如果女性的身体出现了问题，有时可能会表现为月经改变。

月经周期的改变通常是内分泌原因，其病根儿多半不在子宫本身，而是上级器官卵巢或更上级器官垂体、下丘脑等出了问题。当然，和子宫的上级卵巢平起平坐的"同事"，如甲状腺、肾上腺出现问题，也可以表现为月经异常，包括周期异常。

月经量过少的可能原因包括营养不良、甲状腺疾病、肾上腺疾病、免疫性疾病、结核，或者多次人流破坏子宫内膜等。月经量过多的原因较多，如子宫肌瘤导致子宫内膜面积增加，影响子宫收缩，或者各种类型的子宫内膜增生、全身疾病，如血液系统疾病等。如果月经期长甚至淋漓不尽，则要警惕子宫内膜息肉或者内分泌问题。

偶尔发生一次月经改变不必过分紧张，很多人在下一个或两个周期就能恢复正常，尤其是对于精神因素引起的月经改变。而如果连续三个周期都异常，就需要注意，需要去看医生了。

六

如果在好友"大姨妈"正常出现时间以外的任何时间发生阴道流血，都认为是异常出血，学术名词是异常子宫出血（abnormal uterine bleeding，AUB）。国际妇产科联盟还提出了PALM-COEIN体系（与手掌和硬币的单词接近），对异常子宫出血进行分类和归因。各位读者英文都比我好，不妨帮我看看。

"PALM"存在结构性改变，可采用影像学技术和/或组织病理学方法明确诊断，具体为：子宫内膜息肉（polyp）、子宫腺肌病（adenomyosis）、子宫平滑肌瘤（leiomyoma）、子宫内膜恶变和不典型增生（malignancy and hyperplasia）。而"COEIN"无子宫结构性改变，具体为：凝血功能障碍（coagulopathy）、排卵功能障碍（ovulatory dysfunction）、子宫内膜局部异常（endometrial）、医源性（iatrogenic）、未分类（not yet classified）。

医生会根据不同原因，进行针对性的治疗。

七

"大姨妈"位列"经带孕产痛"之首的原因我们了解了，那么为什么每次医生都会烦人地问末次月经的日子呢？

因为医生问惯了，不问不舒服？

是的，这帮医生还真是不问不舒服！因为如果不问，就有可能掉进坑儿里。坑儿有千万种，可能但不限于：病人已经怀孕了，医生却没有关注到，开药时开了孕期不能用的药物；病人都自然流产了，还以为是正常月经过多；宫外孕都破裂了，医生也不知道，导致漏诊，甚至出现生命危险……

所以，必须要问，必然得问！

不但要问，如果医生觉得不正常，还要问前一次甚至更前一次月经的情况。因为，自然流产或宫外孕可能会表现为停经一段时间后出现腹痛和阴道流血，而这次的流血，往往和以前的正常月经不太一样。

八

信息时代了，大数据了，人工智能了，但好友"大姨妈"的重要性和规律并没有发生"革命性"改变。

《黄帝内经》说，"女子二七，而天癸至，任脉通，太冲脉盛，月事以时下……七七，任脉虚，太冲脉衰少，天癸竭，地道不通，故形坏而无子也。"古人说，女性14岁该来月经，49岁会绝经。我的老师郎景和院士说过，这一定不是从几个人，而是从一大群人中得来的大数据。几千年以后，我们进入了现代，进入了21世纪，这些规律基本没有改变，初潮和绝经不过是提前或者延后了一两年而已！折腾了半天，我们还是在古人所画出的圈儿里转悠！这个圈儿，或者说这个规律，不是黄帝或者某个人说的，一定是一个时代的大数据的结晶。数据有多大？我们不知道！

暂时跑个题。试管婴儿出现了，人造子宫出现了，不需要另一半，从女人甚至男人身体上"抓"个细胞就能造出"人"了，男女之间的事儿已经不是人类繁衍所必需的了。那么，未来的男女故事将会是怎样一个版本？

九

最后说说手机。进入信息时代后，在女性与好友的关系中，老公的地位或者重要性发生"革命性"的改变。生活中，一个名叫"膜拜·冯"（mobile phone，手机）的家伙，出现在你和老公之间，成为"三方共赢"的第三者。我敢肯定，你和老公亲密接触的时间，不会比和冯先生待在一起的时间长。甚至，即使老公夜不归家都很淡定，而冯先生失踪了简直就丢了魂。

不妨留意一下，现在如果在门诊问一个女生的末次月经，90%的女生会掏出智能手机，翻日历或者打开某些APP查末次月经的日子。于是，曾经能"准确报时"的男人瞬间成为可有可无的产品，地位是不是也陡然下降了？

坦白告诉我，是这样吗？

她，可以有；它，必须有

这段堵不如疏的劝导，成为我在高校做宫
颈癌防治知识讲座的常用桥段。

一

每年 12 月 1 日，世界艾滋病日，红丝带全球飘红。一个月
后的一月份，是美国的宫颈癌关注月，而蓝丝带却并不闻名——
他们的宫颈癌患者已经很少了。

艾滋病，学名叫获得性免疫缺陷综合征（acquired
immunodeficiency syndrome，AIDS），是因感染人类免疫缺陷
病毒（human immunodeficiencyvirus，HIV）引起的疾病。宫颈
癌，发展中国家最常见的妇科恶性肿瘤，是因感染人乳头瘤病毒
（humanpapilloma virus，HPV）引起的癌症。

先来看看 2008 年诺贝尔生理学或医学奖。那年，该奖项由
三位科学家分享。其中有两位法国科学家：吕克·蒙塔尼耶和弗
朗索瓦丝·巴尔·西诺西，他们两人分享了一半的奖金。他们的
贡献是发现了 HIV 感染与艾滋病之间的关系。奖金的另外一半
由德国科学家哈拉尔德·楚尔·豪森独享，他的贡献是揭示了

HPV 感染与宫颈癌的关系。

再来看看两者的传播途径。两者最主要的传播途径都是性生活：男女之间、男男之间、女女之间……当然，HIV 还有血液传播和母婴传播。

二

应全国妇联之邀，我在多个高校开讲《三道防线，阻击宫颈癌》，听众多半都是如花似玉的女大学生。其中会讲到宫颈癌的一级防控措施是 HPV 疫苗接种和健康的生活方式。谈到健康的生活方式时，会提到这样一句话：洁身自爱，谨慎交友。

然而与接种疫苗相比，洁身自爱说起来容易，做起来困难。换成诗意的话，就是理想很丰满，现实很骨感。为什么呢？因为，到达一定生理年龄之后，在日益高涨的荷尔蒙的冲击之下，在越来越浓的声色光影的诱惑之下，在不断膨胀的自我解放的鼓噪之下，男女之间发生特殊故事（姑且亲切地称为"她"）的可能性就增加了。情不自禁，情有可原。而且，对于这类故事，总有人"喜闻乐见"。

但是，女生们必须知道，对于男女双方而言，虽然特殊故事带给双方的愉悦是相似的，但后果却是不同的，尤其是在无保护的情况下。女生除了要承担意外怀孕的后果之外，感染 HIV 的可能性也要高于男生，并且要独自承受 HPV 感染及其导致的严重后果——宫颈癌。

三

可以这样比喻，在HPV的传播过程中，"土男人"（不知道HPV这回事儿）和"不男人"（知道HPV但不采取措施）合起来就是"坏男人"，对HPV感染起到的是"击鼓传花"和"蜻蜓点水"的作用。

是的，男人也会感染HPV，但是由于解剖生理结构与女生不同，病毒很难在他们的"身子"上长期存留，因此不太容易引起疾病。除非是那些一辈子只洗一两次澡，或者每天都不洗洗就睡的男人。当然，也有例外，比如美国影星迈克尔·道格拉斯，他说他的喉癌就是因为替女性服务，结果"咬"来了病毒。

四

宫颈癌到底有多严重或者多可怕？我在讲课中通常会用到这样两句话：第一，每30～35个女性中，就有一个女性会在她一生的某个时期遭遇宫颈癌。第二，世界上，每两分钟就有一位女性因为宫颈癌而去世。换句话说，在你花了8分钟阅读完这篇文章时，世界上已经有4个女性因为宫颈癌永远离开了这个世界！所以，要采取三道防线，来阻击女性健康的杀手——宫颈癌。

五

阻击宫颈癌的第一道防线，除了接种人乳头瘤病毒疫苗之外，就是提倡健康的生活方式。但是，在新人类放飞自我的情形下，要让这种故事从不发生，创意很好，但可行性差。不如退而求其次，把希望寄托在一种特殊的用具上。因为地球人已经证明，这种用具——安全套（姑且称为"它"），除了可以有效避孕之外，还能在很大程度上防止 HIV 感染，在一定程度上防止 HPV 感染。该用具适用于特殊人群，也适用于普通人群。

曾经有一个专家问，HIV 和 HPV 在什么样的人群中更容易传播，是阿姆斯特丹运河边上的特殊行业工作者，还是在办公室工作的普通白领和金领？请体会下面这段话，与人品无关：在前者，特殊行业中，人们通常会严格坚持"安全套使用标准"，这是红线，因为双方都知道危险；而在后者，普通人群中，却没有"标准"，双方都默认对方是健康的，很大概率是安全的，不知道危险就在身边。如果其中真的有像网上说的那样有染病后报复社会的人，那就更危险了。既然知道天下没有免费的午餐，就应该知道更没有免费的"晚宴"。危险和安全，没有绝对，只有相对。

六

最后，诗意一下：

爱爱，可以有。

套套，必须有。

可以防艾——艾滋病。

可以防癌——宫颈癌。

人乳头瘤病毒的真情告白

我有些担心，听完我的告白后，你会爱上我。

——人乳头瘤病毒

我是 HPV，中文名叫人乳头瘤病毒，近年来已经是一个"全球风雨"的腕儿了。这不，我也来说"两句"。

首先，我的家族成员很多，有 100 多个，但实际上给宫颈造成麻烦的多半只有 HPV16 和 HPV18 两个而已。

我非常自豪，因为我成就了一名叫豪森的德国老伯，他居然发现我与宫颈癌之间存在明确因果关系，并因此于 2008 年获得诺贝尔生理学或医学奖。

我也有点自卑，因为我其实只是个"山贼"，与其他大腕儿（引起肝癌的乙型肝炎病毒和丙型肝炎病毒，以及引起艾滋病的人类免疫缺陷病毒）相比，我只在宫颈上闹点事儿，而且只要您稍有警惕（每两年进行一次宫颈癌筛查），我就难成大事。

至于我是如何缠上您的，很多时候是天知地知您知我知，但有的时候是真的不知道。通常是通过性行为，但接触不干净的卫生洁具和用品后也可能沾染。

其实，并不是一沾上我，就会得宫颈癌！只有长期、持续、高负荷地与我亲密接触，才会引起宫颈的癌前病变和宫颈癌。据说，40%的女性在一生中的某个时期都与我有过接触，但我通常作为访客出现，多半会自动离开。但如果您的状态不好（免疫能力下降）、环境适宜（多个性伴侣、不洁性生活），我就会克服一下困难，定居了！

如果妇科医生发现了我缠上了您，您当然会紧张和不快，但是，从另一个角度来说，也是一件比较幸运的事情（绝非站着说话不腰疼）。因为，我被暴露后，我们家族的后续破坏工作多半做不成了。

那么，什么时候要怀疑到我并对我展开调查呢？

目前认为，在21岁以上有性生活的女性中，就需要对我展开调查，直到65岁为止。通常不建议在21岁以下的女孩中对我进行调查，因为她们虽然容易感染上我（HPV），但她们的免疫防御功能很强，多半会很快将我清除（称为一过性感染），进行HPV进检测不会实质上降低宫颈癌的发生率和死亡率，只会增加她们的恐慌。

人类对宫颈癌的筛查始于上世纪40年代，并一直在改进方法。上世纪90年代末人们发明了一种称为薄层液基细胞学检查（thin-prep cytology test，TCT）的方法，一度是宫颈癌筛查的主要方法。本世纪初，鉴于HPV与宫颈癌的因果关系得到证实，人们通过检查我的核酸（HPV-DNA）来筛查宫颈癌，而且认为HPV核酸检测是宫颈癌最好的初筛方法。

假如核酸检测证实我家族的任何一个成员都不在宫颈现场（HPV阴性），您大可放下心来，一年或两年复查，这是最好的情况；如果检测发现家族中 HPV16 和 HPV18 两位出现在宫颈现场（HPV16/18 阳性），就需要特别小心，要进一步做阴道镜检查和活体组织检查（活检），这是最坏的情况；如果是发现宫颈感染的是除了 HPV16 和 HPV18 之外的其他类型 HPV，则属于中间型情况，需要通过 TCT 检查进行分流：如果 TCT 检查异常，则要进一步做阴道镜检查和活检。如果 TCT 检查正常，则一年后复查 HPV。更细的规则，医生会清楚的。

如果准备怀孕的妇女沾染上了我，建议您还是先把我的大部队打发走（HPV 值明显降低）之后再怀孕。潜伏下来的少量人员一般不会影响妊娠结局。

即使我已经给您带来了伤害（如各种类型的宫颈癌前病变），您仍然是可以搞定我的。狂轰滥炸的攻击（各种针对宫颈病变的物理治疗和锥切）能将我的部队大部分消灭，即所谓"治病即治毒"，留下的残兵一般很难组织有效进攻。而且，您自身的免疫能力有可能最终将我"请出"。

基本可以负责任地说，目前还没有口服药物能对付我。在宫颈局部使用干扰素可能有一定效果。一些国家已经开发了新式武器，即治疗性 HPV 疫苗和预防性 HPV 疫苗（主要针对 HPV16 和 HPV18）。据他们官方发布的消息，效果还是不错的。

总之，我有点坏，但并非可怕至极，您认识我以后，了解了我的脾气秉性，就可以驯服我，为了您的健康，可不要靠近我哟，否则，我可真的会闹出点动静的！

春节怀孕，好不好

说的是春节，其实并不限于春节，其他长假，同样适用。

问题起源于一个朋友的微信。他说他们夫妻两地分居，常年不在一起，春节要一起回老家，就想利用假期怀个孩子，这到底好还是不好。恰好这个时候，中央人民广播电台《央广健康》频道的编导也问了我类似的问题。

坦白地说，作为妇科肿瘤医生，尽管四线值班的时候也要负责产科，但我实际上已经脱离产科一线十多年了，不敢随口回答。于是便带着问题口头请教了产科的同事，结合自己的"老本"，回复了朋友和编导。

一起来看几个场景：

场景一：

怀孕计划是"蓄谋已久"，已经确定就是利用春节长假这几天，宅在温暖而舒适的家里，或者不需要长途跋涉就找到一个山清水秀、人杰地灵的所在，避开所有的应酬和可有可无的人，全面而专心地铺开这项百年工程，倒是极好的。

场景二：

怀孕计划是临时起意，只是为了利用好不容易才有的春节假期而仓促上马，这就值得商榷了。你可能会有三亲四戚、七大姑八大姨需要接待或者走访。大鱼大肉、觥筹交错必不可少。小酌几口尚可，一不小心一醉方休，然后双方再迷迷糊糊地开工，就不太好了。

场景三：

到热门景点度假，同时顺便怀孕，也不是特别好。因为，作为在春节这场全世界最大规模人口流动中的一员，你通常会享受车马劳顿的大礼，欣赏 people（人）mountain（山）people（人）sea（海）的壮观，甚至把自己累成了"狗"，再疲劳开工，效果可能就不太好。

场景四：

到地球另一端找个清净的地方，休闲度假的同时怀孕。这也许好，也许不好。空气好、人头少是事实，但时差问题、安全问题（我到法国和美国学习的时候，体重都迅速下降，主要就是担心安全。说句实话，中国可以说是世界上最安全的国家，至少是之一，是目前世界上夜间还敢随便出门的国家之一）、伙食问题等情况也需要考虑。当然，如果你早已习惯，也无所谓。

设定这么几个场景，是从这几个方面考虑而已。不同的人，情况不一样——说了等于没说。这是不是很像耳熟能详的、绕来绕去又绕了回来的"专家意见"？

其实，我个人认为，顺其自然可能更好。从精子与卵子结合、胚胎的生长发育直到分娩，都是一个自然选择、优胜劣汰的过程。再艰苦的环境，甚至战争年代，不是也能怀孕生子吗？再辉煌的皇室家族，再优越的亲密环境，不是也有生个继承人都困难的时候吗？所以，关于春节造人好不好的问题，我没有答案，或者说，没有标准答案。相信自然和生命的规律，不必过分纠结好还是不好。只要你们两个都说好，一拍即合就是好，是不是？

不过，我更想说的是，如果决定要在春节长假开始怀孕工程，应该提前三个月甚至半年做一些必要的准备，这比临时纠结更有操作性。

作为过来人，先给准爸爸们提个建议吧。如果决定春节怀孕，那么最好从夏天或者秋天就开始戒烟、限酒，少给自己压力。少去夜店，少熬夜打游戏；少看直播，少熬夜刷朋友圈，保持你的精气神。要知道，你当下的精子是三个月前启动生产的，而不是像唾沫一样，说有就有。所以，三个月甚至更早的时候就要好好调节自己。否则，你会看起来帅呆了、壮爆了、八块或者更多腹肌了，但一检查，活力好的、能冲锋陷阵的"勇士"就是一个成语——屈指可数（少精症、弱精症），这个部队可没有你想象的那么坚不可摧。

作为非营养专业的医生，提点业余的营养建议。对于超过了

"小确肥"级别的女性，如果准备怀孕，建议"管住嘴，迈开腿"，适当控制体重。"一白遮百丑，一胖毁所有"不确切，也不提倡都追求瘦得没有脂肪，但肥胖的确是一些疾病的表现或根源，会对女性的生殖能力有负面影响。而且，肥胖女性怀孕后发生妊娠糖尿病的机会更大，严重者会对母亲和胎儿造成危险。由于孕期控制饮食不利于胎儿生长发育，同时孕期活动量较非孕期会有所下降，让肥胖女性在孕期减肥不现实，毕竟孕期需要均衡健康的饮食。所以，肥胖女性最好在孕前有所行动。当然，更靠谱的做法是，看看靠谱的营养专家。不靠谱的营养专家会说得天花乱坠，然后让原本吃了几十年饭的你，变得几乎饭都不会吃了。

作为在临床一线工作的医生，除了提醒女性孕前同样要注意调整生活方式外，还有一些普适的专业提醒。如果单位没有常规年度体检的福利，或者你错过了，提前半年或者三个月，自己掏钱做一个全面的身体检查是必要的。血、尿、便三大常规是基本项目，还要做甲状腺功能、血生化检查，心电图检查，感染指标（针对乙型肝炎、丙型肝炎、艾滋病、梅毒等）的检查，肝胆胰脾肾的超声检查也很有价值。如果把怀孕分娩当成一场马拉松，有人平时看起来没有问题，但不表明孕期就能安全跑下全程来，做个全身检查是对自己、家庭和孩子负责。否则，怀孕后才发现糖尿病、高血压、心脏病、肝炎等，更让人纠结，是不是？

作为妇产科医生，自然是王婆卖瓜，又甜又沙。多说一点，准备怀孕之前，特别建议全身检查时要做妇科检查，而不是躲避妇科检查。妇科检查是给女性的额外大礼。检查生殖道是否有炎症，是否有畸形，检查宫颈是否有癌前病变，子宫是否有肌瘤，是否有卵巢囊肿等，医生还可能会询问双方家族中有无遗传性疾病，以及是否为近亲婚配等。如果有相应的问题，医生会给出建议，包括是否可以怀孕。否则，一旦怀孕后才发现有遗传性疾病、子宫肌瘤、卵巢囊肿和宫颈病变等问题，你就会很纠结，医生也很纠结。

再就是 TORCH（弓形虫、风疹病毒、巨细胞病毒、单纯疱疹病毒）检测，尽管近年对其在孕期检查的价值有争议，但孕前筛查还是应该的。这些病原体中有的与猫狗等宠物有关（如弓形虫），如果你和汪星人和喵星人有很亲密的接触，怀孕前最好查一查。如果某些病原体的 IgM 抗体阳性，则说明近期有感染，可能需要先进行观察和治疗。

作为整天与宫颈病变和宫颈癌打交道的妇科肿瘤医生，特别建议在造人计划获批后，准备动工前的半年，去做一个宫颈癌的防癌检查。宫颈癌筛查是宫颈癌的二级防控措施，筛查包括宫颈液基薄层细胞学检查（TCT）和人乳头瘤病毒（HPV）检测，两者联合检查更好。如果节约一点，可选二者之一，目前更推荐选 HPV 检测。如果一切正常，没有问题。如果有问题，可能需要进一步检查（做阴道镜及活检）甚至相关治疗。如果不提前去查，就可能打乱春节的怀孕计划。如果在怀孕项目开工后才发现宫颈有问题，就让人比较头疼。治疗吧，怕伤及胎儿；不治疗吧，又怕危及自己。

作为妇产科医生，建议有机会注射或计划注射宫颈癌疫苗（也称 HPV 疫苗）的女性，最好在准备怀孕前 6 个月，甚至 9 个月以前去注射。HPV 疫苗接种是宫颈癌的一级防控措施。尽管目前认为疫苗是安全的，但对于妊娠期妇女和哺乳期妇女是否能接种 HPV 疫苗，学界还是十分谨慎的，基本持反对态度。目前上市的宫颈癌疫苗，无论是二价、四价还是九价疫苗，都需要接种三针，分别是 0 个月、1 个月（或 2 个月）、6 个月注射。等你注射完一针或者两针之后才发现怀孕了，你一定会担心是否会影响孩子。目前的资料显示没有影响，但心里总是不太舒服，是不是？

这些孕前准备的确啰里吧嗦。你也许会说，我自己或者有些人啥检查也不做，生下来的孩子同样白白胖胖。是的，并不是所有女性都需要做这些检查，很多女性不做检查也不会有问题，但我们并不能因此而鼓励怀孕前不做检查。婚前检查已经被取消了，孕前再不检查就可能真的遇上麻烦，这真不是"豁（骗）你"的。

综上所述，春节怀孕到底好不好，没有统一答案，因人而异，不必过分纠结。重要的是，如果决定春节怀孕，最好在夏天或者秋天就做必要的功课。如果你已经做了必要功课，那么你就可以撸起袖子、甩开膀子、迈开步子，婆家人会为你们鼓掌，娘家人会为你们加油！如果你没有做必要功课，那么建议你暂缓怀孕，实习预热一下，下个长假或明年春节再说。

大人们教给我们的那些奇葩常识

小时候，大人们教给我们很多生活"常识"。

有些并不正确，甚至可笑，却也无害。

一

大人说，小男孩不能偷看小女孩尿尿，否则眼睛会长"挑针儿"。"挑针儿"也叫麦粒肿，其医学名称是睑腺炎，是睫毛毛囊附近的皮脂腺或睑板腺的急性化脓性炎症，与用脏手揉眼睛有关，和偷看女孩子尿尿关系不大，除非偷看的时候池子里的尿溅进了眼睛。

大人还说，小男孩不能偷看小女孩尿尿，是因为偷看了将来也只能蹲着尿！这更没有科学根据。但这种教育有用吗？有用。因为这是对小孩进行性教育的一种特殊形式，可以让小男孩知道男女有别，长大了才不会因为在厕所或澡堂偷看女性而被处分、处罚，甚至坐牢。

二

大人说，小孩子不能玩火，否则会尿床。两者的直接联系其实很难确立，但是大人知道小孩玩火非常危险，毁物伤人，而尿床又是小孩子很不愿意被人知道的事情，会被讥笑为"流尿狗"。小时候，由于营养缺乏，我上小学时还偶尔尿床。尿床后，就赖床争取时间，用体温来烘干它！大人们以尿床这种让小孩子觉得羞耻的事来阻止危险的玩火行为，虽然道理不通，却用心良苦，而且也有效果。

三

　　大人说，小孩子不能吃鼻屎和耳屎，否则会变聋哑。还有，鼻涕不能流过嘴巴，否则说话结巴。如果您去过高寒山区，就知道过去由于保暖不足，冬天小孩子们都是两条浓浓的鼻涕挂在上嘴唇，名副其实的"鼻涕虫"，一不小心就会越界到达下唇。颇有技术含量的是，很多小孩子都有让它轻松缩回去的绝妙本事！所以，根据鼻屎鼻涕是咸的自身经验加上结合文献，我确定这种联系没有生物学依据。然而，这些教导至少可以让农村小孩子也要注意礼仪，在可能的条件下讲究卫生。

四

　　大人说，疾走、快跑、劳动后，心跳没有恢复正常之前，绝对不能猛喝凉水，否则，"张开的心"被冷水一激，就完全闭合了，人也就完蛋了。现在看来，这个理论并不正确，但是这样做的确不健康。因为这个时候，无论捧起一捧水、舀起一瓢水还是含着水龙头一口气灌饱，都有可能造成胃肠痉挛，发生绞痛。而且，有心脏病的人，真的可能在这种冷的刺激下发生问题。所以，理论不正确，结果却实用。

五

　　大人说，不能将肚子猛地扑在柜台或者栏杆上，否则肠子会被磕断。这一条我可以断定，完全没有医学根据，肠子那么柔软，哪里那么容易磕断？肝脏脾脏还差不多！其实，大人们的目的是教育小孩，尤其是小男孩不要太野太淘，以免忘乎所以，受到意外伤害，当然包括内脏损伤。

六

　　大人说，小孩子不能用印刷有字的书报纸擦屁股，否则眼睛会变瞎。老家长期以来都是用小木棍来进行"大事"后的清洁工作，直到我小学毕业的时候，也就是20世纪80年代初期改革开放之后，才逐渐改成了纸。但当时所用的纸质量低劣，颜色暗黄，粗糙无比，漏洞百出。有的时候也用写过字的废作业本纸，甚至是撕下来的课本。于是大人们警告，不能使用印刷有字的纸。理由骇人听闻：会变瞎！后来才知道，大人们真正担心的是两件事。第一，在曾经的特殊年代，如果小孩子做卫生时用了印有时事新闻（尤其是图片）的报纸，一旦被人看见和告发，说大可以大到天；第二，小孩子们不好好学习，把课本一页页给撕了！

大人们的警告其实有道理。当时的报纸和课本等印刷品中含有铅，而肠道末端血供丰富，否则不会"十人九痔"，也不会通过肛门用药。铅和其他化学物质能迅速吸收入血液，长期使用，日复一日，就可能造成铅超标。铅的沉积会影响神经系统，包括视神经，就不在此深究了。

七

大人说，人要做善事，不能干坏事，否则会变成恶鬼，下十八层地狱。从唯物主义者、无神论者的观点来看，这没有任何道理。连天堂地狱都不承认，何谈上天堂、下地狱？然而，唯独这一条，我认为大人们的话可能是正确的，尽管属于唯心主义，但劝人行善弃恶总是对的。

是啊，这些"常识"教育在现在的育儿专家看来，的确可笑，甚至荒谬。但是，那个年代，那个条件，就是这样，而且未必有害。时代进步了，我们不能苛责父母辈。

这样做，
病人少流血，医生少流汗

一台手术，只能救一个人；一篇科普文章，
可以救更多人。

一

2020 年 8 月 19 日，第三个中国医师节，我遭遇了一台十分
困难的子宫疾病的手术，盆腔及腹腔严重粘连，鏖战 3 个多小时，
病人出血 800 多毫升！有个大夫被病人的血溅到了眼睛里，而我
头上虽然缠了厚厚的阻汗带，汗也差点掉到手术台上……

出手术间脱下手术袍，同事笑我"湿身"了，反手拍了两张。
原来，台上的镇定自若、处变不惊是表面的，真实内心就是这个
样子，万马奔腾，呼啸而过。

二

我想说的是，如果病人能够阅读我或者我的同事们呕心沥血
撰写的女性健康科普图书或文章，就不会等病情发展到这个地步
才做手术。这不是广告，而是"流汗"告白。遗憾的是，人在得

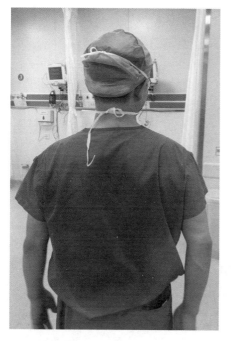

手术结束后的"湿身"照

病之前，不会重视科普。不仅普通人，很多科研工作者也不太重视科普，有的即使学问很深，也没有向公众做科学普及的能力。著名科学家钱学森就谈过这个问题。《钱学森传》中写道，钱学森先生非常重视科普，他说："我们国家重视成果是对，但还要重视培养科技人员三言两语讲清问题的能力，要培养这样的人。我一直在宣传这个观点，还曾给西北工业大学提过一个具体建议：对学位论文，不管是研究生也好，博士生也好，所有论文都要加一个副篇，这个副篇就是要对一个不在行的人讲清楚你的题目。可惜，我的建议没被采纳。"

三

所幸，2016年"科技三会"以后，科学普及包括医学科普逐渐受到重视。"科技创新和科学普及是实现创新发展的两翼，要把科学普及放在与科技创新同等重要的位置"的重要讲话，鼓舞人心。

因此，作为一线临床医生和一线健康科普工作者，我在此呼吁：一起重视健康科普吧！从大的方面说，助力健康中国战略行动；从小的方面说，让病人少流血，让医生少流汗！

四

遗憾的是，涉及女性生殖器官的女性健康科普频频被限流或者限制推送。因为女性健康话题多半涉及生殖器官名称，例如子宫、卵巢、宫颈等，以及一些相关疾病，如宫颈癌、子宫内膜癌等。种种原因，含有这些词的文章会被自动限流，甚至无法推送。某些字词会被不良商家或个人利用或滥用，造成不良社会影响。这我理解。

但是，不能因噎废食。事实上，女性健康及相关知识的科学普及至关重要。甚至可以说，无论疫情多么紧张，灾难多么凶险，战争多么残酷，只要女性还在，只要子宫还在，只要还能繁衍，人类社会就能延续。恰如草原英雄嘎达梅林所言：草原上只要还有女人和孩子，草原就有希望！更何况，国家正在实施三孩政策。如果女性生殖健康问题得不到重视，何谈生生不息，种族繁衍？这也是我创作女性健康科普作品和做健康科普宣讲的目的所在。

然而，我所创作的与女性健康有关的视频频频被限流，甚至完全无法推送。因此，作为妇产科医生，我在此做具体呼吁：对机器"智能"过滤后涉及"敏感"字词的文章，尽快"人工"复核放行，以便科普知识传播到需要的人那里。机器和算法再先进，也不属于人类，不需要与生育有关的器官，所以它们不会在意这些字词背后的健康需求。

为了提高审核的效率，首先，可提高账号认证门槛，关注科普发布者的专业背景，打击不良作品，支持优秀作品。其次，涉及"敏感"字词的文章未必都是洪水猛兽，至少不比那些弹出式窗口更需要清理。最后，人工审核需要专业的健康科普审核专家队伍。如果需要，我愿意参加这方面的工作。

这是一个妇产科医生和科普工作者的呼吁。

这个呼吁与节日无关，却涉及你我。多年以后，我会讲出本文的写作背景，一段凄婉的故事，刻骨铭心。然而极大概率的结果是，经过时间的洗涤，彼时已经云淡风轻。

医生给病人的第一份关爱是尊重

医患之间的相互尊重和相互信任，会给诊疗行为提供暖色调。

英国医学家威廉·奥斯勒认为医生有三大敌人：傲慢、冷漠和贪婪。中国工程院院士、北京协和医院妇产科主任郎景和教授说，所谓看病人，是既要看病，也要看人。如果医生只看病，不看人，那会是机械和冷漠；如果只看人（的钱财），不看病，就是贪婪；如果认为悬壶济世，病人有求于己，则可能会傲慢。在医患交流中，医生需要战胜的正是这三大敌人。

医疗行为目前被认为是一项服务，但它是一项很特殊的服务，涉及健康和生命！与其他服务行业标榜"顾客是上帝"不同，在医疗行为中，病人不是医生的上帝，医生也非病人的救星，医生和患者之间是平等的，需要相互尊重。而在最初的医患交流中，只有病人感觉受到了尊重，才能建立对医生的信任。作为有近30年临床经验的妇科肿瘤医生，在此谈几点细节，供同道指正。

给予病人简短的问候

通常而言，门诊病人进入诊室后，不管我手头有多忙，不管前一个病人问题之多令我如何狼狈和局促，我的第一句话都会是："您好，请坐！"一句很简短却很重要的话！在西方发达国家的医院，如果患者是第一次就诊，医生会很正式地和患者打招呼，在妇产科通常是以某某女士尊称。如果是复诊患者，场面则比较轻松或者说壮观，通常会握手，甚至拥抱。国内公立医院的普通门诊条件差，病人太多，于是一些时候连这句简单的问候都被省掉了。但是设想一下，病人千辛万苦挂上号，被叫进诊室后医生连一句问候和请坐都没有，可能会无所适从，站也不是，坐也不是。所以，短短的一句问候，会在第一时间让患者感觉自己作为人，受到了医生的尊重。

进行一场专注的交流

眼睛是心灵的窗户，人的所思所想、喜怒哀乐都会体现在眼神中。有的医生（尤其是一些年资较低需要自己写病历的医生）工作量太大，有时候只顾埋头写记录，询问病情中都顾不上抬头看患者一眼。尽管对于当事医生，是出于尽可能为更多患者服务的无奈之举，但作为患者，则会有被忽视和轻视的感觉。所以，在与病人交流时，我一定会注视患者的眼睛，让患者感受到面对面交流的真诚。

接诊过程中除非特别必须，我不会接听电话。如果是病房或手术室的紧急电话，我会先向病人简短道歉，然后尽可能迅速结束通话。我不会在病人面前讨论周末出游、买房买车、基金股票（很遗憾没有理财观念）等问题。因为我清楚，如果我饶有兴致地长时间接听这类电话，回头和病人讨论病情表现出仓促和不耐烦，病人就会觉得自己的人、自己的病都没有受到重视，远远不如电话中的话题让医生感兴趣！

交流过程中，如果患者是良性疾病，或者我认为病情很轻，就会表现出轻松，甚至开上一句玩笑。如果是恶性肿瘤，或者我认为病情很重，则会表现出严肃和同情。但无论如何，我希望患者感受到我对她的关切，以及我在倾听和思考。专注的交流，是对交流双方的尊重。

优先讨论重要的问题

寒暄和问候结束后，和很多医生一样，我提出的第一个问题就是"您哪儿不好"或者"您哪儿不舒服"。患者的回答其实正是病历记录中的患者主诉，即患者这次就诊希望解决的主要问题。遗憾的是，由于种种原因，有些医生询问病史的时候采取的还是查户口的方式。例如，在接诊妇产科病人时，边问边记录患者姓名、年龄、孕产次、避孕方式、末次月经等。这些问题对于疾病的诊断和治疗不是不重要，但可以留出空当，稍后再问。设想一下，病人千里迢迢，排队挂号，排队候诊，终于见到医生后，第一想法是什么？当然是想告诉医生自己的病情，希望得到明确的诊断和有效的治疗！如果按病历记录需要的顺序询问而总不进入正题，患者可能会逐渐急躁。而且在患者看来，有些信息对于诊断并不重要，也不想让人知道。因此，优先关注患者的主要诉求，再选择时机补充询问基本资料，是对患者就诊目的的尊重——患者是来看病的，不是来接受调查的。

避免不堪和隐私泄露

在门诊与病人的交流中，还要保护患者的隐私，尊重患者的历史。患者的很多资料都属于隐私，在妇产科、男科学和心理医学尤甚。这些科室的很多信息涉及病人的个人生活和感情，是极隐秘的，患者可能一辈子都不愿意向旁人，甚至亲人提起，仅仅出于诊治疾病的需要和对医生的信任，才毫无保留地告诉医生。医生没有权利有意或无意泄露患者隐私。

我想举两个例子来说明这个问题。接诊有怀孕历史，甚至已经有小孩、有继续生育要求但怀孕有困难的妇女时，一个很重要的问题就是：曾经的怀孕或者曾经的生育是否与目前的伴侣有关？因为这涉及一些不孕原因的排除，比如男女双方免疫因素导致的不孕。在有其他病人在场的情况下提出这个问题显然不妥，患者的伴侣在场时，问这个问题也需要技巧。通常在问这个问题前，我会先说："对不起，为了明确您怀孕困难的原因，我需要问一个私密的问题……"这会让患者和她的伴侣对即将回答的问题有一个心理准备。

另一个例子仍然与不孕患者有关，我们需要知道她以前是否曾经怀过孕，这涉及原发性不孕（从来没有怀过孕）与继发性不孕的鉴别诊断。同样需要注意提问技巧，最好让陪同她的男性暂时回避。如果伴侣回避后患者说怀过孕但与目前伴侣没有关系，我会询问能否在病历本上如实记录怀孕次数。如果患者回答为否，我会在孕次一栏用某种方式标记。有时患者不让伴侣回避，但随后独自返回告知真实情况。实际上，从她回答问题时的某些犹豫中我通常已经知晓答案，但不必说破。每个人都有历史，不能因为看一次病而毁掉一个家庭。

"有时是治愈，常常是帮助，总是去安慰。"美国医生特鲁多的这句话明确了医学的人文性，也体现了医学的局限性。但是，面对晚期恶性肿瘤患者，治愈已经不可能，帮助也很有限，甚至连安慰也苍白的时候，医生唯一能表达的，或许就是尊重！郎景和院士有句名言：医生给病人的第一张处方是关爱。我斗胆引申：医生给病人的第一份关爱是尊重。作为妇科肿瘤医生，我需要对女性作为人，作为病人，作为有社会关系的人表示尊重——尊重她的人格，尊重她的倾诉，尊重她的要求，尊重她的历史！这其实也是"关爱"的内容。以此为开端，才有更多可能建立和谐的医患关系，才有更多可能开展顺畅的医疗行为。

我始终相信，很多时候，不是医生不想尊重病人，而是没有时间、没有条件表达出尊重——1 小时接诊 2 个病人和 1 小时接诊 10 个病人，医生和患者的感觉都会完全不同。若医者继续被某些不良媒体妖魔化，医者的知识价值不能通过诚实劳动体现，三级医疗体系不能建立，大医院门诊如菜市场般混乱，想要单凭医者的人文努力来改善医患关系是困难的。更需要的，是政策的支持和国家的投入，是有责任的媒体和正确的舆论引导，是公众对医学复杂性和局限性的理解……

医学科普应注意保护患者隐私

这篇文章的缩减版后来刊发于《人民日报》理论版，说明在医学科普中保护患者的隐私的确很重要。

曾经有一段时间，一些实名制医生的微博中发布了很多与病人有关的科普段子，出发点当然是向公众宣传医学知识。医生们亲历的病例故事生动活泼，引人入胜，公众印象深刻，科普效果很好。但是，由于微博传播的迅速性和广泛性，有时候患者身边的人从中猜出了患者的真实身份，并发现了一些当事人的隐私。更糟糕的是，有的微博是调侃甚至嘲讽的语气，于是引起当事人的愤怒和投诉，甚至引发医患纠纷。在这种背景下，2012 年 2 月中旬，我发了一条"也说患者故事"的微博：

每个医生都有很多患者故事，但通常不宜微博分享。对医生本人，是总结，是"粉源"；对需要的人，是科普，是知识；对普通网友，是新鲜，是猎奇；对个别小

人，是尾巴，是辫子……但无论怎样，每
一个故事后面都有特定的患者。对他或她
而言，是痛苦，是不堪，是失密，是不敬。
虽字斟句酌，仍难以把握。同意吗？

评论多半是支持的声音，但也有反对的声音，说我这是眼
红某同行。2012 年 3 月下旬，我又发了一条"再说病人故事"
的微博：

网友发给我芝加哥大学某附属医院电
梯中的告示，照片太模糊，直译如下："芝
加哥大学所属医院隐私政策：病人信息属
于机密，勿在公共场合谈论。感谢您对病
人及其家庭的体贴，以及对他们隐私权的
尊重。"这和我先前发的微博"也说患者
故事"不谋而合。共勉，同行们！

2012 年 5 月初，受"北京协和医院百人计划"资助，我到
斯坦福大学医学院进修。进入医院第一周，我根本没有资格进
入病房和手术室，因为在此之前要进行一种称为健康保险可携
带性及责任法案（health insurance portability and accountability act,
HIPAA）的学习。培训由医院的法律部门负责，培训过程很严格，

考核合格后颁发证书，之后才能进入临床。通过培训我才知道，在美国，医务人员如果因为泄露患者隐私而被患者起诉，医院要承担巨额赔偿，而且当事医生可能失去工作。原来，保护患者隐私不仅是道德的规范，更是法律的要求！

诚然，医学知识的普及是重要的，也是必要的，尤其是在当今公众医学常识匮乏的情况下。科普书籍和影像给公众传递了很多医学知识，对加强医患沟通起到了良好作用，不可或缺。比如郎景和院士所著的《妇科肿瘤的故事》，就让人们对妇科肿瘤的知识有了很多了解，消除了不少误区。应当注意的是，人们从科普书籍或影像中获得医学知识如消费高档大餐，并不十分容易，需要花费一定的时间成本和经济成本，而且，主动阅读的读者，通常是对相关医学知识真正有需求的人。网络化以后，医学科普知识的易得性大大提高，轻点鼠标即可搜索到海量知识，人们获得医学科普知识如上中档餐厅就餐一样方便。尽管网络科普中有很多鱼龙混杂、似是而非，甚至有商业目的的伪科普，但总体而言，严谨的科普知识还是很多的。与阅读科普书籍相似，读者同样是对相关知识有需求的人。

微博及短视频出现后，情况大为不同。这些媒体的作品特点是知识快餐，信息呈碎片化、分散化、省略化、速食化，人们获取医学科普知识如觅街头小摊般便捷。但不幸的是，受众的层次不齐，阅读的目的各异，既有真正需要医学科普知识的人，也有仅仅对人体和八卦充满猎奇心态的人，还有各种实施语言暴力的愤青。更为重要的是，这类作品的传播速度极快，范围极广，调控极难。一旦科普中泄露患者隐私，改正和说明都来不及，如果被别有用心者截图，即便彻底删除也难以消除不良影响。

其实，无论是医学专业论文，还是医学科普，甚至是小说，不可避免地会披露与病人有关的重要信息，有些甚至属于绝对隐私。有人说，写作时隐去患者的姓名和面部特征即可。但这只是最基本的步骤，远远不够！因为，如一位网友所言，越是有意思的案例，病人的识别度就越高，人们也越能从叙述中找到身边的真实人物。

在西方国家，即使是读者对象为医务人员的专业期刊，在涉及患者隐私的病例报告发表之前，也需要作者呈交征得患者同意的正式协议。据国外同行介绍，医生撰写与病例有关的科普文章或小说同样需要征求患者意见。首先问患者是否同意医生披露某些与病情相关的细节。如果答案为否，再有价值的素材也不能用。如果答案为是，再继续问可以披露到何种程度。文稿写成后，要请当事患者阅读相关章节，获得首肯并签署知情同意协议后方能发表。看似烦琐的做法，其实体现了对患者隐私权的合理尊重！

可以说，在妇产科、男科学和心理医学的临床实践中，对患者隐私高度保护的要求尤为突出。我们知道，这些科室一些病人的信息和病情涉及个人生活和感情，是极端隐秘的，仅仅出于诊治疾病的需要和对医生的信任，才毫无保留地告知医生。因此，医生有守秘的责任和义务，这也是《希波克拉底誓言》和医生守则的要求。如果需要用所获得的隐秘故事去教育公众，首先应做到的是尊重告知隐私的患者，尊重他们是否愿意披露隐私的选择。

不得不承认，窥视他人隐私是人类的欲望之一，人们通常乐于充当观众。但是，除了个别靠艳照或不雅视频上位的人外，多数人并不愿意自己成为事件的演员！带有隐私的科普微博，也是同样的道理。当不同文化背景、不同阅读目的的人们在茶余饭后、候机间隙或公车地铁上，非常容易并津津有味地分享这些科普知识的时候，却未必知道，患者的隐私在无告知的情况下已被泄露！

那么，在互联网时代，实名制医生如何才能做到在科普医学知识的同时又保护患者隐私呢？抛砖引玉，谈谈初浅看法。

第一，态度端正。尽管是句套话，其实很重要。利用140字发一条科普微博的目的，是要传播真正有用的、重要的医学知识，而不仅仅是为了博公众眼球，赚取粉丝。更不是为了通过显示技高一筹的专业知识而去鄙视患者，或者贬低同行。如一位网友所说：重要的是态度。疾病很复杂，病人对疾病的反应也复杂，很难评价对错是非。医生不是警察、法官，不要去评判病人和别的医生。

第二，选题慎重。涉及急救、常识、救灾、避险等的案例，不仅非常重要，而且涉及隐私的情况不多，或者隐私部分容易被忽略，写起来比较轻松，也不容易引发争议。而一些涉及个人经历、工作、情感、两性生活的案例，不可谓不重要，但处理起来相对困难，容易惹麻烦，需要慎重。

第三，**语气恰当**。医者仁心，要用同情、悲悯，至多是善意幽默的语气去写科普微博，而不是嘲笑、调侃、指责、批评的语气。患者是需要医生提供帮助和服务的对象，医生没有权利也不应该进行道德审判，要对得起患者的信任。很多具体的负面例子我不好举出，但往往是这种把病人的痛苦娱乐化的微博容易引发争议。

第四，**征求同意**。如果觉得某个医学知识点很重要，对公众警示作用大而需要发布，在可能的情况下，可参考国外做法，诚恳征求患者意见。例如"宫颈糜烂"是一种已经被废弃的疾病名称（正式名称为"宫颈柱状上皮异位"），但有很多不正规的医疗单位还在用此赚钱，更有一位刚结婚不久的年轻女性被强迫离婚，就是因为婆家听了医生不恰当的话，相信了所谓的"宫颈糜烂"。当时我很同情患者也很气愤，觉得很有必要纠正这种错误观点。因此在征得患者同意后，连续发了两条微博。

第五，**处理图片**。一些恶性肿瘤、器官畸形或手术照片，可能会让普通公众难以适应，感到恶心和不适，最好进行适当处理后再贴出，或者可在解剖图谱上勾画示意，若有能力，也可以漫画形式来表现。

第六，移花接木。隐藏患者姓名、相貌、病案号等不必多言。尽量将年龄、职业、籍贯、就诊时间进行嫁接。如一位网友所言：科普可以延期发表，病房里前脚发生的事，随后就发出来，病人和亲友看到就不好。如果过了很久还记得，并觉得有必要说，不妨虚实结合。即使是小说体，郎景和院士也在其《妇科肿瘤的故事》的扉页上写着"这里的名字都是假的，故事都是真的"，目的是让读者首先理解，这里说的是一种病，而不是某个人。

第七，链接长文。短短 140 字的文案或一分钟的视频，很难说明白深奥的医学问题，对知识点的背景也难说清楚。又因字数限制，有些重要观点无法表达，从而引发歧义。而长文章、科普书籍则可以说得透彻一些。当然，这需要公众花费更多的时间成本，但是对于真正有需求的人，是值得的。

第八，隐私优先。如一位网友所言：面对猛料，沉默是金。公众毕竟是个虚无的概念，医生的首要任务是对病人个体负责。如果在某一知识点上，非要在医学科普和保护隐私之间做个选择，我认为应该选择后者。医生的职业很特殊，要有自我约束的意识，有些仅仅为了满足公众猎奇或可能引起公众恐惧的医学知识，医生们不宜过多渲染。

也许有人会说，如此这般条条框框，哪里还写得出医学科普？是的，我恰好就是这种人。毫不谦虚，我可以非常轻松地写出很多与医学无关的幽默段子，而科普段子其实寥寥无几。原因在于，作为实名的临床医生，我首先要替信任我的患者守秘，其次才是向大众科普。当我实在无法把握医学科普与保护隐私的微妙平衡时，我会选择放弃，让更有把握能力的人去写。

第三章

协和印记

自 1992 年进入北京协和医院，除出国进修学习、
援疆支农之外，我一直学习和工作在这座青砖
碧瓦的医学圣殿中，被时光雕刻出深深的印记。

从差点与协和擦肩而过开始，到有幸进入协和
妇产科、考取博士研究生，再到参加国际会议、
热心女性健康科普，最后以纪念和学习人民医
学家林巧稚大夫作为结束。

感恩于心，对协和，对妇产科，对前辈，对同事。

结缘协和

那个我不喜欢的老师，那个不知名的车场
女人，还有两位北京来的人，让我能结缘。

多年以来，每当有人问起我是怎么进入北京协和医院的时候，我就会回想起接到加急电报时的那个遥远的周六中午。那是1992年春天，我们华西医科大学（现四川大学华西医学中心）87级5班的同学被安排到一个非常浪漫的地方临床实习。那个地方就是四川省邛崃县县城临邛镇——中国古代四大才女之一卓文君的故乡。卓文君本是临邛镇富商卓王孙的寡居女儿，被来家做客的司马相如的一曲《凤求凰》征服，随后两人私奔成都，后因生活无着，返回临邛镇开酒坊，卓文君当垆卖酒，司马相如则洗涤酒器。后来司马相如被汉武帝赏识，心生弃妻纳新之意，最后被文君的一首《白首吟》挽回……荡气回肠的汉代爱情故事让我深藏在心底的一段感情重新萌动，也让我差点与协和失之交臂。

一个周三的下午，急诊来了一名干农活时不慎被机械砸伤肩部的农妇。因为出血较多，直接被推进手术室。患者穿着毛衣，准备消毒前，带教我实习的外科医生拿起剪刀就要剪开毛衣袖子。患者求他不要剪，说这是她结婚时新织的毛衣。我也恳求他别剪，说我来帮着脱下来。

"是人命重要，还是毛衣重要？"外科医生吼我的同时，不容分说剪开了毛衣。我当时非常气愤，猜想他大概不是农村的，不知道织制一件毛衣多么不容易。从此之后我就不再理那个老师了，路上碰见了，能躲就躲，就是不想和他说话。坦白地说，年少的我，恨死他了。

接下来周六的中午，大概一点多，我下手术后准备回宿舍。不巧的是，刚出手术室，就看见剪毛衣的医生从楼梯往上走来。我无处可躲，只好硬着头皮打了个招呼，正想快速下楼，却听他说："传达室有你的电报！"

"电报？！"我心里一沉，一定是老家出事了！否则谁会给我发电报呢？！

我没有回宿舍，直接跑到传达室。大爷告诉我电报是早晨送来的，但你们在各科室上班，准备晚上拿到集体宿舍去的。

我拆开电报，上面写着："协和面试速归。"

进入华西医科大学的第一天，学长们就在迎新会上告诉我们，每年北京协和医院都要到学校来招学生到协和实习，成绩好就可以留在那里工作。能进入协和实习和工作，是很多医学生的梦想，我也不例外。

然而，一看发报日子，是头一天下午，具体面试时间，也不得而知！我当时想是不是第二天早上再回去，因为下午多半已经没有到成都的长途客车了。而且，我心仪已久、前不久有且仅有一次约会的那个女生明天要回成都。如果明天走，就可以同车，多么难得的共处机会呀。

但是直觉告诉我，还是越快回去越好。我向本来约好周日出去游玩的同学简单说明情况后，一路小跑，直奔临邛镇东头的长途客运站。

进了售票大厅询问后得知，最后一班从邛崃开往成都的长途客车三分钟后就发车，已经停止售票，售票员建议我直接去车场，碰碰运气。

我跑进车场，很多即将发往各个方向的车都已经发动，喧闹不堪，标识也不清楚，要短时间内找到去成都的那一班车，根本不可能！

我颓然地愣在原地。

正在这时，已经开到车场出口的一辆客车上，有个女人站在车门口用川西话在喊："还有没有去成都的，快点上车啦，麻利些！"我飞奔过去，跳上了客车。

一路上，我开始设想面试场景，会问什么问题，我该如何做答。作为连续三年六个学期的医学院全年级的第一名，我对被录取还是很有信心的。唯一不踏实的是，我不会说普通话，一句也不会！到时候我用四川话回答他们能不能听懂。我向旁边的人借了一张报纸，开始尝试用"普通话"默念。看完报纸后，见到路边晃过的广告牌，也用"普通话"默念。

当时邛崃到成都还没有高速公路，走的是川藏线，路况很差，从西藏回来的军车一队连着一队。80 多公里的路，开了 4 个多小时才到达成都西门车站。转乘公共汽车到华西医科大学的时候，天都差不多黑尽了。

刚进校门，就碰上了年级的学生会主席。他责怪我为什么那么晚才回来，说面试下午已经结束。协和来的老师明天要去广州，到中山医科大学继续招生。

我的心一下沉到了地上。

"老师们知道你没有回来，但我联系不到你啊。"学生会主席向我解释。我没有听他继续解释，只是问他知不知道协和老师住在哪里，他说应该在药学院招待所。我一路小跑到了位于校园南端的招待所，服务员听了情况后直接把我领到了协和老师所住的房间门口。那个时候，人们还不太注意客人的隐私问题。

我吸了一口气，开始敲门。开门的是一位年轻的女老师，房间里还有一个年龄稍大的女老师，头发都湿漉漉的，显然已经洗漱完毕准备休息了。后来我知道年轻的是杨萍老师，年长的是刘秀琴老师。

我向他们说明了来意，希望能够临时面试。

她们让我坐下来，然后和我聊天。她们很快发现我说普通话非常艰难，就让我用四川话回答，讲慢点就行。这让我一下就放松了。她们问我为什么要学医，为什么想去协和实习，有什么打算等等。

大概聊了半个小时，她们相互示意了一下，然后说我可以走了。她们让我回去等候消息，说明天上午和医学院的老师们一起开会决定最后人选。临走时，我向他们保证，如果有幸被协和录取，我一定会努力学习普通话。

杨老师笑了起来，说没有关系，到北京后很快就会说了，还说刘老师也不是北京人，协和医院的人一半以上都不是北京人。

第二天是周日，学校正在举行一年一度的运动会。我也去操场看热闹，我心神不定，这里走走，那里看看。

就这样捱到了中午，我终于在操场看见了年级主任文老师。我跑过去问他面试结果出来没有。文老师看着我，没有立即回答我的问题。我陡然紧张起来，看来没戏了。片刻之后，文老师用标准的成都话问我："你说你是想在华西保送研究生呢，还是想去协和实习呢？"

我毫不犹豫地回答说想去协和！对我而言，这其实不需要选择，因为母亲去世后家庭经济困难，我早就决定不考研究生，想毕业后早点参加工作。六年的医学院学习，对我而言已经很长，其他专业同学都已经工作一年了。

于是文老师再次用标准的成都话对我说："那我就告诉你，你被协和录取了。在今天上午的讨论会上，协和老师第一个勾选的，就是你！"

我从成都凯旋回到邛崃，一路上觉得车开得比来的时候要快很多。

我要到北京协和医院实习的消息，在一天之内传遍了邛崃县人民医院的每个角落，包括消毒室的工人和澡堂看门的师傅。

这，大概就叫不胫而走。

实习中的"老大"们

我不做"老大"已经很多年，但挺怀念做
"老大"的日子，也怀念那些可亲可敬的
"老大"们。

在北京协和医院，对于一对一直接带教实习医生的老师，有
一个很特别、很亲切的统一称呼——老大。

1992 年 7 月 20 日，从成都坐了 40 多个小时的火车后，我
到达了首都北京。到北京协和医院报到后正式实习前，我们接受
了入院前培训。培训由一位姓于的大夫主持，她是肾内科医生，
刚从国外进修回来，兼任院长办公室主任。每位讲者发言之后，
于主任都要进行总结，即使有的讲者讲得云山雾罩，于主任总结
时也是第一第二第三，条理清晰，头头是道。从此，我对她的敬
仰有如滔滔江水。

我实习的第一站是消化内科。和我一组实习的是一个杭州女
孩，典型的江浙美女，自我介绍起来，声音甜美，跟唱歌差不多。
轮到我进行自我介绍时，我的每一句"川普"，都会引来一片笑
声，但我还是坚持背完了准备好的自我介绍。那个时候，我常常
把护（hù）士长喊成副（fù）市长，搞得大家真以为重要领导莅

临，紧张过好几回。

我的第一个老大姓张，个子和我差不多，是从军队医院来进修的，江西人，普通话也讲不好。张老大带着我在如迷宫般的协和老楼上蹿下跳，主要是化验室、病案室、超声室和放射科，让我很快就熟悉了老楼的结构和实习医生的事务性工作。抽取静脉血、取化验单、抄化验单、粘贴化验单、送病人做各种检查和记录病程是当时协和实习大夫干的主要工作。每周一次雷打不动的内科大查房，极其著名，大佬教授云集，而整理汇报病历则是实习大夫的任务。摘取要点写出病历摘要，并背下来，的确是很好的锻炼机会。

除了文字工作外，抽静脉血是一项颇具挑战性的工作。轮到第二天该抽血的时候，头一天晚上我们会反复确定闹钟是否定好，6点多就得到病房准备抽血用具。北京协和医院是教学医院，当时的病人们都习惯了由实习医生抽血的制度。即使一针没有见血，通常也不会招来责骂。医生不是天生就会抽血的，病人是医生真正的老师，医生需要感谢病人。

给男性病人备皮和导尿也通常由男性实习大夫操作。当时有一位极其衰弱、瘦得皮包骨头的患者，诊断一直不明确，高度怀疑艾滋病。一天，他突然尿不出来，憋得很痛苦。值班大夫是个女的，不太好意思去插尿管，就请我帮忙插尿管。

病人很衰弱，随时都可能死亡，值班大夫向家属交代了病情，告诉家属包括导尿在内的任何操作都可能导致患者呼吸心跳停止，家属表示理解。

与给女患者导尿不同，给男性导尿更需要技术。女性尿道短而直，孔径大，导尿管容易插入。男性尿道长，而且还有几个生理弯曲需要克服。尽管如此，我还是很顺利地完成了任务。病人说："感谢大夫，我从来没有这样舒服过！"

然而，半个小时之后，病人走了，很平静。家属没有任何意见，但我还是很不安，毕竟病人是在我给他导尿之后才走的。尤其是那句他从来都没有这么舒服过的感谢话，让我很难受。5年之后，一个极度晚期、皮肤上都长满了转移肿瘤的妇科肿瘤患者，在我进行了胸腔穿刺后，说了一句几乎一模一样的感谢话，然后也很快就走了。有一段时间，我一听到类似的感谢话，就莫名地紧张。

轮转完消化内科病房后，我和杭州美女一起轮转到了心内科病房。带我的老大姓李，温柔漂亮，不爱说话，后来去了国外，印象不深。令我印象更深刻的是杭州美女的老大，姓蓝，瘦高个，1.8米多。之所以印象深刻，原因之一是蓝老大曾请病房的医生，包括我们实习医生到北京著名的老字号吃过一顿涮羊肉。那是我第一次吃涮羊肉，而且也第一次知道是"涮羊肉"，而不是"刷羊肉"。

蓝老大令我印象深刻的另一个原因是他曾经承受过杭州美女带来的巨大心灵创伤。一天晚上，蓝老大值班，我和杭州美女跟班。一个病人说心脏不太舒服，我和杭州美女就去到病人的床旁做了心电图。做完以后，美女同学在长长的心电图纸上标上了病人名字、做心电图的时间、导联符号（从肢体导联 1，2，3，在到胸 1 至胸 6 等）。然后，呼叫了蓝老大。

蓝老大来到医生办公室，看了一眼美女同学递给她的心电图，二话没说就冲到了病人的床边。蓝老大的额头直冒汗，他一边询问病情和听诊，一边指挥我们再去推心电图机，重新做心电图。

做完心电图，蓝老大满脸疑惑地返回办公室，再次看了美女同学先前做的心电图，哈哈大笑起来。原来，美女同学递给他的那份心电图，纸张方向上下颠倒了，如此一来，显示出来的就是很严重的心肌梗死！

虚惊一场后，我突然有一种幸灾乐祸的感觉——没想到一向做事谨慎，既有颜值又有才华，屡受表扬的美女同学，也有阴沟翻船、给老大挖坑儿的时候。

国庆之后，我和杭州美女转到了肾脏内科。带我的老大，恰好就是那位主持入院培训的院办主任。我每天跟着于老大，尽职尽责，于老大对我也是关怀备至。

一天，于老大看见我光着脚丫穿凉鞋上班，不禁皱起了眉头，说这很不雅观。第二天，她给我拿了几双崭新的袜子。又有一天，在询问病史的时候，我问一个看起来很强壮的病人每天吃多少，病人回答说每天吃六两主食。我随口了说一句："吃这么点儿。"于老大打断我："吃这么多还少？！"我回答说："当然少啦，我每顿饭至少吃六两，中学时最高纪录是 9 两米饭，3 份小炒，大学早餐最高纪录是 6 个 2 两的馒头和 3 碗粥！"

于老大像看外星人一样看着我，过了好一阵才问我："那你的粮票够吗？"

第二天，于老大带来了总共面值两百多斤的粮票给我！粮票是 1955—1993 年间中国在计划经济体制下，伴随粮食定量供应在流通领域粮食及粮食制品买卖的票证，即使有钱，没有票也买不到粮食。200 多斤粮票真是一个不小的数字，我一直用到 1993 年 5 月，也就是北京也随其他地方一样全面取消了粮票制度以后，我都没有用完！

这就是我在协和实习时可爱、可亲、可敬的老大们。等我后来成了带实习医生的老大时，我也同样关心跟我的实习同学，也问问他们有无生活困难，偶尔也请他们下下馆子。

进入妇产科

是塞翁失马焉知非福，还是冥冥之中自有安排？

经过半年多病房的轮转实习，1993年初，也就是春节前，到了决定我们是否能留在协和医院工作的时候了。当时也是双向选择，但不必像现在的实习医生那样构思制作精美的个人简历，而是在教育处报个希望去的科室的名字就行了。

由于母亲是因妇科肿瘤去世，而且又知道妇产科的已故老主任就是人民医学家林巧稚大夫，所以我最初很想报妇产科。但是老家德高望重的舅公和曾经让我跟他学医的村医都建议过我最好选择内科。另外，已经确定了在胸外科工作的铁杆室友也说，男的当妇产科大夫不好，将来连媳妇可能都找不着。

出于这些考虑，我第一志愿报了内科。我到协和后第一轮就是在内科实习，工作努力，表现不错，得到总值班医师的赏识，他把我排成第一个接受面试的人。几名副主任对我轮番提问，我对答如流，信心满满走出了面试教室。

然而，面试结束后，我被告知内科录取名单中没有我！我百思不得其解，就去问内科总值班医生，他闪闪烁烁说，据教育处的老师说某一科室希望留下你，所以内科就不选你了。

我冲到教育处，站在半年多前曾将我选入协和的恩人老师面前，愤怒地表达我的意见，说我根本就没有想过要报她说的那个科室，质问她为什么不征求我的意见。老师被我出奇的愤怒吓红了脸，算是默认。

她问我接下来有什么想法，说她可以再去和内科说说。我说内科现在就是想要我，我也坚决不去了！想一想，也曾年轻气盛过啊！

愤怒之后总得平静下来。留不到内科，就留不到协和了，回华西医科大学也已经没有机会报考研究生了。本来按我的成绩，如果不到协和来，保送研究生是没有问题的。

华西医科大学的同学们都已经分配完毕，我回去参加分配最可能的结局是到县医院工作。那天晚上，我一个人去了东单头条的青艺剧场，有一搭无一搭地看电影，连电影名字都不知道是什么。在到县医院工作还是再找机会留在协和的痛苦思考中，我的思路又回到了妇产科——其实那才是我真正的第一志愿。

第二天一早，就再次去了教育处，但教育处老师说妇产科已经面试完毕，被录取的四个同学的名单都报上来了。但是我还是不死心，我向护士长要了几张 A4 打印纸，在正在实习的儿科的那间小得不能再小的医生办公室里，用小楷字工工整整写了一封自荐书。感谢当年电脑和打印机还没有普及，否则就无法显示出我那工整小楷的力量了。

我到老楼 15 号楼 3 层的妇产科主任办公室，找到了郎景和大夫，那也是我第一次近距离接触郎大夫。1992 年春天，妇产科主任吴葆桢教授因病去世。我们刚到协和时，郎景和教授还是北京协和医院主管医疗的副院长，后来知道，他受吴教授临终之托，已经返回妇产科当主任了。

我郑重地将自荐书双手递给郎大夫，郎大夫像我一样郑重地接过了自荐书，仔细读了起来。"写得不错啊，字也写得很好。"郎大夫温和地说道，"不过，我们四个本科生的名额都满了呀！"

大概看我差不多都要急出眼泪了，郎大夫似乎想起了什么，他说："科里今年有一个专科生名额，准备招一个实验室技术员，也许我们可以想想办法！"他让我把自荐书拿回去誊写一份，给杨秀玉副主任和徐蕴华副主任各送一份。

我跑回儿科医生办公室，飞快地誊写了一份自荐书，分别送给了杨主任和徐主任。三天之后，教育处老师通知我，妇产科录取我了，说杨主任为了我的事儿都和人事处处长吵起来了！

于是，我成为 1993 年北京协和医院妇产科录取的第五名本科生，技术员的名额被取消。

那位本来可以进入协和妇产科的同龄人，在下这厢对不起了！

在协和的第一年

小时候，我的理想是将我手写的字变为铅印的字。这一理想，在我进入协和的第一年实现了。

1993年，我占用了一个专科生的名额，成为协和妇产科正式录取的第五位本科生。老师们并没有把我当"编外医生"，我工作也很努力。由于我字写得工整，病房和门诊的药瓶的标签如果字模糊了就由我来重写，之前这项活儿是郎景和大夫和刘俊涛大夫干。我刚进妇产科工作不久，医院就举办纪念毛泽东同志诞辰100周年书法绘画比赛。我用钢笔写一幅"希波克拉底誓言"，作为硬笔作品。又因为1993年恰逢三峡工程开工，于是用毛笔写了一副"高峡出平湖"的大字，作为软笔作品。

参赛作品陈列于协和老楼11号楼一层至8号楼一层的长廊上，人们在15号楼零层小得不能再小的值班食堂买完饭后，就端着饭碗，边吃饭边欣赏参赛作品，顺便投票。半个月后结果公布，我的那幅"希波克拉底誓言"获得硬笔书法一等奖，"高峡出平湖"获得软笔书法二等奖。有意思的是，郎大夫的一副毛笔字也是软笔二等奖。群众的眼睛是雪亮的，但群众评委的水平也是有限的。

当时只有精神奖励，没有物质奖励。医院后来很长时间都没有举行过类似活动，也幸亏没有举行，否则自从 1996 年开始使用电脑之后，我的字写得每况愈下，不交不合适，交了也没戏。但是多年以后，协和成立了"协墨丹青"书画协会，我还是被推荐为副会长。字写得好的人比我多了去了，但喜欢在后来的朋友圈晒字的，就不太多了。

1994 年，北京协和医院举行医德医风征文活动，我一气呵成一篇题为《对生命负责》的文章，被评选为优秀论文。论文还被医院打印室打印出来，我的手写稿变成印刷稿的理想实现了。我还应邀用"川普"到中国医学科学院进行演讲。演讲前我特别说明：严格来说，这不是一篇论文，我只是从自己的感受出发，从"对生命负责"这一基本准则来阐释协和精神。现在看来，有些提法未必完善，却是一个刚刚踏入医学这一行当的青年医生的真心话。

1994 年秋，北京协和医院举行首届最佳员工评选，分别在十个岗位上评出一名最佳员工。当时全院总共评出十名，不像现在评出的获奖，名单能占满一面墙。

由于一年来我在各个病房的表现都不错，科里推荐我参加评选最佳住院医师，经过层层评比筛选，二选一时我居然拼掉兄弟科室的同龄人，被评为 1994 年度北京协和医院最佳住院医师，作为获奖人员参加了 1995 年北京协和医院的春节团拜会。时任卫生部部长陈敏章教授回来参加了团拜会，亲自给我颁了奖。这是我一生中最珍视的荣誉之一，因为，协和素来以住院医生培养严格规范著称，最佳住院医师奖项的含金量最重，老教授们对这一奖项的鼓掌也最为热烈。

顺便说一句，多年以后，兄弟科室的同龄人成为了医院领导，绝对的专业大牛，但他一直称我"谭先生"。大概率不是因为尊重，而是因为我们一起实习时他就知道，我的签名稍微潦草一点，就会被读成谭先生。

看来，"成名"太早，也不太好。

附：《对生命负责》

大半个世纪以来，北京协和医院，这所被求医者崇拜的医学圣地，曾是多少著名医学家诞生的摇篮，也是无数从医者孜孜以求的光荣与梦想。也就在一年前，带着激动与希冀，我如愿地成为协和一员。

古往今来，生命总是被无数文人墨客尽情讴歌；年复一年，与疾病打交道，同魔鬼争夺生命的协和人，无处不是在以协和精神对宝贵的生命负责。

"一寸光阴一寸金"，时间，无论对病人还是医生都是一样的珍贵。然而协和人的时间，却仿佛似那破损的玻璃，再也没有完整属于自己的一块。当人们还没有从大小礼拜的惊喜中清醒过来，病房的一个电话，就可以让我们"蓄谋已久"的计划成为泡影；同乡聚会，迟到或者不到者多半是我们这些医生朋友；"我值班"这句医生和护士最普通的话语，却打碎了多少"新鸳鸯蝴蝶梦"……正如人民医学家林巧稚教授所言：我的时间属于病人！

的确，我们失去了时间。但如果因此而延长患者生命，时间会由此而增值，无须懊悔！

"如履薄冰，如临深渊"，人民医学家张孝骞教授的教诲无疑也道出了从医的责任。身患疾病已经不幸，遭遇到技术不高，责任心不强的医者则更为不幸。众所周知，卵巢癌是一种恶性程度很高的妇科肿瘤，成功的手术配合正规的化疗确实可以给患者一个机会，让她创造活下去的奇迹。然而手术本身的风险不言而喻，术后不恰当的处理及化疗过程中小小的差错即可让出现的奇迹彻底消失。责任之大，容不得半点马虎！

人们常常欢呼一个新生命的诞生，然而这个新的生命在刚刚来到我们这个世界上的时候，却又是如此的脆弱。有人曾叫嚣要"将共产主义扼杀在摇篮"之中，而产科医生如果稍有不慎或疏忽，新生命就可能没有机会进入摇篮，或者，他们的智力永远处于摇篮时代。

我曾感叹妇科肿瘤大夫手术时那近乎强迫的一丝不苟，也曾唏嘘产科大夫虽多为出窟狡兔般利落，却也有心急如焚的窘态，还感慨我们所冒的风险与所得的报酬的不等值……然而，为病人服务，对生命负责，义无反顾！

翻开《协和名医》，协和人所拥有的辉煌让我们激动不已。从他们不同的奋斗历程中，不难看出两个字，那就是勤奋。初为医生，病人千奇百怪的主诉可使我们不解，在老医生眼中不复杂的病情也让我们茫然，临终患者求生的眼神会让我们内疚，痊愈病人感激的目光会令我们振奋……这些都是我们勤奋学习，不断更新知识的动力。

不欺骗自己，不敷衍病人。协和人的勤奋，与其说是为了出人头地，不如说是为了更好地为病家负责。

"靠本事吃饭，凭良心做人"，然而对于协和人，这远远不够。在我接触的妇科肿瘤病人中，有的人经历了战争的硝烟，有的人经历了运动的风暴、唐山大地震的残酷，有的人事业正如日中天，还有的刚进入十六岁的花季……然而，无情的癌魔在一刹那间便让他们的前途暗淡无光，他们更需要加倍的关怀。一句理解的话语，一缕同情的目光，一次无声的帮扶，也许就可以给他们有限的生命增添一丝亮色。协和人在用本事和良心延长病人生命长度的同时，还用爱心提高他们的生存质量。

写到这里，那位临终前用手势让我做胸腔穿刺的卵巢癌患者又浮现在我眼前，那目光中充满希望和信任。我的耳边又仿佛响起了古希腊医学家希波克拉底的铮铮誓言。

穷毕生之精力为病家谋幸福，一生无憾！

（写于1994年秋，时年24岁）

圆梦医学博士

原来，紧张并不是我的个人专利。

1996 年，到了报考研究生的时候了，我们有机会作为优秀住院医师直接报考博士研究生而跨过硕士研究生的阶段。虽然当年我曾信誓旦旦地说过我不会考研究生，但当我看到周围的人都在考研究生，而且，英文中的医生和博士都是 Doctor 的时候，我也想考博士研究生了。

我当然希望考郎景和大夫的博士研究生。当时科里有几个同事也想报考到郎大夫门下，也许是知道了我大学时考试属于"超级榜霸"的事，就转报其他导师了，但是全国仍然有 12 个人报了郎景和大夫。

与院外的报考者相比，我在协和妇产科待了三年，在专业课的考试上占有绝对优势。但与院外同学孤注一掷考研究生不同，我不可能因为准备考试而长期请假。我向当时管排班的杨秀玉主任——就是那位到医院人事处据理力争，最后以专科生的名额将本科生的我留在了妇产科的人，求情请假。她当时负责排班，由于人手少，她实在排不开班，一直没有答应，让我自己克服困难。我一直缠着她争辩，老人被逼急了，骂了我一句忘恩负义！

听了这句话，我脸色惨白。我转身跑到住院楼5段7层我正在轮转的妇科内分泌病房办公室，上级大夫安慰我时，一直绷着的我忍不住大哭起来，这是我到协和医院后唯一一次在别人面前流泪。上级大夫说，我太在乎杨主任的那句话了。

杨主任听说了这件事后，亲自来向我道歉，偷偷地和我说："这样吧，我给你7天假，你写个探亲假的申请，一天也不能多！"

这七天的假期，对我来说太宝贵了，既要复习公共英语、又要背专业英语、还要看专业书……我每天早晨五点起床，穿过长安街到东单公园去看书。那个时候，广场舞还没有流行，东单公园是一个比较理想的安静学习场所。

四月份的北京，早上还很冷，于是我用那条带有格子的围巾包着头御寒。我在假山东面的小坡上占领了一块地儿，拿着英语书，念念有词，来回走动着读。我很专注，体会不到自己的滑稽。直到有一天，一个晨练的老太太过来问我："小伙子，请问您这练的是什么功啊？"

终于熬过考试，公布成绩了。报考的12人中，取前三名到协和面试。我在三人之中排名第二，总分比第一名低1分，比第三名高10分。第一名是郎大夫的老乡兼校友，她爱人是科里的一个在读研究生（后来留在了妇产科，最后去了美国）。第三名是301医院的硕士研究生，年龄比我大五岁，是《中华妇产科杂志》的青年审稿员，是妇产科学界的一颗闪闪发光的新星，发表过很多文章。

我感到形势不太妙！

协和招收研究生一向严格，公示初试成绩后，按 1：2 或 1：3 的比例通知面试。初试成绩很重要，如果不录取第一名，必须给出足够理由。后来，一旦有人问我考协和的研究生有什么诀窍，我就回答说，好好准备笔试，拿分数说话。

面试的地点是 15 号楼 3 层郎大夫办公室。考官除了郎大夫外，还有边旭明教授、沈铿大夫，时任教学秘书的向阳大夫当书记员，教育处还派了一个老师监考。

第一名先进行面试，我在旁边的妇科肿瘤实验室等着，心里直打鼓，觉得时间过得特别慢，心想面试时间这么长，肯定对她很感兴趣，否则很快就出来了。

终于轮到我了，先是用英语进行了自我介绍。这好办，我早就准备过了，背出来而已。然后是问一些专业问题，我已经忘记问了什么了。最后郎大夫递给我一篇英文文章，让我当着考官们的面朗读一遍。读完之后，他又让我以自己的语言说说这段话的意思。

这个项目其实很考验学生的英语水平，因为第一遍读的时候，重点放在了把单词读准，句子读顺方面，对意思的整体把握反而不到位。妇产科研究生面试的这一科目似乎从来不变，因为之前我替别人当过两次研究生面试的书记员。有一次是在 7 号楼 202 房间，宋鸿钊院士招收两名博士，我当书记员。我在记录的时候突然想到，面试结束后宋院士不会让我也读一遍吧。

有了这个念头后，我记录的时候就多了个心思，特别注意如何正确朗读了。当四个考生都面试完毕后，我也跟着默念了四遍，然后果然听见宋院士说："谭大夫，你也给我们读读这篇英文吧！"我窃喜，很流利地读完了文章，应该比四个考生读得好。宋院士听了之后，高兴地说："英语不错！"看来，有准备的头脑是多么的重要，即使是临时抱佛脚的那种。

多年以后，我和其他几个同事一起招收研究生，他们让我负责出英语考题。我向前辈们学习，选了一部权威的妇产科英文教科书，复印了前言的第一页。因为，无论是中文教科书还是英文教科书，前言通常都会拽得文采斐然，但对于非母语的人，理解和翻译就比较头痛。

出乎意料的是，那部权威教科书的前言的第一段，居然就出现了一个语法错误，将 is 误印成了 if！我将这个错误作为考点，在 10 多个参加面试的学生中，只有一个挑出了错误。于是，那个同学成为了我的第一个硕士研究生。

回到当年我接受面试的场景。当时考的是一篇如何转诊病人的文章，我读得有些磕磕巴巴，但对意思的复述还可以。我答完后，考官们相视一笑。郎大夫说："好，你先回病房干活吧！"

我没有回病房，而是回到旁边的妇科肿瘤实验室等候。随后，301 医院的仁兄进入了郎大夫办公室。通过走廊，我能听到郎大夫办公室传来的一阵阵轻松的笑声。然而这笑声对我来说，一点都不轻松。过了一阵，我听到了第三名和他们告别的声音，但我没有勇气去问结果。

我忐忑地离开实验室，刚回到病房门口，就听护士喊："小谭，电话！"我有些懊恼地拿起电话，那一头传来的却是郎大夫的声音："小谭，你明天到教育处选课吧，分子生物学一定要选……"

　　下班后，我给女朋友打了一个电话报喜，然后一个人沿着筒子河，绕着故宫走了整整一圈。

　　后来，面试我的一个评委告诉我，我面试中的表现的确不错，其他两个人太紧张了，发挥有些失常。

　　原来如此！我还以为，紧张是我的个人专利呢！

答辩前后

郎老师对我说，没想到你对毕业那段经历
记得那么清楚，连我都感动了。

一

在郎景和院士一百多个学生中，如果以毕业先后来排，我"辈
分"蛮高的，排行老七！前面六人中，除了一个比我年龄稍小的
宋师姐在产科外，其他都离开了协和。我前面两个师兄，大师兄
姓陈，二师兄姓张。

郎大夫说陈师兄"瘦长如虾，英文不错，应该在美国。论文
是卵巢癌的流行病学调查，发现全期妊娠对卵巢有保护作用。"
我没有见过陈师兄，师弟师妹们也没有见过。于是，他们便以为
张师兄是老大，我一不小心就成了"二师兄"！

毫不谦虚地说，我的颜值评分和某些脾气秉性真可以媲美
《西游记》中的二师兄，只是没有大腹便便，而且也并不太懒。
我遵从老师教诲，以"温暖文字记录一地鸡毛"，用文字而不是
用锥子脸，把自己"拱"成了师妹口中的"科普网红"。

二

2000 年夏天，我博士研究生毕业。那年 4 月初，我将撰写完毕的博士研究生毕业论文初稿交给郎大夫，郎大夫对论文逐字逐句进行了修改，甚至包括标点符号。在修回的文稿扉页，他给论文做了一个总评。我打开论文一看，几乎每一页都有修改，有的页面"红"得惨不忍睹。他还为每一部分内容写了小结，画龙点睛！若干年之后，当我修改我自己的学生的毕业论文时，也是一样满篇飘红。

博士毕业论文答辩之前，我很发怵上台演讲，只能照着幻灯片逐字逐句地念，稍微脱稿发挥就会断片儿。第一次预答辩时，我信心不足，词不达意，郎大夫甚至难堪地低下了头。随后，他和作为预答辩评委的潘凌亚教授，先后和我一起，一张幻灯片一张幻灯片地修改。

一周之后进行第二次预答辩，郎大夫鼓励我："演讲的时候要有信心。你要相信，在你所研究的这一块，没有人比你花的时间更多，没有人比你更专业，没有人比你更懂。"果然，第二次预答辩的效果好了很多，郎大夫比较满意。正式答辩时，郎大夫邀请了时任国家自然科学基金委员会生命科学部主任的叶鑫生教授来旁听。博士答辩很成功，从那以后，我对上台讲演再也没有任何障碍了。即使三年后在国际妇产科联盟世界大会上面对 2 000 多位国际同行，我也并不害怕。现在，每次演讲前，我都会根据听众特点进行针对性准备，多半都能达到"互联网时代"

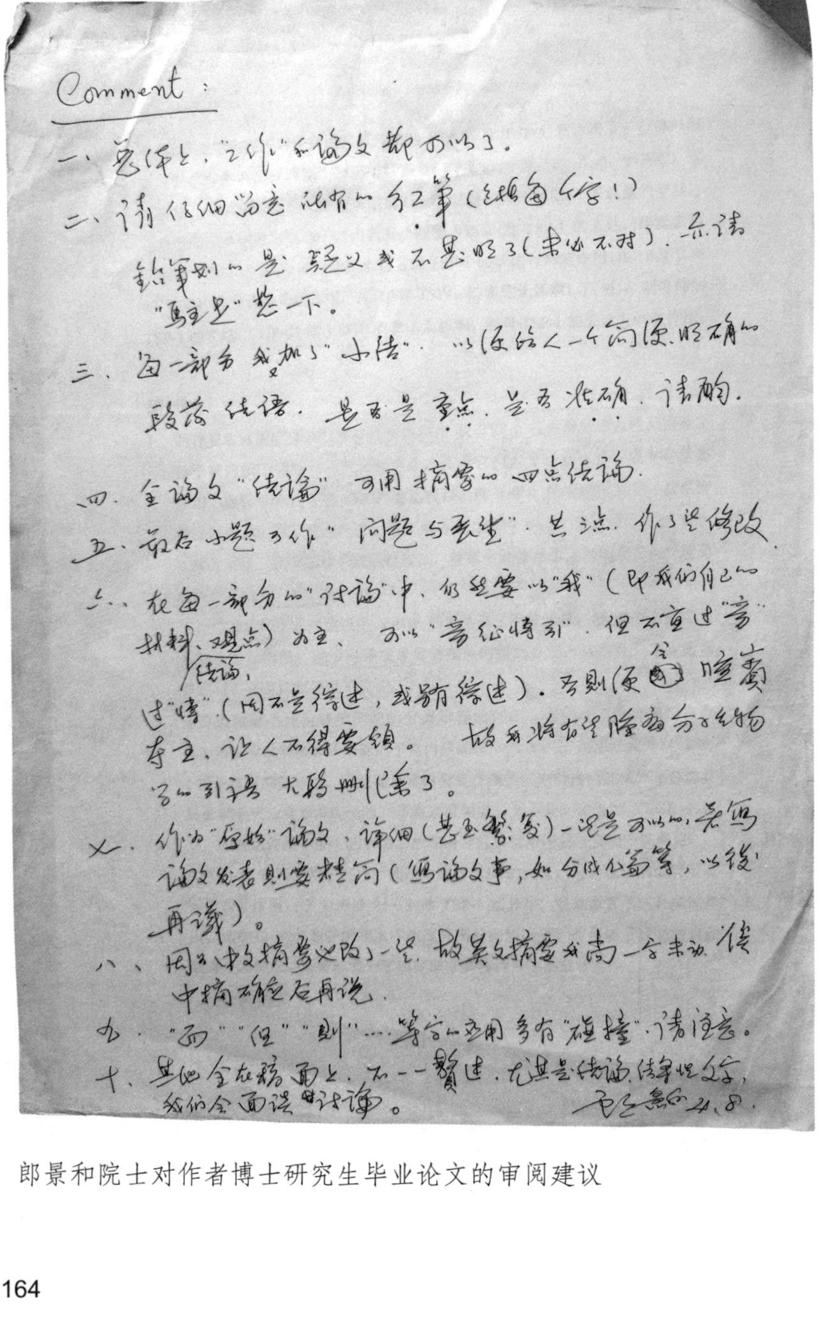

Comment：

一、总体上，工作与论文都可以了。

二、请仔细调整、订正的是"句子"（逻辑句！）
　　　钻牛角尖的是、总是疑义或不甚明了（未必不对）。或请
　　　"顺手"想一下。

三、每一部分我加了"小结"，以便给人一个简要、明确的
　　　段落结语。是否是重点、是否准确，请酌。

四、全论文"结论"可用摘要的四点结论。

五、最后小题3作"问题与展望"，一并地，作了些修改。

六、在每一部分的"讨论"中，仍应要以"我"（即我们自己的
　　　材料、观点）为主，可以"旁征博引"，但不宜通篇
　　　是"博"（固然是绍述，或旁征绍述）。否则（喧）喧宾
　　　夺主，让人不得要领。　　故我将有些�// 部分的
　　　多的引语 大略删减了。

七、作为"学位"论文、详细（甚至繁复）一定是可以的。若写
　　　论文发表则要精简（别论矣事，如分成几篇等，以后
　　　再议）。

八、同一中括号号之间的一些、故英文摘要我高一合并了。传
　　　中摘要也在再说。

九、"而""但""则"……等字的应用多有"矛盾"，请注意。

十、其他全在稿面上，不一一赘述。尤其是结论传述恐怕过多，
　　　给你全面误与讨论。
　　　　　　　　　　　　　　　　　　　　郎景和 XI.8.

郎景和院士对作者博士研究生毕业论文的审阅建议

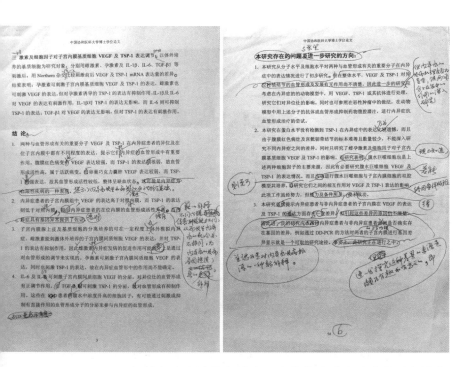

郎景和院士对作者博士研究生毕业论文的审阅（部分）

少见的现场效果——听众不会低头玩手机。

那个时候，博士研究生是"限量生产"，一上午就答辩一个学生，答辩时间的限制标准是不能短于多长时间。后来的博士研究生是"批量生产"，几个导师合在一起，一上午能答辩七八个学生，也有时间限制，只是标准变成每人不能超过多长时间。后来，据帮忙给评委端茶送水的同事说，评委们倒是没怎么喝水，我却在一个多小时的答辩中喝光了足足两暖瓶的热水，

与导师郎景和院士，摄于 2000 年

连评委们都担心我会憋不住。不过，估计我像丘处机与江南七怪斗酒一样——水都从皮肤上挥发出去了。

三

　　对于临床型博士，论文答辩之前还要考手术操作。那年我考的是子宫切除，郎大夫亲自护航。我属于上手术容易出汗的"大汗一族"，那天也一样。手术还在切开腹壁组织的阶段，尚未进入关键步骤，我就需要台下的巡回护士帮着擦汗了。

　　当时规定答辩评委需要七位，本院的只能有两个，其他 5 位必须来自院外，后来比例逐渐倒了过来。院内评委是连利娟教授和沈铿教授，院外评委有中华医学会副会长曹泽毅教授，北京妇产医院院长张颖杰教授（已故），301医院妇产科主任李亚里教授，海军总医院妇产科主任朱燕宁教授，友谊医院妇产科主任靳家玉教授——"来的都是腕"！

博士研究生毕业答辩后与导师及评委合影
左起：叶鑫生教授、连利娟教授、张颖杰教授、曹泽毅教授、靳家玉教授、李亚里教授、朱燕宁教授、沈铿教授，谭先杰、郎景和教授

为了缓和气氛，郎大夫开玩笑说："第一，出汗是对的，说明考生对各位考官很尊重。如果没有出汗，就是不把考官们放在眼里。第二，虽然考生汗出得多，但手一点儿都没有抖，作为外科医生是合格的！"听着这些"闲话"，我果然放松了许多。

　　然而好景不长。开腹完毕，进行子宫切除的第一步，也就是结扎切断子宫圆韧带的时候，我一打结，线就断了。显然还是由于紧张，手上的力道没有准头。正在懊恼，郎大夫打另外一个结的时候，线也断了。他果断地对护士说，换线！我知道，其实评委们也知道，他是故意打断的……

　　说到手术，郎大夫的"台风"之好，绝对是学界楷模，是典型的"有本事无脾气"的外科医生。他几乎从不在手术台上批评人，更不用说骂人。他有时会自己先做示范，然后让你操作，还特别善于用器械巧妙指引——当你觉得你下刀或下剪子特别顺手的时候，一定是行走在正确的手术路线上。反之，如果当你准备下刀或者下剪子的时候，发现他的器械挡住了你的路，肯定就是不对。屡试不爽，几乎没有例外！

四

　　故事讲完了，分享一些郎景和院士所著的《一个医生的悟语》的片段以及我的感悟吧。

"再年轻的医生，在病人眼里也是长
者，他肯向你倾吐一切；再无能的医生，
在病人眼里也是圣贤，他认为你可以解决
一切。医生之难也就在这里。"

　　这道出了患者对医生"与生俱来"的信任，尤其是对工作在
中国一流的医院的医生。在现今的医疗环境下，病人首先仍然是
冲着庙——医生背后的医院来的。背靠"北京协和医院"这块金
字招牌，即使水平一般的医生，在"全国人民上协和"的患者眼
中，也是专家。他们愿意将自己的隐私和不堪毫无保留地告诉医
生，甚至认为到了协和，身上的疾病总有根除的办法。我们要感
谢且不辜负患者的信任，同时需要向患者及家属解释医学的局限
性和不确定性，医生也有无能为力的时候，而且不少，因此需要
提醒患者理智地面对，而不是狂热地笃信，因为后者同样危险。

　　"一个完美的手术，技巧只占 25%，
而决策要占 75%。"

　　我在很多场合引用和引申过郎大夫的论述，即一个完美的手
术，需要"正确的术前决策，完善的术前准备，完美的手术操作，
细致的术后护理"，只有手术指征掌握得当，手术才能安全顺利。
目前，有的地方为了追求所谓的"微创"，无论病人的病情如何，

也无论医院的条件如何，都采用腹腔镜手术，这样做的风险很大。因为即使腹腔镜手术技术再娴熟，如果病例选择不当，风险仍会很大。恰如一条无论如何也无法通过的绝路，你的驾驶技术再高，也难免车毁人伤。所以，选择合适的行车路线与高超的驾驶技术一样关键，手术亦是如此。

"外科手术，一半是技术，一半是艺术。只有技术，没有艺术，手术难以尽善尽美；只有艺术，没有技术，手术又不能完成。而统帅技术和艺术的是哲学，没有哲学，手术便失去方向，没了灵气。"

这段论述完美解释了郎大夫手术时气场强大的原因。我跟随郎大夫多年，经常遇到他作为"救火队员"出现的场面，自己也曾多次求救。当肠粘连分解不开、肠子破口了、输尿管找不到了、子宫和卵巢被恶性肿瘤粘连包裹找不到了，主刀大夫无处下手，"山穷水尽"的时候，第一反应就是紧急呼叫郎大夫。郎大夫上台后，总是能在很短时间内理出头绪，通过发出一番"剪""切""缝"的指令后，突然"柳暗花明"。

是之前的主刀大夫技术水平不够吗？多半不是！切开、分离、缝合等操作都相当熟练。解剖不熟练吗？多半也不是！这个时候，需要修炼的就是对某些操作得失的权衡，需要的是技术和艺术的统领。哪些器官必要时可以损伤，哪些器官绝对不能损伤，两害相权取其轻。郎大夫能从大局出发，以哲学观点来指导操作，所以能很快杀开一条血路。

五

一个师妹在《一个医生的悟语》中这样写道："几乎从未听到过郎大夫对学生、同事、年轻大夫说你们应该如何、应该怎样。他用自己对待师长、同事、同行、后辈、学生的日常言行和真实态度，让学生晚辈们明白为人做事的应有之德、应守之规、应行之举。"

从 1993 年开始，每年三月初，郎大夫都会带领科里的同事们到西山脚下，看望长眠在那里的三位前辈：吴葆桢教授、宋鸿钊院士和王元萼教授。二十余载，风雨无阻。前辈们的很多感人故事都是他带领我们祭奠时讲的，口口相传，一代又一代……

桃李无言，下自成蹊。郎大夫言传身教，润物无声，教导我们如何行医，更教导我们如何为人。师表楷模，当之无愧！

第一次在国际会议上发言

可以说是初生牛犊不怕虎，也可以说无知
者无畏。

博士研究生毕业答辩，让我彻底摆脱了对演讲的恐惧。在那之后，我在国内几次会议上做过发言，然而，真正参加大型国际会议并做发言，是在我进入北京协和医院工作 10 年之后。

2003 年初冬，我第一次争取到了出国参加会议的机会。我向第 17 届国际妇产科联盟（FIGO）世界大会投递的文章被收录作为口头发言。国际妇产科联盟是国际妇产科学界最权威的学术组织，负责制定和推广与妇产科疾病有关的诊断和治疗规范，每三年举行一次世界大会。那年的世界大会于 11 月 2 日至 7 日在智利的首都圣地亚哥举行。

与中国重返联合国一样，中国妇产科学界也经过了多年努力之后，才进入 FIGO。或许是为了表示重视，有关部门组织了一个有 120 多个成员的代表团，分三路前往智利。一路经美国，一路经澳大利亚，再有一路就是经欧洲。由于我没有去过美国的经历，旅行社建议走欧洲路线。

我的参会经费基本自筹，一部分来自当时正在承担的一项国家自然科学基金青年项目的列支，同时借有大会发言的机会，我向国家自然科学基金委员会国际合作局申请了专项资助——往返机票一套。

从地球仪上可以看到，南半球的智利与北半球的中国正好中心对称，是空间距离最远的两个国家，估计没有一架民用飞机能够一气呵成直达目的地。而且，旅行社为了节约，订的是需要多次转机，每次转机需要等待很长时间的航班。

那年的 10 月 31 日，我乘坐德国汉莎航空的航班从北京飞了10 多个小时后到达了德国的法兰克福，在机场逗留了 8 个小时后才转机飞到巴西的圣保罗，再等了 4 个小时后，转机到了阿根廷的布宜诺斯艾利斯，在那里又等了 3 个小时，最后才转机飞到了智利首都圣地亚哥。前后 4 趟飞机，整整 52 个小时！

地陪接站后，照例是到中国餐馆吃饭，两天都没有好好吃一口中餐的同胞们失去了优雅的吃相。集体注册报到后参加了开幕式，聆听了智利总统的讲话。这的确是一次非常隆重的会议，有110 多个国家和地区的 8 000 多名学者参加。按照日程，我的发言是在 11 月 6 日下午，分会场发言。

我中学才开始学英语，由于家庭条件所限一直没有能力买录音机，所以口语水平与同学相比有些差距，尽管工作后参加了新东方和其他口语班进行了恶补，但语言学习这事儿，真是过了这个村儿就没有这个店了，像高中课本中所说的卡尔·马克思四十岁才开始学习英语并能流利使用的人在毕竟是少数。

为了准备大会发言，我煞费苦心。我将英文幻灯做好之后，将每张幻灯片的讲稿写了出来，找了一位到北京协和医学院交换学习的华裔美国学生给我修改后朗读一遍，我用录音机录了下来。我把这段 6 分钟的发言当成一首英文歌曲来学习，抑扬顿挫，换气断句，模仿到几乎能以假乱真的程度。我的底线是，回答问题可以糟糕，但演讲不能太离谱。

尽管把发言请外国人范读后当歌曲练习的做法会让我们医院那些真正的英语牛人笑掉大牙，但在我后来参加的几次国际会议中却屡试不爽。2010 年到布拉格和 2014 年到墨尔本参加国际妇科肿瘤学会（IGCS）双年会做大会发言时，用的依然是这一招。

万事俱备，只等演讲。然而，会议刚刚进行了两天，旅行社就告诉我行程有变，中国代表团要提前两天，也就是 11 月 5 号早上离开智利返回欧洲，而我的发言是 6 号下午！

我有些失望，更有些懊恼。一是我"唱"了半个月的英文发言没有实战听众。二是如果没有发言，没有在主席台上发言的照片，我如何"有图有真相"地向资助我机票的国际合作局交差？

我决定直接与大会工作人员联系，看看能否将我的发言提前到与我的文章最相关的某个主题发言之后。于是，第二天早上我 6 点多从酒店出发，乘坐半个多小时的会议专用班车到达会场。我找到工作人员，他们的母语是西班牙语，英语水平和我相比半斤八两，比划着总算向他们说明了来意，但遭到对方的婉言拒绝。

绝望之际，我突然想到了大会的科学委员会主席，理论上他负责大会所有文章的筛选和发言的安排，相当于一国之相——当然是临时的。我径直到大会科学委员会的办公室，和秘书说明来意后，居然得到了 1 分钟求见机会。等候接见的过程中，我向秘书要了张纸，将我的困境和要求写成了一封短信。

　　我在信中写道：我是一名来自中国北京的妇产科医生，对国际妇产科联盟世界大会向往已久，很有幸我的文章被录用为大会发言，但由于行程原因中国代表团需要提前离开，我无法按原计划发言，能否将我发言提前，加到主会场某教授主持的主题讲演之后？

　　信的末尾我写道：我花了半年多的时间总结撰写文章，用了一个多月时间准备发言。中国是离智利最远的国家，为了来到圣地亚哥，我转了 4 趟飞机，花了 52 个小时……

　　也许是最后一段的数字起了作用，科学委员会主席亲自把我带到大会主会场，与主持人交涉，让他在主题演讲完毕后给我 5 分钟时间发言。我在主会场心情激动地听了前面 4 个人的发言，都是来自西方国家院士级别的妇产科大腕，我突然有些紧张了。

　　但是，当我上台后面对 2 000 多名来自世界各国的同仁时，紧张感突然消失。我按照练习了无数次的节奏，流利地一口气"背唱"完了我的发言，台下响起热烈的掌声。我当时的确很享受，也很虚荣！闲看云卷云舒、花开花落的淡定，注定与我无缘。我借同事的手机，给我夫人发了四个字："掌声雷动"。

后来，等我参加的会议多了，甚至参与策划和主持会议后才知道，即使在国内的学术会议中要临时增加一个大会发言也极其困难，何况是国际会议！何况是国际妇产科学界最权威的世界大会！

　　幸运的是，当时我并不知道这些困难，或者没有想到这些困难，当真是初生牛犊不怕虎！

男妇产科医生的"子宫情事"

作品就像自己的孩子，自己爱，也希望别人喜欢。

一

作为一名男妇产科医生，我经常会被问到这样一个问题：你为什么要当妇产科医生？非正式场合，我通常以玩笑化解，比如说组织分配。但在正式场合，我的回答是：是母亲的病故让我走上了从医之路。由于她因妇科肿瘤去世，我选择了妇产科！这是30多年前，一名12岁少年对母亲的承诺。

但母亲到底得的是什么样的妇科肿瘤，我一直都不清楚，直到母亲去世30年后，我才得到了可能的答案。2012年夏天，我到哈佛大学医学院进修学习。一天傍晚，观摩完手术之后，我躺在医学院的草坪上，从头到尾对母亲的病进行了分析，最后觉得是子宫内膜癌。这种病如果发现得早，治疗效果很好。如果当时有一些医学常识，母亲能够早些就诊，也许不会那么早就离开。无奈和遗憾，使我的心中一阵刺痛。

二

从医的头 20 年，我一直在兑现自己对母亲的承诺——上医学院，当医生；到大医院，当什么病都能治好的医生。一路走来，住院医生、主治医生、主任医生、博士生导师、科技新星、特聘教授……然而，随着资历的增加，我越来越明白，什么病都能治好的医生并不存在！对于很多晚期疾病和肿瘤，医生和医学依然苍白无力。但是，如果人们具有一定的医学知识，在疾病初起甚至未起时就发现苗头，尽早就医，结果也许就大不一样。其实这并非新的观念，只是这次草坪上的冥想让我真正体会到这一观念的含义。

哈佛医学院的公众健康教育也让我很受触动。面诊过程中，医生们用的语言非常浅显，几乎没有深奥的专业词汇，如果患者不明白，会变换方式打比方。面诊结束之前，医生还会给病人小的插页，上面印着深入阅读的科普文章网址。我突然醒悟，这才是医生要给病人提供的服务——让病人从权威专家那里得到准确的资讯，而不是自己通过鼠标点击得到难辨真假的信息。我决定回国后也试一试。

三

我先在自媒体平台上发表了多篇女性健康科普短文，然后应邀到电台和电视台做健康节目，并在报刊上发表科普文章，还与向阳教授一起主编了科普图书《协和名医谈妇科肿瘤》。尽管人们对《协和名医谈妇科肿瘤》的评价不错，但我认为其风格偏于传统。相反，我在微博上发表的诙谐科普多次被转载。于是，我萌生了写一本供健康女性，而不是患者，阅读的科普书籍的念头。但是，如何从传统科普中剥离出来却让我有些为难。

以故事的形式写行医感悟和人文关怀固然好，但如果用来写医学科普，尽管生动活泼，但有可能暴露患者隐私。若以北京协和医院的实名实地写，情节虚虚实实，人物真真假假，更可能引起公众的困惑，甚至误会。网络上用夹杂不雅字词的新潮语言写成的科普引人入胜，点击率很高，我是否可以采取这种方式呢？

我很快发现，男医生写男人的事儿，可以得心应手，即使用词有些过分也是潇洒、酣畅；女医生写女人的事儿，可以无所顾忌，甚至用词过分也被认为前卫、新潮。唯独男医生写女人的事儿不可以为所欲为，用词稍微不当就会被认为流氓、猥琐。所以，我不能过于自由，过于新潮。那么，能否反其道而行之，稍微复古呢？

四

我来自土家族山寨，我的族人分为两类，有的能歌善舞，有的擅编顺口溜。童年和母亲一起为生产队放牛时，她很早就教我背三字经，也许是这个原因，我从小就属于后者。而我看过的古典小说，如《三国演义》和《红楼梦》，还有金庸的武侠小说，都是让人欲罢不能、一气读完的章回体结构。于是，我萌生了借用章回体小说的笔法写一本女性健康科普的念头。

从何处切入？我很自然地想到了子宫。"它是每人都曾住过的黄金居室，温馨私密；又是女性每月生理现象的源头，忠实无比。它给万千家庭带来天伦之乐，让人惊喜；又是某些女人心中的伤痛，难以平息……如果说红颜如花、女人似水，那它就是花之蕊芯，水之灵魂！"于是，我决定围绕子宫向女性讲述怀孕分娩和生殖健康相关的知识。

我花了一整天的时间将妇产科的专业知识梳理了一遍，再用一天的时间将回目写了出来，然后就断断续续写作。写的时候基本没有看书，而是凭借在协和20多年的工作经验，顺着思绪和记忆，一口气往下写。后来在对每一章进行修订时，再去查资料、核实数据。付印之前，还特别邀请同事进行了把关。

斟酌书名的时候到了。中学时我看过《一千零一夜》，也被译成《天方夜谭》，讲的是两百多个有趣的故事。于是我想借其形式，将书取名为《子宫夜"谭"》，并勉为其难写了一首现代诗，希望以此作为引子，为女性朋友营造一种静夜阅读的气氛！然而将书名发到网上之后，却不招网友喜欢。有的说过于自恋，有的说不够响亮，有的说不吸引人……几经推敲，取名为《子宫情事》。此处的"情"，是与子宫相关的病情、母子相连的亲情和男女之间的爱情。子宫是女性的生殖器官，承载这些"情"，理所当然。

五

　　《子宫情事》的理想阅读对象不是已经罹患了疾病的病人，而是身体完全正常或稍有不适的女性，当然还有她的丈夫、男友或家人。我对很多的知识都点到为止，只讲述概念性问题，并不深入讨论具体的诊断和治疗方法，后者应该是医生们的工作。

　　全书分为上、下两"卷"，章回体结构，共 112 回。上、下卷的回目各由 7 首"诗"组成，较为贴切地概括了主要内容。数字"七"与"妻"谐音，《素问·上古天真论》云："女子七岁，肾气盛，齿更发长；二七而天癸至，任脉通，太冲脉盛，月事以时下，故有子……七七任脉虚，太冲脉衰少，天癸竭，地道不通，故形坏而无子也。"

　　每一回均以一段 100 字左右的文字为引，然后对涉及的器官和常见的疾病进行评书式讲解。有时会使用新潮的网络语言，还会打些俗气的比方。行文看似信马由缰，实则也有逻辑，语言或许通俗，道理力争科学。目的只有一个——把问题说清楚、讲明白，使读者能够理解深奥的医学知识。坦白地讲，即使是医学生，很多知识也需要不短的时间才能领会。

　　我有时用一场战争的方式来演绎女性子宫及周围的故事。因为人与疾病的博弈就是战争，病人是主力，医生是友军。有时候我又有意无意地用男女之间的事儿来打比方，尽管没有达到弗洛伊德那种将万事万物都以性来解释的程度，但是我认为，男女之事确是人世间最能吸引人的事物之一，否则八卦情色何以总是夺人眼球？

六

2014 年《子宫情事（上卷）》出版。书籍出版后得到了读者们的肯定，收到了很多书评，有的是应我之约，如老师郎景和院士、师弟畅销书作家冯唐、原央视主持人郎永淳等；有的是自己主动写的，如素未谋面的原《三联生活周刊》主编朱伟先生，文字令人感动。

为了配合出版社推广图书，我在微博和微信中写了一些介绍《子宫情事》的文章，多家主流媒体进行了专题报道，我还到多个电视台做了科普节目的嘉宾。

对于书籍的推广而言，这些工作当然很好。但对我而言也有负面影响——仿佛我的所作所为，就是为了去卖书。于是，出于种种原因，我完全停止了响应任何与《子宫情事》相关的话题，拒绝了与这四个字有关的科普节目录制，甚至产生了放弃继续写作下卷的念头。

七

然而总有患者或读者拿着书来找我签名，并询问我下卷到底什么时候出版。触动我最深的一次，是一个读者拿着她记满了笔记的书来找我咨询，并和我热烈讨论。从她真诚的目光中，我感受到了责任二字的分量。不低调也罢，炒作也罢，扪心自问，我的心是善的，我的行为能帮助他人，这就足够了。

于是，2016年年初，我重启了《子宫情事（下卷）》的写作。写作地点是在租住房屋附近的一家咖啡馆，时间是每天晚上孩子作业完成并入睡之后。

八

其实鼓励我继续写作最积极的，居然是我儿子。

当时儿子刚上小学一年级，对我能开刀做手术非常好奇。他喜欢摆弄我的手术练习器械，我编辑手术录像时，他总会在旁边看，妈妈轰他都不走。另外，大概是看过几次老乡聚会时我签名赠书，他对我能"写书"也比较崇拜，于是总是问我第二本书什么时候出。

儿子很淘气也很黏人，但有时他会说："爸爸我不烦你了，你写书去吧。"我知道，儿子所在班级的家长中，有能力和有资源的很多，且能经常参加班级活动，而我非常惭愧——因为职业原因，我很少能在学校出现，不能给他带来"爸爸来了"的自豪和激动。于是，他可能认为，爸爸唯一"有出息"的地方，就是"会开刀"和"会写书"。

九

除此之外，还有两件事也是我重启写作的动力。

第一件事是一名医学生从微博上发给我私信，告诉我她很感谢我的《子宫情事》。说她在准备研究生考试的阶段看了这本书，面试的时候，她就是用书中的句子回答老师的，结果得了高分，顺利被录取。

这让我高兴之余也很吃惊，但很快我就理解了。我应邀到北京大学为医学博士生讲授《科学概念的传播与普及》，备课时我学习到，科学传播的受众分为三类：一是普通公众（对于医学科普，对象主要是患者和有身体不适的人）；二是其他行业的科技工作者（非医学专业的知识分子）；三是非本专业的同行。在当前专业划分越来越细的趋势下，隔行如隔山的感觉就更明显了。所以，我甚至认为，《子宫情事》适合医学生、基层医生和非妇产科专业的同行阅读。他们可以通过阅读这本书了解妇产科学的脉络，然后用教材加以巩固。

第二件事是我到基层医院做教学巡讲时，总有当地的医生说看过《子宫情事》。我最初以为不过是面子话，不以为意。没想到对方能将书中大段大段的话背给我听。他们说读了《子宫情事》后，给患者和家属解释病情方便多了，书中几乎都可以找到通俗答案！这让我倍感欣慰，因为我达到了广义的科普目的。

十

有人问全书为什么不是 120 回，也不是 80 回，而是 112 回？

这与《子宫情事》写作提纲的完成时间有关。2013年12月，在北京协和医院妇产科每年一次纪念林巧稚大夫诞辰的会议期间，我完成了写作提纲的编写，而那年恰好是林巧稚大夫诞辰112周年！因此，有以此作为纪念之意。"科普是科学家的责任"，林巧稚大夫教导郎景和院士做科普，郎景和院士又指导我们写科普，我们都是这种精神的传承者。

感谢老师郎景和院士和北京协和医院的前辈和同事们。其实，书中的医学知识都是前辈们和同事们的成果，只是经我之口、以我的风格讲述出来而已。如果对某些知识把握不当，非前辈们传授有误，乃是我理解偏差。

作为妇产科的男医生，我愿意为女性讲述"子宫情事"。因为，每个女性患者的背后都是一个家庭，说不定身后就藏着一个像我当年那样的半大孩子。我相信，《子宫情事》能帮助女人认识自己，帮助男人关爱女人，让更多女性拥有健康，让更多家庭少些遗憾！

《子宫情事》入选了全国优秀科普作品，它既是我近年开展的女性健康科普活动的总结，也是我今后从事科普活动的基础。事实上，围绕《子宫情事》的主要内容，我已在全国进行了近200场女性健康知识巡讲，等新冠疫情过去之后，巡讲还会继续。可以说，《子宫情事》是20多年的协和生活留给我的、以文字形式展示的深刻印记。希望若干年后，《子宫情事》能在协和的科普历史上留下一点浅淡印记。

"妇产科的男神们"
是怎样炼成的

脱下白大褂，他们是普通男人，是爷爷，
是父亲，是儿子；穿上白大褂，无关年龄，
他们只有一个名字——男妇产科大夫！

一

2016 年的阳春三月，时任妇产科主任和妇儿党总支书记的沈铿教授布置给我一项任务：负责拍摄一部微电影，参加北京协和医院"95 协和，医路记忆"微电影大赛。总支副书记曹卫华组建了筹备组，我担任组长。

刚"上任"的我有些激动，给妇产科名誉主任郎景和院士发短信，说我构思了一部微电影《妇产科的男人们》，线索为：在林巧稚大夫的旗帜下，宋鸿钊大夫，中国工程院第一个妇产科院士，攻克绒癌；吴葆桢大夫，亦师亦友；郎景和大夫，当时妇产科领域唯一的院士；之后是沈铿，学术大牛和小提琴手；孙大为、吴鸣，手术大牛又是歌手；然后是向阳，国际滋养细胞学会主席；最后是万希润跪着为病人手术的"最美姿势"。然后写群体，写每年三月给宋鸿钊、吴葆桢、王元萼扫墓，写 1993 年和 2015 年两次妇产科男声小合唱……

郎大夫很快回了短信："好！"

我将题目拿到筹备组，大家讨论后认为题目写故事容易，拍摄起来难度大。人物众多，很难出彩。我其实也没有底，于是没有坚持。

筹备组提出了一个新的方案——《今天为您查房》，讲一个疑难病患者来到协和医院，看了普通大夫，然后住了院。妇产科组织全科大查房，查房阵容十分庞大，有院士、知名教授、全国三八红旗手等。患者手术后顺利出院，但背后的一切她并不知道。出院的时候，很多大夫与她打招呼示意，因为他们早已通过病情认识了病人。

创意很好，但拍摄同样困难。一是需要有表演技巧的演员，二是虽然对于圈外人来说题材很好，但对于同行就很平凡了。在协和，大查房是家常便饭，很难吸引同行眼球。

转眼一个多月过去了，曹书记第三次组织筹备组开会，会上提出了《第一张处方》的设想，来源于郎大夫的名言：医生给病人的第一张处方是关爱！计划用 3～4 个故事展现主题，包括高危产妇、临终病人和被家人忽略的病人。

筹备组拿着构想咨询了来医院指导微电影拍摄的专家，得到了很多建议。不幸的是，筹备组成员都是临床一线大夫，忙起来就飞了，没有来得及将构思落成文字。

同时，我隐隐觉得，在 5 分钟之内讲清楚 4 个故事很有难度，所以不是特别主动。更糟糕的是，那段时间，我仅有的业余时间一直在忙《子宫情事》的修改。虽然我试图将组长"宝座"让给筹备组的另一个成员，但始终没有找到"接盘侠"。

二

一晃就到了 5 月中旬。曹书记说她要集中精力组织"两学一做"活动，微电影之事让我多费心，说有的科室已经拍摄完毕，进入后期制作阶段了。5 月 31 日，曹书记提醒说 6 月 9 日是最后交片期限，妇产科不能没有作品。我是党员，我很清楚，温柔提醒的背后，代表着组织的威严。

随后，我收到了院办一位朋友的短信，说医院非常重视微电影，说是协和建院 95 周年活动的重要内容，劝我千万别耽误事儿。行为是否为曹书记授意，不得而知，但我确切知道的是问题的严重性和紧迫性！我请曹书记召集筹备组开会，但成员们先后出了状况：一位怀孕出现情况回家卧床保胎，另一位接到了十万火急的任务去了外地，还有一位近期不在医院本部。"在一起"变得异常艰难。

我给宣传处一位负责人发微信，说临床工作太忙，真的没有时间，恐怕只能放弃。她回了微信：非常理解，各科室都存在人员紧缺问题，包括机关。但时间嘛，就像那啥，挤挤总会有的……最后一句让我瞬间石化。破"涕"为笑之后，没有退路了！

拍故事片显然来不及，我再次想到了最初的构思——《妇产科的男人们》。曹书记拍板说行，需要什么她来统筹。

我准备以最简捷的方式解决问题——下载已故男医生的照片，让活蹦乱跳的男同事每人发几张照片。串起来，配个音，齐活儿！然而一干起来我很快发现，这不是做幻灯，我难以完成。

我需要救兵！

三

情急之下，我想起了两年前曾经给我拍摄微纪录片的李导——一位完全可以靠脸吃饭，却偏偏选择靠技术吃饭的美女。

我立即满怀希望地给李导打电话。电话那头传来了似乎从睡梦中被扰醒的声音。果然，她在德国蜜月旅行，当地时间凌晨五点！我瞬间绝望。无奈之下，我还是在国际长途里说了我的困境，问她能否找人帮忙。她说他们6月4日启程回京，让我把故事梗概发给她，然后再联络。我立即将曾经发给郎大夫的短信发给了她，然后就盼星星盼月亮等她的消息。

6月5日，周日，我值夜班。李导说她刚降落首都机场。于是，我冒昧地约她和她爱人从机场直接到医院附近的餐馆——真真正正"从天而降"、拖着旅行箱的救兵。

我着急忙慌地把计划讲给她听，强调不想得不得奖，能交差就行。冷艳的李导听我说完后，悠悠地说，这么好的素材，交差有些可惜。她说9号交片肯定来不及，如果能后推三五天，应该差不太多。我立即给那位让我"挤挤"的负责人打电话。她说只要真能"挤"出作品来，可以宽限三五天。

接着，李导说出她的第二个想法——一个只有专业人员才可能提出的想法！李导问我能否请得动郎景和院士接受采访，承上启下串讲男大夫们的故事。我立即给郎大夫打电话。坦白地说，做了郎大夫二十多年的学生，最敢造次的地方，就是有急事随时打电话。郎大夫说他在外地开会，周二才回北京，但他表示坚决配合。

细节的敲定就容易多了。最后决定周一看场地，周二集中拍摄和采访，周三补充个别镜头。其实，我们有且只有三天时间，因为周四就是端午小长假了。

我将最新情况第一时间汇报给曹书记，她说调动一切资源支持。

四

6月6日，周一。天高气爽，好日子。7点半，李导带着摄像师到达医院，顺利开机！我们先抓拍了正在出门诊的几个男大夫的镜头，然后临时申请进入手术室，拍摄了刘俊涛教授的剖宫产手术，录到了新生儿清脆响亮的第一声啼哭。宣传处和手术室一路绿灯。

6月7日，周二。同样是7点半，李导到达医院。我拿着男大夫的名单，转战门诊、病房和手术室，疯狂抓拍。天公作美，一上午忙活之后，男大夫几乎都拍到了。

正式采访之前，郎大夫题写了片名"协和妇产科男医生"和"男妇产科大夫"。两幅墨宝后来都被收在了一个只有我才知道的地方。李导问我要不要给郎大夫准备材料，我说绝对不用，郎大夫对科里的大夫了如指掌，能用三两句话对每个人进行精辟点评。我只写了一串需要郎大夫点评的男大夫的名字，都是年资比我高的大夫。到办公室找郎大夫谈事的人很多，而他作为旁白的声音质量又极为关键，于是，我站在门外充当门神，将一切企图进入郎办的行为果断"扼杀在摇篮之中"。

意外的是，原定两个小时的采访不到一小时就结束了。原来，郎大夫接到了手术室的电话，请他上台救急。郎大夫说，四个地方的电话必须立即响应：产房、手术室、急诊室和国际医疗部！这就是很多有"光辉事迹"的资深大夫没有在片中被郎大夫点评的唯一原因，刘俊涛、郁琦、孙爱军、田秦杰、马水清、樊庆泊……对不起了，老哥哥们！

五

还有一个重要镜头没有拍摄，那就是关于齐唱《革命人永远是年轻》的画面。

这是一段跨越了 22 年的协和故事。

1993 年，医院举行纪念毛泽东同志诞辰一百周年活动，妇产科的 21 名男大夫在东单三条小礼堂（泰戈尔访华时做演讲、国人送别孙中山先生的地方），以一曲《革命人永远是年轻》获得一等奖，当时宋鸿钊院士健在。可惜活动只留下一张不太清楚的照片，而且郁琦教授和我在最边上，没有被照进去，但也弥足珍贵。

1993 年 12 月妇产科男生小合唱《革命人永远是年轻》
前排左起：耿甲猛、吴鸣、沈铿、郎景和、宋鸿钊、孙大为、田秦杰、张淳、郑睿（进修）
后排左起：留永健、焦庆胜、刘俊涛、万希润、向阳（实习医生）、孙爱军、张俊吉、毕学军、樊庆泊、毕明达、王清德

22 年之后的 2015 年，医院举行"我与协和同行"文艺汇演，妇产科的男大夫在专业老师的指导下，重温了这一旋律。队形和扮相洋气了很多，歌曲的题目改为《协和人永远是年轻》。

郎大夫通知当年在小礼堂参加演出的大夫到妇产科学系办公室，按照照片队形，重唱歌曲。

6 月 8 号，周三。早上 7：20，当年参加演出、还在医院工作的"老同志"如数到场，激情献唱。

本来李导还安排郎大夫接受补充采访，但郎大夫临时接到重要任务离开了医院。影片遗憾杀青！

2015 年妇产科男生小合唱《协和人永远是年轻》

六

　　我按照名单回顾了一遍，除了在美国开会的万希润之外，其他 33 名男大夫的素材都有了。我让老万挑几张照片发过来，但很长时间才收到。我理解，不是路途遥远，也不是时差，而是像老万和我这类"主要看气质"的人，要选几张拿得出手的照片比考研究生都困难。

　　6 月 9 日，周四，端午假期开始。李导等加班加点，对几十个小时的海量素材进行剪辑，最后在规定的 5 分钟之内，讲完故事。

　　6 月 13 日，周一。熬了一夜的李导如期发来了片子，我立即请郎大夫、沈主任、曹书记审看，得到基本认可后上交了宣传处。几位负责人在肯定了片子的同时，认为人物介绍字幕过多，影响画面美感。我申请再缓一天，大幅删减字幕。

　　四天后，医院组织了来自中央电视台、北京电视台等业界大腕的评审。修改意见与时俱进——将片名由《男妇产科大夫》改为《妇产科的男神们》。保胎休息的筹备组成员杨洁为短片制作了精美的海报。

　　6 月 29 日，在庆祝中国共产党建党 95 周年暨"95 协和，医路记忆"首届协和微电影节上，影片获得"最佳纪录片"大奖。获奖理由据说是由中央电视台《感动中国》主创团队写的：

　　生活总在创造最意外的悲喜，更何况这是协和特殊人群中最特殊的几个，普通人群中最平凡的一群。他们有同样的精彩，从院士到清洁工，他们同样朴实亲切，关键处有波澜，细节中见宏大。这些创作者读懂了医生，读懂了协和。

《妇产科的男神们》终于"炼成"了，就是这样炼成的。

七

影片拍摄过程中，沈铿书记和曹卫华副书记统筹全局，我则全程跑龙套。我问李导，在圈内我算什么角色，李导说至少可称执行导演！有同事戏问我，作为导演，有没有潜规则演员？我惨然地说，主角配角都是男的，与我的取向完全不符！实际上，从郎院士到刚进科的"小弟"，无论何时，无论何地，无论形象，大家都倾情配合。有位老大哥说，只要能通过审查，在更衣间拍摄，也是可以的！

玩笑归玩笑，短短的一周之内，从一个想法变成一部片子，我和筹备组都感动了。有酸甜苦辣，有几度放弃，有咬牙坚持。有年轻人的拖延，也有年轻人的爆发，年轻人的激情……既然协和人永远年轻，缺点和不完美也该是必须元素！

有遗憾吗？有！片子中缺了几位已过世的妇产科男大夫的镜头，赵志一大夫（编写了中国第一本关于性的读物《性的知识》）、王文彬教授和蔡正元大夫（因游泳意外身亡）我不熟悉，但王元萼教授没有单独镜头就很不应该。因为，每年三月我们都会在郎大夫的率领下前往西山脚下，看望长眠在那里的宋鸿钊院士、吴葆桢教授和王元萼教授，风雨无阻。这些前辈们的故事，郎大夫一年又一年、一遍又一遍，不厌其烦地传讲给后辈。此外，一些离开了协和的男大夫也没有能够加进去，他们是：谷祖善（"文革"中被下放到新疆）、倪百善（中日友好医院）、石永恩、陈勇、戴东海、娄连娣、耿甲猛、张淳、袁久红、毕学军、毕明达、焦庆胜、高杰、王清德、李建军、龚晓明、丁西来。他们虽然不在协和，但协和妇产科永远是他们的家！

有担心吗？有！很多老大哥翻来覆去被摆了半天姿势，浪费了很多表情，结果片子中只有一闪而过的镜头，的确很难令人满意。另外，《妇产科的男神们》的名字也容易招致反感。活儿都大家干，凭什么只讲男大夫？郎大夫在一个特别场合解释了这个问题，他说："称男神是为了参赛的需要。只拍男大夫是因为男大夫较多是协和妇产科的一大特色，也是为了参赛容易出彩。这并不意味着对女性和女同事的不尊重，恰恰相反，这是一群在我们的超级"女神"——林大夫的旗帜之下，专门为女同胞们服务的特殊男人。"

有偏心吗？有！之所以有段时间我对微电影拍摄不太积极，部分原因是我最初的创意被否决后，我对其他题目有些抵触。我固执地认为，《妇产科的男神们》不仅是一部微电影，更可以为协和、为妇产科、为兄弟们留下一段记录，因此在潜意识里一直没有放弃过。

有私心吗？有！按照年资和成就，我在片中不应该有超过5

秒的镜头，更不消说特殊介绍。我告诉摄像不用专门拍我，但由于班子是我以朋友的名义召集的，负责后期的郭先生从两年前给我拍摄的素材中剪了不少镜头。而我，尽管很忐忑，但默许了他们的偏袒行为！因为，我热爱协和，热爱妇产科，所以，我希望自己并不伟大的形象，能永远刻入这个光荣的集体之中。

请原谅我的自私！我并非"男神"，只是一名普通的男妇产科大夫。

那些年，
妇产科夜班的那些事儿

夜班有让人崩溃的时候，有让人想改行的
时候，但也有让人欢乐的时候——可谓有
惊有险，有笑有泪。

一

1993 年秋天，我进入北京协和医院妇产科工作。两个月之后，我成为同一批进入妇产科的 5 人中第一个独立值班的人。不是因为成绩突出，而是因为我第一轮轮转的是计划生育病房，比其他几个家伙先学会了人工流产和刮宫——一线值班医生最需要的基本技能。

第一次上夜班时，我有些紧张，但更多的是激动。从医学生、见习生、实习生，到小跟班，我终于成为真正意义上的医生了！很长一段时间，我对独立值班充满了渴望，因为它让人有成就感和神圣感。

二

当时交接班地点是在老楼 11 号楼 3 层的产科病房的医生值

班室。值班室就在护士站对面，三张床围成一个 U 形，值班医生夜里在这个屋子里栖息，不分男女。尽管后来我知道这种值班室模式已经延续多年，但最初连我都有些无法理解。男的倒是无所谓，女同事咋就这么容易就范，在这么小的"同一个屋檐下"凑合？

我的不理解是有道理的。一个张姓女大夫向来害羞，说话就脸红，不愿意和这些"臭男人"待在一个房间。于是一个同样姓张的男大夫如此安慰：不用担心啦，那个谁已经在这里睡过了，还有那个谁谁也在这里睡过了。于是，张姓女大夫只好在这个值班室里凑合了。然而，后来她才知道，那几个所谓的谁谁谁并没有在这里住过，她，是第一个被螃蟹吃掉的人！前辈中果然有高人！

后来，女张大夫去了美国，男张大夫去了日本。当然，与值班室没有关系。

三

两个张大夫的故事是我值班时从伟岸的孙大夫那里听来的，从他那里还听到了值班室里的另外一个故事，事主是一个曾经在菜市场拉偏架，帮我狠狠揍过一个人的耿大夫。

耿大夫是典型山东大汉，诗文很好，后来去了美国。每年三月初科里同事到西山看望他已故老师的时候，他都会从大洋彼岸发回纪念诗文，其情切切，令人动容！

耿大夫有一个爱好，喜欢到处题字。一次他在值班室双层床的床板上写了一句话："耿某某在此一梦！"睡在下床的人，一躺下就能看见。没想到后来去了日本的张大夫对这句话进行了润色，把"一"字去掉，在梦字的后面加了个"遗"。

山东大汉操起手术刀把这一段话给刮掉了，而且，随处题字的爱好也放弃了。

四

那时年轻，值班偶尔也有顽皮。有一年除夕我值班，前半夜一点儿事情都没有。11 号楼 2 层的病人已经全部出院，病房空了。和"护士姐姐"们一起在病房楼道看春节联欢晚会杂技节目的时候，为了显摆，我在地上铺了一张床单，在上面拿大顶、玩侧手翻，给病房增添了不少节日的气氛。

所幸是在没有病人的病房，没有惊动到病人，否则一旦有人告发，说小可小，说大可大。大到可让当事人掉饭碗，直接领导受处分。后来我问过律师，事情已过了 20 多年，即使是告发，也过了时限了。

不过，这番折腾不但感动了地面的人，也惊动了老天爷！后半夜来了 8 个病人，每一个病人的病情都像"对面的女孩"一样——不简单，折腾得我后半夜屁股一点儿都没有接触到床铺。

五

值班还会带来缘分。1995年的一次夜班，让我和一个北方大汉成了朋友，我后来还参加了他儿子，也就是当年值班我参与抢救的那个早产儿的婚礼（参见《三世情缘》）。

其实，在这段缘分之前，值班还给我带来了另一段缘分。刚开始值班的时候，我可以说是酷爱值班，偶尔会主动替住得远的同事值个夜班，反正我住单身宿舍，也没啥娱乐活动。没想到有一次替班，居然带来了实质性回报。

参加工作后，一些同事，包括老黄大夫担心我成为老大难，就张罗着给我找对象。一个大夫还传言，黄大夫很负责，在把对象介绍给我之前，已经在门诊做过妇科检查！

最初几次"谈话对象"是医务同行，均以失败告终。尽管如此，值班的时候，为我张罗对象依然成为讨论主题。一次我和史大夫值班，她本来就是热心人，加上我曾经帮她值过班，她又提起了对象话题。鉴于前几次的教训，我说我不想找同行，否则将来都值班，家里就没人了。我说我喜欢老师，因为他们至少有寒暑假，将来还可以照顾小孩。

史大夫说："巧了，我这儿就有一个。我妹妹的闺蜜，长得倍儿漂亮！"

史大夫言必行，行必果。就在那个星期天之后，她给了我一张照片，背面是电话号码。然后，我就按照一首歌的歌词操作了："后来，我总算学会了自己去爱。"生活轨迹就漂移成现在这样子了。

六

1995 年，当时的新楼，现在的内科楼建好，我们科也搬了家。由于要把更多空间让给病人，搬家后的值班室模式仍然维持原状。两个上下铺，可容纳 4 个人同时就寝。您是不是有些担心，这种值班模式难道不出问题？说句实话，值班都忙得脚打后脑勺，逮着点儿时间就会去睡觉，哪里有时间和精力去迸发火花？至少，在那个环境，我是一点没有的。

最近十年，医院"待同事如家人，提高员工幸福感"，值班环境改善了不少。不仅男女同住的值班环境没有了，作为四线值班，可以在宾馆式服务的"北配大楼"休息，住宿免费，但不管饭，也不陪聊。

那时候没有微博、微信，前半夜闲下来的时候，几个值班大夫会在值班室里天南地北地侃大山。那时候单身宿舍还没有空调，有一个当时还是研究生的某大夫，我值长夜班那个夏天，她到值班室来蹭空调。我喜欢讲故事，某大夫喜欢听故事。我讲的多半都是科里流传下来的、百听不厌的故事，比如"宁让自己虎口撕，不让产妇会阴裂""给产妇当啦啦队，结果自己脱了肛"，还有面对非洲大妈"妇产科男大夫，卖艺不卖身"等一半真实一半演绎的经典段子。

我讲了也就讲了，但某大夫很有心，很有科学精神（后来她得了全国妇产科大会优秀论文一等奖）。她听完故事后，会去 7 层的小格子间用当时还不普及的电脑记录下来。遗憾的是，后来该电脑崩溃了，记录就没有了。

七

我值班的时候，还遇到过一件香艳的事儿。那年我值长三线，就是隔天值一个夜班，白天休息。隔天下午 5 点钟左右我会到医院来上夜班。我住得比较远，为了打发路上的时间，也为了赶时髦，我戴着耳机，听着"疯狂英语"上班。

我进值班室的时候没有想起敲门，因为如果有人需要，就自然会锁门。结果进门之后，我发现一个女大夫挡着我，用肢体语言让我出去。我觉得有点奇怪，以为是互相让的时候出现了"同步"现象。当时我很灵活，足球也看得不少，稍微一闪，就过去了。几乎同时，我听见一个女子急促而慌张的声音："快，快，你快，你快……"说实话，正是这惊呼的声音，才让我发现一个全裸的年轻女子坐在床沿，双手不知所措——因为，需要"保护抢救的文物古迹"太多了。

我赶紧转身跑到门外。那个曾经试图挡着我的女同事追出来，让我去医生办公室待着，十分钟之内不准回来！她反复追问我到底看见什么了，我一脸无辜："我只顾听英语了，哪来得及！"

二十多年过去了，起诉时限同样过了，我还是老实招了吧。我当时眼睛的近视程度很轻，视力基本正常，当然知道受害者是谁。如果你非要追问受害者的情况，可以用一个词语表达：身材超棒！如果你要再追问，你就比我还不厚道了！

八

受害者是一名来自山西的进修医生，大概没有经验，当时没有"壮士断腕"地果断捂脸。很多基层医院妇产科都没有男大夫，所以她们在科里比较自由也比较随便，没有想到过我们的值班室居然是男女共用，结果就没有关门。

举头三尺有神明，不畏人知畏己知，坏蛋总是有报应的。小时候，老家的大人们说男孩子不能看女孩子哗哗，女孩子也不能看男孩子嘘嘘，否则眼睛会长"挑针儿"（睑腺炎）。我倒是没有长睑腺炎，但值完 18 个月的长夜班之后，我的近视程度明显加深了，而且出现了据说无法治愈、不影响视力但影响感受的眼科疾病——飞蚊症。

除了飞蚊症之外，长期值班还给我带来另一个礼物：早生华发。这与看不看不该看的东西没有关系，但与值班却真有关系。因为，值班有让人崩溃的时候，有让人想改行的时候，让人累心的时候……

九

虽然我最初的确渴望值夜班，但坦白地说，后来我越来越害怕值夜班了。可以说，值夜班是让我产生改行念头最多的行为。尤其是值产科一线的时候，凌晨三四点钟还在查肛看产程，在等待中不停去判断的时候，我就有一种绝望感。因为你根本不知道下一步会发生什么，到底能不能顺利地生下来，会不会被上级医生批评……每到那个时候，我就在想是不是去考个律师，当个药代、房屋销售，等等。

然而，当黎明前的黑暗过去，太阳出来之后，改行的念头就消失了，尤其是产妇顺利分娩、病人抢救成功或者出院患者的真诚致谢之后。

十

值班的确是让人累心的。当小大夫的时候值班是怕出错后上级医生骂，其实责任倒是不太大。因为医院的等级和管理制度与军队差不太多，再麻烦的事情，只要自己这一段做到了，尽了责，报告上级后，负责和头痛的就是上级医生了。

我自己值产科长四线（隔天一个夜班）的时候，真正感受到了值班的责任。我前后值了九个月的两轮产科长四线班，很欣慰或者很幸运，没有发生过一例产科事故和儿科事故，没有发生过预料之外的新生儿窒息。

倒不是因为我技术高，而是因为我胆子小。在这 9 个月的长四线夜班中，我没有睡过一次完整觉。我要求三线或者一线产科医生，只要产妇进入了产房，铺接生台之前，或者在分娩过程中有任何异常，都要叫醒我，我到产房待着。必要时可以越过三线，因为他们可能在其他病房忙。

我知道自己的技术斤两，如果小孩出来之后发生严重窒息，三线没有抢救过来，我多半也抢救不过来。所以，我把每一产妇都当作高危产妇，有人说这是紧张过头了。是的，十多年以后，我仍然会被抢救新生儿的噩梦惊醒。

"如履薄冰，如临深渊"，值班的时候，这种感觉更为明显。每次医患冲突后，某些不良媒体不负责任地指责值班医生责任心不强我就会感到愤怒。可以负责任地说，医生值班的时候，往大的方面说，没有人敢对生命不负责，说自私点，没有人希望病人砸在自己班上！

内行自然都懂，可惜外行不懂。

十一

对于医生而言，值班是一辈子的"行为艺术"。人民医学家，北京协和医院妇产科已故老主任林巧稚大夫说过，她是一辈子的值班医生。她家里的一部电话永远和产房是连通的。作为后辈，我们当然会向前辈学习。其实，哪一个合格的医生又不是呢？即使睡觉前把手机网络关了，让微信的"叮咚"声不响了，也多半不敢关手机，尤其是做了复杂的大手术之后。

有一段时间，值班的时候需要带寻呼器，也叫 BP 机。接过 BP 机就意味着接班了，拿到之后，既希望它不响，又害怕它不响。如果很长时间 BP 机不响的话，我们会自己呼一把自己，看机器是不是工作正常。因为，一旦出了问题，没有人会去追究 BP 机的责任，只会去追究佩带它的人。

十二

按照科里的规矩，50 岁以后就可以不用值夜班了，男女平等，基本是女人绝经，男人更年的时刻。有的病房还会为过 50 岁生日的同事搞一个小型活动，庆祝和安慰并存。是啊，不值班是值得庆祝的，可以稍微放松了。但是，值了大半辈子的班，突然不值了，会不会有些不习惯，甚至有点"廉颇老矣，尚能饭否"的感慨？

2020 年 12 月，我"光荣"地退出了值班队伍。当时新冠疫情还未结束，也就没有庆祝之举了。

我们这样纪念和学习林巧稚大夫

与协和妇产科的多数同事一样，我没有见过
老主任林巧稚大夫，却时时刻刻感觉到她就
在我们周围。

人民医学家、中国现代妇产科学的开拓者林巧稚大夫是北京协和医院妇产科已故老主任。遗憾的是，与科里多数同事一样，我没有见过林大夫，因为我进入协和妇产科的时候，林大夫已经逝世 10 年。幸运的是，科里每年都要举行纪念林大夫的活动，她的精神已经融入协和人的血液，让后来者时时刻刻感觉到她就在我们的周围，她是协和的象征。

一

协和妇产科每年至少要举行两次正式的活动纪念林巧稚大夫。一次是在每年的 12 月下旬，因为林大夫的生日是 12 月 23 日，活动名称是"纪念林巧稚大夫诞辰学术论坛暨青年医师论文报告会"。另一次则是在每年 7 月上旬，活动名称是"林巧稚妇产科学论坛暨妇产科学新进展大会"。

林巧稚大夫（1901—1983）

12月的纪念活动通常安排在下旬的一个周五,规模比较小,基本属于科内,或者院内活动。在我的记忆中,只有一次例外——"林巧稚大夫诞辰100周年纪念"。那次活动于2001年12月23日在人民大会堂举行,郎景和大夫做了报告。我那时博士刚毕业,资历尚浅,没有资格到现场,只能从照片中欣赏前辈们的风采。还有一次我也没能出席,那是2005年,我在法国巴黎做博士后研究。

纪念活动通常持续一天。上午是院领导、科领导、兄弟医院妇产科领导致辞,偶尔会有林大夫的生前挚友讲话,都很简短。学术性的纪念活动则是在下午进行,也就是青年医师论文报告会。从林巧稚大夫逝世后科里就开始举行这项活动,报告论文的都是主治医生以下的年轻医生,评委主要是科内的正教授,偶尔也请院外评委。报告会结束后当场宣布一、二、三等奖,主要是精神奖励,曾经也发放过奖金。奖金数额并不多,来自林大夫留下来的稿费存款的利息。

二

最初论文报告会的地点是在老楼10号楼223阶梯教室,后来因为新楼的落成,也因为参加人数多了,就改在了内科楼多功能厅或者教学楼多功能厅,只有一次是在医院旁边的纺织宾馆。论文汇报时长最初是8~10分钟,同样由于汇报人数多,后来汇报时长就缩短了。在我升任主治医生之前,每年都要参加论文报告,但获得的最高奖项仅为二等奖。虽然 2007 年我曾经在全国妇产科中青年医师优秀论文大赛中获得一等奖的第一名，却从来没有在纪念林大夫青年医师报告会上获得过一等奖，颇为遗憾——科里这帮家伙，"动起手来"一点友谊都不讲。

论文报告会对培养青年医生的演讲能力非常有帮助。在给定的时间内将核心问题和论文亮点陈述清楚是一件十分考验人的事。每次报告之前我们都会精心准备，自行或者在老师帮助下多次排练。后来参加全国的学术会议时，我自豪地发现，只要是协和妇产科的同事上台，几乎都会完美把握时间。再后来我在全国做女性健康科普讲座时，在时间的把握上总会令主办方佩服不已。同样的题目，短的时候我可以讲 8 分钟或者更短，长的时候可以讲 3 小时或者更长。如此收放自如，主要就是得益于多次参加青年医师论文报告会。

三

青年医师论文报告会的题目都密切结合临床，自然很吸引听众，这可以说是践行林大夫的教导："临床医生不要脱离临床，离床医生不是好医生！"同事们讲得很精彩，上级医生的提问则更为精彩。我第一次报告的题目是"系统性红斑狼疮患者合并妊娠及避孕指导"，报告完毕后，一个姓刘的上级大夫略带坏笑地问我："你现在连对象都没有，怎么去避孕指导？纸上谈兵。"

自然是哄堂大笑。还有一次，一个姓孙的老弟报告了子宫切除术后性生活质量的调查结果。他将性生活质量分为满意、尚可和不满意。报告完毕，一个上级大夫冷不丁地让他解释到底什么叫"尚可"？老弟面红耳赤了半天也没能给出准确定义。再次哄堂大笑之后，我们就管他叫孙尚可——姑且算刘备夫人孙尚香的千年胞弟吧。

纪念活动还有一个重要的项目是合影，通常是在会议正式开始之前进行。合影环节很正式，也很热闹，后来还会在纪念幕墙签名拍照。合影的正式之处在于要求男士穿衬衫、打领带外加白大褂，对女士着装反而没有特别要求，只要穿着白大褂就行。先是全科大合影，然后医生合影，护士合影，最后是各专业组合影（2018年后各专业组扩大为相应的中心，包括产科中心、普通妇科中心、妇科肿瘤中心和生殖与内分泌中心）。热闹则是因为退休的老教授都会前来参会（即使有的坐着轮椅），像宋鸿钊院士、葛秦生大夫、连利娟大夫、孙念怙大夫、黄荣丽大夫等，会被大家簇拥着，轮流合影。当然，还有各种自由组合。欢声笑语此起彼伏，现场充满节日气氛，妇产科女性多，医生护士们"爱热闹"的本性藏都藏不住。

投影仪出现后，会议正式开始之前，会循环播放用林大夫的老照片制作成的时光相册。再后来有了液晶大屏幕，播放的幻灯片被制作成影片。有一年影片的旁白是由郎景和院士朗诵的他在林巧稚大夫80岁生日时所写的祝福诗，背景音乐是旋律优美的《奇异恩典》。诗中写道："从鼓浪屿日光岩的小路，到协和汉

纪念林巧稚大夫诞辰 112 周年协和妇产科全体医生合影，2013 年 12 月摄

白玉的台阶，您的脚步总是那样轻盈、快捷；从曼彻斯特医学院的校园，到芝加哥大学的讲堂，您总是一成不变的中国旗袍和梳理不乱的发髻……您亲手接生的孩子千千万万，他们又有了孩子，万万千千。谁能说您孑然一身？您是真正伟大的母亲啊，孩子无数，仁爱无限。您悉心培养的学生桃李满天下，他们又有了学生，天下满桃李。到处结实的硕果，浓郁的芳菲，不正是您用毕生的心撰写的巨著鸿篇。今天，我们为您点燃八十支红烛，您却早已在亿万人心中点亮生命的绿灯——照耀到永远！"

四

　　如果说每年 12 月下旬的林巧稚大夫纪念活动是对科里小大

夫们的考验,那么每年7月上旬的纪念活动则是对老同志们的"考验"——讲者都是已经受聘的正教授。活动的正式名称是"林巧稚妇产科学论坛暨妇产科学新进展大会",但惯常的叫法却是华润会议。会议与华润集团一点关系都没有,只是因为最初几届会议是在东二环边上的华润饭店进行的而已。后来的会议地点早已不在这个饭店,甚至在北京国际会议中心举行了,但科里人仍习惯叫它华润会议。江山易改,本性难移。

林巧稚妇产科学论坛的规模比纪念林巧稚大夫青年医师论文报告会要大得多,属于全国性的品牌学术会议。会议从2005年开始举办,郎大夫说会议每年一个主题,一本著作,一张光盘。北京协和医院一直位居全国医院综合排行榜首,协和妇产科也一直位居全国医院妇产科专科排行榜首,因此林巧稚妇产科论坛被认为是国内妇产科学界最高水平的会议之一。值得一提的是,会议还是协和妇产科每年招收进修生的官方培训会议。希望到协和妇产科进修的大夫(要求所供职的医院为市级及以上医院)需要参加这次会议,会后参加考试,考题则是每位讲者根据讲演内容拟出的。曾经有人开玩笑说,到协和妇产科进修的难度比考研究生还大,由于名额的限制,也确实如此。也正是由于会议与进修相关,很多到协和进修结业的医生,在后来的会议中会作为"回头客"参会。有一个进修医生从第一届一直参加到了最近的一届,从主治医师变成了医院院长。我估计退休后她也会继续参加,习惯真的会成自然。

每次郎大夫都要在会议第一天的晚上请科里人员（主要是会议工作人员——各路小大夫）一起吃饭。他经常讲，第一天很重要，如果第一天的流程很顺利，随后两天的会议自然也就顺了。我私下观察一下，郎大夫的话很有道理。万事开头难，一顺百顺。

五

林巧稚妇产科学论坛会程通常两天半。郎大夫在每次大会闭幕的时候会拟定并公布下一年的会议主题，十几年来几乎没有重复。主题之下列有若干小标题，由讲者主动认领。来年年初的时候，郎大夫将题目和讲者确定后正式发布。在我的记忆中，每年的 4 月 10 日是文章的截稿日期，几乎没有变过。

催稿是一件颇有技术含量的活儿，我当小大夫的时候曾多次充当"催命鬼"，定期或不定期当面或发短信提醒教授大佬。但还不能催得太急，催得太急了可能会有不测的小后果，比如在手术台上被批评啥的——人嘛，都有"恼羞成怒"的时候。微信出现之后，我已升任正教授，成为被催的主儿了。现在"催命鬼"的技术先进多了，他们会先建一个微信群，把作者都拉进去，大领导也在群里。然后，从某一天开始，群里就会 @ 没有交稿的教授。随着名单逐渐缩短，依然出现在名单中的教授们心跳就会加快，笔头自然也会加快。连催稿这事儿，也是青出于蓝而胜于蓝。

六

　　林巧稚妇产科学论坛除了"考验"正教授之外，对副教授也是一种考验。会议有一个"专家面对面"环节，由各中心（专业组）的副教授组成专家团，中心主任挂帅，坐在主席台上，围绕一个或几个临床问题，结合病例进行讨论，很有些"答记者问"的气氛。提问者既可以是从各地来参会的学员，也可以是妇产科内的同事。无论年资高低，均可提问，院外提问者还要自报家门，所以提问者的积极性很高。郎大夫说，这是整个会议最有"火药味"、最有看头的环节。提问者和答问者正面交锋，提问者问得刁钻，答问者答得巧妙，偶尔还有专家之间"互掐"的时候，也有"专家"被问得答不上来，由其他专家代为回答的尴尬时刻，我自己就遭遇过一次。那时我还是副教授，在台上被一个与会者提的一个关于人乳头瘤病毒（能引起宫颈癌）的问题难住了，后来还是郎大夫救了场。那次会议结束后，我恶补了大量该领域的知识，还写了一本关于宫颈癌防治知识的科普图书，获得了科普创作领域的金奖。

　　除了精彩的学术报告和"专家面对面"外，林巧稚妇产科学论坛还有一个很吸引人的地方，就是手术演示直播。手术由科里某一手术做得最好的大夫进行，在协和医院手术室进行手术，画面和声音（术者偶尔会对关键步骤做些解释）同步传输到会场，由科内的教授或者副教授现场解说。这应该是最能展示协和妇产科手术水平的环节了，听众自然很喜欢，但有时存在小陷阱。有一次，应该是 2013 年 7 月，我要先后担任两个角色。先是给我的上级大夫，国内宫颈癌手术的绝对大佬当第一助手，表演一台宫颈癌手术。该大佬属于技术好脾气大的主儿，在台上经常会忍不住批评人。于是我上台前半开玩笑地对大佬说，您可以批评我，但请您一定一定不要报出我的名字，因为过一会儿，我要去会场当解说。不幸的是，在有一步操作中，大佬还是没忍住发声了，而且一如既往地报出了我的大名。于是，我后来去会场解说的时候，大家也就知道了我是哪路神仙了。不过圈内人都知道，很多医生都是在"骂声"中成长的。批评我的大佬也说，批评你是因为看得起你，否则我连说都不说。差不多 10 年过去了，前不久在北京协和医院妇科肿瘤高峰论坛上，因手术排得太多，人手不够，我再次担任了这位大佬的第一助手，还是宫颈癌手术。由于下面主治大夫已经成长起来，我已经至少 5 年没有和大佬同台手术了。还好，这次他不仅没有批评我，还当着"全国人民"的面说我是用电刀用得最好的大夫，一点儿都不抖。结果我一激动，手差点抖了。

七

林巧稚妇产科论坛的规模一次比一次大，后来多次更换会议地点，先后在北京协和医院学术会堂、湖南大厦、北京国际会议中心等举行，要问起到底何年在何地举办，我估计科里多数同事都不会准确记得。但 2016 年的林巧稚妇产科论坛是在北京国际会议中心进行的，我却记得十分清楚。因为，我作为总策划拍摄的《妇产科的男神们》在那里举行了隆重的"首映式"。那时影片刚刚获得北京协和医院纪念中国共产党建党 95 周年医路记忆"最佳纪录片"大奖，颁奖词是中央电视台《感动中国》栏目团队撰写的。征得领导同意后，我在会议间隙插播了影片，还煞有介事地提醒现场观众不要拍照，不要录像，因为医院还没有在网上正式发布。虽然说的是事实，但我私下倒是希望这帮来自全国各地的同行拍照、发朋友圈的。事实上，那天的朋友圈也真的一度被影片照片"霸屏"了。

八

除了这两项正式的纪念活动之外，前辈们在查房、手术时也常常提到林大夫的一些具体教导和名言金句。在全国而言，每两年一次的"中华医学会妇产科分会全国学术大会"多次在林巧稚大夫的家乡——福建厦门举行。我参加过几次大会，每次会议都有两项重要的活动。一项是由来自全国各地的妇产科知名专家组成的义诊团，抽一上午的时间，到鼓浪屿的钢琴码头广场，为当地居民和游客朋友进行女性健康方面的答疑释惑。我两次"滥竽充数"参加了义诊，其中有一次还与郎景和院士共用一个诊桌，一不小心被电视台的摄像机录入镜头里。

厦门会议另外一项更重要活动，是郎大夫在某一天下午会议结束后，率领协和妇产科的参会人员，前往同样位于鼓浪屿的林巧稚大夫纪念馆——毓园，瞻仰缅怀林大夫。由于到达的时候通常已是黄昏，大多数照片需要在闪光灯的辅助下拍摄。

还有一件特别值得铭记的事。2011年，中国医师协会妇产科分会发起设立了"妇产科好医生·林巧稚杯"奖，旨在弘扬当代妇产科医师救死扶伤、乐于奉献、大爱无疆的人文情操和爱岗敬业、文明行医的精神风貌，是国内妇产科领域的最高荣誉。郎大夫在颁奖词中深情地写道：

"一个医生，一段人生的价值如何去衡量？重要的不是自己得到了什么，而是给予了别人什么；重要的不是自己成功，而是做了哪些有意义的事情；重要的不是自己学到了什么，而是传授给了别人什么；重要的不是辛苦恣睢、谋权图利，而是心怀悲悯、甘于奉献，使他人受到鼓舞，得到帮助，获得益处；重要的不是能力，而是品质；重要的不是认识多少人，而是让多少人念记；重要的不是名声，而是让人传颂——像我们敬爱的林大夫那样。"

"我们和许许多多被她救治，被她教育，被她感动的人一样，永远谨记她留给我们的珍贵礼物——对知识和技术的渴望，对真理的追求和理解，对人的亲善、同情和关爱，以及用毕生力量改善人与社会健康的智慧。"

最后这一段话，我曾经无数次聆听郎大夫在不同时间、不同地点、饱含感情、一字不差地朗诵出来……

九

　　坦白地说，对我（或者协和妇产科的多数同事）而言，虽然科里有多种形式纪念林巧稚大夫的活动，但很长一段时间内关于林大夫的事迹都是零碎的片段，而且多半是经前辈们之口转述的，直到 2021 年 7 月我在北京协和医院建院 100 周年系列活动之"读万卷书"活动中作为特别荐书人，推荐了郎景和院士的医学人文新书《协和的守望：林巧稚和她的医生们》，情况才发生了根本性的改变。

　　虽然只有半个小时的讲演，我却足足准备了一个月。我从头到尾读完了这本书并密集勾画圈点之后，对林大夫有了更全面的了解，对她的人格魅力和精神有了更深切的感悟。我以为，在人类几千年的文明进程中，文字是最可靠、最恒久的传颂形式，而郎大夫正是通过文字将林大夫对协和、对中国妇产科和对中国女性的贡献，真实地展现给了我们。郎大夫 1964 年进入北京协和医院，在林大夫身边学习和工作了近 20 年，是林大夫晚年的学术秘书，所以他比一般人有更多的机会接受林大夫的言传身教，能亲历亲闻更多的历史事件。这样，就为我们还原了一个更立体、更真实、更可亲、更可敬的林大夫。所以，希望了解协和、协和妇产科和林巧稚大夫的朋友，可以读读这本书。

　　是的，我没有见过林大夫，1983 年之后进入协和妇产科的同事也都没有见过林大夫，但我们从前辈查房或手术的教导中，从科里每年举行的学术纪念活动中，从厦门鼓浪屿的瞻仰拜谒中，从"妇产科好医生·林巧稚杯"的颁奖词中,从《协和的守望:林巧稚和她的医生们》中,依然感觉到林大夫就在我们前面,为我们指向、引路;感觉到林大夫就在我们后面,托扶、推动着我们向前;感觉到林大夫就在我们身边,提携、保护着我们——给我们力量,给我们方向。

天籁之音：
来自协和前辈的珍贵礼物

天籁之音已成天堂之音，但永远会在协和
妇产科流传。

　　2022 年 8 月 23 日，北京协和医院妇产科 87 岁的老教授徐
蕴华大夫走了。按照家属或者徐大夫生前的意愿，没有举行任何
告别仪式，甚至没有让医院发布讣告，而是直接将遗体捐献给了
北京协和医学院，供人体解剖课使用，继续担任医学生们的"大
体老师"。

　　徐大夫去世的消息在妇产科微信群发布后，一片惋惜怀念之
声。我也跟着发了一条消息，但我更着急的是回家寻找一份资料。
这份资料非常宝贵，最初是一盘磁带，但我记得我已经将它转录
成音频文件保存了。令人沮丧的是，我在各个可能存有资料的硬
盘、U 盘中找了一个晚上也没有找到。前天上午，我又将存储有
我所有资料、容量为 4T 的大硬盘带到医院，继续以各种方式组
合搜索，依然无果。幸运的是，前天下午科室群里有人转发了一
篇文章，文章的末尾有这份文件的下载链接。文件的名字是《英
汉对照常用妇产科词汇》——由敬爱的徐蕴华教授和 30 年前英

年早逝的吴葆桢教授朗读，音频全长 59 分钟。

一

　　对我们那个年代的协和妇产科医生而言，这盘磁带是一份极其宝贵的学习材料。1993 年，我进入协和妇产科后，从同事那里借来磁带进行了翻录。还有一个小册子，我也进行了复印，但前天同样没有找到它，我肯定它没有丢，一定会在某一天自动出现。磁带收录了妇产科最常用的词汇。男性朗读者是吴葆桢大夫，念英文，标准极了；女性朗读者就是徐蕴华大夫，念中文，同样标准。为什么选择徐大夫念中文，直到昨天早上之前，我都不知道原因。我猜测大概是因为和徐大夫同时期的妇产科医生中，其他人都不是北京人。徐大夫是地道的北京人，普通话发音标准，而且声线就像十几岁的小姑娘。

　　这盘磁带对我们科很多人都有影响。刘欣燕教授深情地写道："我还保留着那盘徐蕴华教授念中文，吴葆桢大夫念英文的《常用妇产科词汇》。徐大夫的声音如少女般清纯，吴大夫的声音则深沉醇厚。我们就是听着两位前辈艺术品般的'课件'慢慢成长起来的。感恩徐大夫，感恩吴大夫！"

　　对我而言，这盘磁带的影响更为深远。我来自重庆郊区的一个国家级贫困县，即使中学是在县城最好的第一中学就读，学校的英语教学水平也很一般。由于缺乏基本教学设备（录放机），中学英语课基本都没有听力，所以发音也不标准，甚至还带有川味。大学时，同样由于经济原因，我没有购置录音机，勉强过了大学英语考试，英文单词的发音都不太准确。然而，唯独在妇产科专业词汇这块儿，我的发音却相对标准，原因就是有吴葆桢大夫和徐蕴华大夫等制作的《英汉对照常用妇产科词汇》磁带。

科里曾经有一位姓朱的、与中央电视台某主持人几乎同名的同事，北京协和医学院八年制毕业，英语水平极高，多次担任国际会议的同声传译。但是，在专业单词"子宫"的读法上，却被我大大地"打击"了一回。子宫的专业英文是 Uterus，正确的发音，如果按我们当年学英语时用汉字强行注音的办法，应该读为"优忒尔汝阿斯"，我多次听过吴大夫和徐大夫朗读的磁带，这个词的发音自然准确。然而，这位英语属牛的朱大夫的发音却错了，同样用汉字强行标注，她的发音是"阿忒尔汝阿斯"，为此我们还翻了词典评判。唯一一次战胜在英文上能将我按在地上摩擦的超级高手，当然还要归功于这盘磁带。

二

徐蕴华大夫是协和妇产科也是国内妇产科学界低调内敛的前辈大家。她 1935 年生于北京，1956—1959 年在北京大学生物系生物化学专业学习，1959—1964 年在协和医科大学医疗系学习。1964 年 8 月毕业后分配到北京协和医院妇产科工作。1985—

1997 年任北京协和医院妇产科副主任。为国务院政府特殊津贴获得者，被联合国儿童基金会聘为医学顾问。

徐蕴华大夫工作认真负责，胆大心细，处理病情果断，考虑问题周密，具有渊博的知识和丰富的临床经验，在妊娠高血压综合征、母婴血型不合、胎儿生长受限、新生儿窒息复苏及胎儿窘迫的病因及处理等方面开展了大量卓有成效的研究，多次获得省部级奖励。徐蕴华大夫 1983—1984 年赴美国南加州大学妇女医院进修高危妊娠，1992 年赴英国接受联合国儿童基金会母乳喂养培训。她是我国爱婴医院及母乳喂养项目的部级专家、项目负责人，还为创建爱婴医院的录像带撰稿并亲自解说，获得 1996年国家教委全国优秀教育音像出版物二等奖。

三

我第一次见徐大夫是在产科实习，当时徐大夫管病房。虽然徐大夫对我应该没有多少印象，但我对徐大夫的印象还是挺深的。她身材娇小，但走路和说话都很快，办事干净利索，就像产科大夫应有的样子。

我第二次见徐大夫是在我面临能不能留在协和妇产科的时候。由于种种原因，内科没有留我，而我又不愿意去一个老师推荐的科室，于是就写了一封自荐信去找郎景和大夫。当时妇产科接收的 4 个人的名单已经定下来了，郎大夫看我很诚恳，决定尝试把当年一个技术员的名额进行调剂。他让我把自荐信誊写一份，给两位副主任送去，让她们去和人事处争取。

其中一位副主任就是徐蕴华大夫。徐蕴华大夫在11号楼3层的小办公室看完我的自荐信后，说："小字写得真漂亮，我没有意见，我去找杨秀（玉）商量，让她去和人事处说，她干仗比我厉害，走！"说完，她亲自把我带到11号楼2层杨秀玉主任的办公室。我们实习的时候并不轮转宋鸿钊院士和杨秀玉教授所在的专业性很强的绒癌组，所以我当时不认识杨秀玉教授。徐大夫简短地跟杨大夫说明了情况，然后就回11号楼3层的办公室了。

杨秀玉大夫看了我的自荐信后说："哥们儿，这事儿指定难度很大，但是，我立马帮你去争取，成不成再说！"说完她就撇下我，斗志昂扬地走了。三天后，教育处老师通知我，我被妇产科录取了。后来据人事处的老师说，杨秀玉大夫真的是以干仗的架势去和他们争取我的去留问题的。

正因为这个原因，我对徐大夫和杨大夫都有特别的感情。

四

留在妇产科后，我第二轮就是轮转产科，刚好是徐大夫管病房。我听前辈们说过，别看徐大夫个头不高，但她可是运动健将，年轻的时候每天从中国人民大学骑自行车到医院上班。徐大夫的话都很简短，最爱说的词是倍儿棒、倍儿好，别怕、别慌、没关系……我后来当二线的时候，又是徐大夫管病房。这次印象更深了，因为很多涉及危重产妇和孩子抢救的情况，都要呼叫徐大夫这样级别的大夫。正如杨佳欣教授所说："无论产科情况多急，她总是气定神宁，指挥若定。"更如陈蓉教授所言："极具大将风范和侠女风范。"

徐蕴华大夫在运动会上（右二）

的确，只要有徐大夫在，情况再紧急，再危险，我们也不用特别担心，即使新生儿出来时阿普加评分（代表新生儿状况的几项关键指标）很低，徐大夫气管插管时也总是沉着冷静，丝毫不乱，几乎总是一步到位，用小气囊做几下人工呼吸，孩子的皮肤颜色就好了，然后就会发出令人高兴的啼哭声。令我感受特别深刻的是，无论情况多么紧急，尤其是抢救新生儿的时候，无论我们下级大夫做的对还是不对，她都不会直接批评，更不会大呼小叫，最多是自己上手，把孩子抢救过来再说。等事情完全过去之后，徐大夫才会耐心地给我们分析对错。

对此，何方方大夫的回忆令人动容："我进协和第一次轮转进产科病房，徐大夫就是我的上级医生。也许是缘分，每次我轮转进产科病房，正好也是徐大夫管病房。在和徐大夫一起工作的日子里，不仅学习了知识，也学习了如何做人，如何做医生。我去西藏阿里一年，徐大夫经常给我写信，介绍她当年去西藏的体会和科里的情况。林巧稚大夫住院的消息也是徐大夫第一个写信告诉我的。徐大夫虽然说得不多，但时时刻刻用行动影响着我们这些当年的'年轻大夫'。"

"徐大夫家住医院附近，不管白天黑夜，只要病房有事，随叫随到。记得有一次，我值产科四线班，遇到一位羊水栓塞的产妇，胎儿、胎盘娩出后出血不止。紧急情况下，我第一时间想到徐大夫。当时我也是急昏了头，拿起电话居然直呼其名：'徐蕴华，快来！'只听电话那头'咔嚓'一声，挂断了，我又进了产房。很快，产房外就听到了徐大夫的声音，我顿时踏实了，刷手上台，和刘俊涛、田秦杰一起，刮宫、填塞、切除子宫、二次开腹止血……有徐大夫在台下指挥，抢救有条不紊地进行着。大家忙了一夜，病人救活了，我们也累惨了。事后我问她：'你当时电话里怎么什么都没问？'她说：'你声音都变了，肯定是出了大事！'"

"徐大夫就是这样，雷厉风行，一切以病人为重，从不计较个人得失。徐大夫的一生是为医学奉献的一生，活着时抢救了无数危重产妇，死后捐献遗体，继续为医学做贡献，真正做到了鞠躬尽瘁，死而后已！令人感动！徐大夫是一个好医生，是我的好老师。徐大夫的精神永远值得我们后辈学习！"

五

徐大夫是 2001 年退休的。比较遗憾的是，徐大夫退休后除了继续门诊和偶尔上剖宫产手术，就很少参加科里活动了，后来才知道她身体不太好。我这两天翻遍了我所有的照片，今天一大早还在学系办公室仔细翻阅两大本科里历年的照片集，包括 2000 年科里的千禧年合影和以后的多次合影，都没有见到徐大夫的影子。坦白地说，科里很多年轻人可能都不熟悉徐大夫。我问过几个 2001 年之后进入妇产科的同事，他们说只是从在岗表上看到过名字，没有见过真人。

但徐大夫是记得我的，后来偶尔在医院见到她，她还总是亲切地叫我小谭。我记得徐大夫的笑声是呵呵浅笑，而且有点神秘，很少听她哈哈大笑。徐大夫也有童心未泯的时候，比如会听听下级大夫们的八卦闲谈，偶尔也会发表一语中的的点评。李雷教授这样写道："我毕业的时候徐大夫已经退休。我实习的时候，徐大夫带着查房让床旁估胎儿体重，实习大夫、见习大夫都有份，估得准奖品是一份丝巾。一位见习生和成大夫获得了丝巾。"

六

《常用妇产科词汇》的另一位朗读者吴葆桢教授则是协和妇产科一个传奇式的人物。吴葆桢大夫生于1929年，1950年从燕京大学医学预科班进入北京协和医学院，1955年毕业。1978年赴美进修，曾在纽约哥伦比亚大学医学院访问学习7个月，在马里兰州的美国国家癌症研究所任客座科学家2年。出于对癌症患者的深切同情，吴葆桢大夫的科研工作主要针对妇科肿瘤。在恶性滋养细胞肿瘤的研究中，作为宋鸿钊院士领导的科研小组的主要成员，吴葆桢大夫投入大剂量化学治疗根治绒癌的探索终于获得成功，改变了有关癌瘤一旦转移即无法根治的传统观点，使我国在这一领域的临床研究水平跃居世界领先地位。在卵巢癌的研究中，他在国内最早开展转移肿瘤的广泛切除术和腹膜后淋巴结清扫术，与美国、奥地利、意大利等国的医学家一道，在世界上首次证明淋巴转移是卵巢癌扩散的一条重要途径，提出将淋巴结清扫列为根治手术的组成部分，这一成果使我国在卵巢恶性肿瘤的临床研究和手术治疗方面赶上世界先进水平。

吴葆桢大夫1987年起开始担任协和妇产科主任。吴大夫的英文非常好，几乎与以母语为英语的人差不多。吴葆桢大夫的夫人是著名京剧表演艺术家杜近芳，京剧大师梅兰芳的得意弟子。据说这段姻缘是由周恩来总理和邓颖超同志亲自牵的红绳。

吴葆桢教授与夫人杜近芳女士（著名京剧表演艺术家）

遗憾的是，天妒英才，吴大夫1992年3月就去世了，享年62岁。我是1992年7月进入北京协和医院实习的，所以我没有见过吴葆桢大夫，但见过和他同一年去世的王元萼教授。王元萼教授是1992年7月底去世的，我曾经在跟着我的上级大夫查房时见过他，当时只知道他是妇产科教授，肝癌晚期。吴葆桢教授和王元萼教授都长眠在西山脚下的一处地方。1993 年之后，郎景和大夫每年 3 月初都会带领科里的同事去纪念拜谒，30 年来，风雨无阻。2000 年宋鸿钊教授逝世之后，也长眠在那里。从 2008 年开始，我也开始跟随郎大夫一起去看望三位前辈。

七

　　吴葆桢大夫喜欢抽烟，这大概也是他罹患肺癌的原因。每次看望吴大夫的时候，除了在他的墓碑前摆满点心水果外，男大夫们会每人给他敬几根烟，包括我这种从来不抽烟，即使抽一口也会难受一整天的人，也会给他敬上数根香烟。当然，还有他喜欢喝的酒。郎大夫说吴大夫特别爱看武侠小说，尤其是金庸的小说，还会和山东大学齐鲁医院的江森教授（人称江公）切磋心得。关于吴葆桢大夫的故事，都是我们每年前往西山拜谒三位前辈时，由郎景和大夫、宋磊大夫、沈铿大夫、黄慧芳大夫、杨剑秋大夫、潘凌亚大夫、孙大为大夫、吴鸣大夫、邓成艳大夫、朱兰大夫、冷金花大夫、向阳大夫、万希润大夫、刘俊涛大夫等"老同志"先后讲出来的。多半都是趣事糗事，虽然"老同志"们声明讲的都是真事儿，但我估计多少也有些演绎，而且每年都会添加新料。年复一年，故事就变成了传奇。

八

昨天早上，我去郎大夫办公室向郎大夫求证《常用妇产科词汇》到底是何时录制的时候，他说应是 1990 年前后录制的。因为当时科里与国外同行的交流逐渐增多，年轻大夫们有学习英语的需求，吴葆桢大夫就教这些年轻大夫念专业单词，后来就制作了一本小册子。朗读的时候，最初是准备由吴大夫念英文，郎大夫念中文，因为两位的声音都特别浑厚。但是后来觉得两个大老爷们儿念起来有些单调，于是就找了当时的副主任徐大夫读中文。

郎大夫说，之所以他认为录音是在 1990 年左右，是因为录完这盘磁带后不久，1991 年 3 月，吴葆桢大夫出现声音嘶哑的状况，结果查出来是肺癌。1991 年 7 月做了手术，后来进行了化疗。在与癌瘤搏斗了数月后，吴葆桢大夫于 1992 年 3 月永远离开了我们。所以，这盘磁带是吴葆桢大夫的千古绝唱，是他给我们留下的最好礼物之一。

九

郎大夫说，最初的册子是油印的，A4 纸大小，后来实用医学音像出版社将其制作成了一本绿皮的、可以放进白大褂口袋的小册子。他说他记得将小册子夹在了某一本词典中间，但他左右找了几本词典，都没有找到。然后，神奇的事情发生了：我在他的写字台对面和他说话的时候，看到写字台靠近我的这一侧有一排书，其中一本书的中间似乎有个插页，我就取了出来，赫然就是这本绿色封皮的《英汉对照常用妇产科词汇》！什么叫"念念不忘，必有回响"，我觉得这就是！

虽然找到了这本书，但封面并没有徐大夫的名字，也没有郎大夫的名字。郎大夫当时是副院长，不便署名夺人之美，而徐大夫由于是替补，也没有名字，便成为幕后英雄了（但我记得磁带盒上朗读者的名字中有徐大夫）。

十

很遗憾，我不曾有机会听过吴葆桢大夫的中文发言，但他标准的、磁性的英文发音我却记得非常清楚，还多次跟读模仿。所以，即使他已经逝世30年了，即使我没有见过他，却感觉到他似乎一直在我们周围。

现在，徐大夫也离开了我们，她的声音同样永远留在人间，留在协和妇产科人的心里。

不知徐大夫到天堂后，与先她整整30年进入天堂的吴葆桢大夫相见时，会不会一如既往的熟悉和默契呢？会不会有接风洗尘呢？如果有，会不会是涮羊肉呢？据说吴大夫喜欢吃涮羊肉，而徐大夫是北京人，应该不至于不喜欢。还有，天堂很美，没有病痛，当然也不会有医生这个职业。但他们应该依然是朋友，最好依然是同事⋯⋯

仙凡相隔，无法猜测。两位前辈留给我们的宝贵礼物，已从天籁之音，变成天堂之音。

（注：本文为本书即将付印之前所写。该文发布到网上后反响很大，故增补收录。）

从崇拜到敬畏，从敬畏到感恩

有这样一位前辈，让我从崇拜到敬畏，从
敬畏到感恩，给我的协和岁月留下了深深
的印记。

一

1993 年，我刚进入北京协和医院妇产科的时候，听前辈和
同事们说我们科有一个姓边的大夫，是妇产科第一大美女，留着
两根又黑又亮的大辫子，在国外学习，很快就要回国了。我第一
次见到这位边大夫是 1994 年。我多少有些失望，因为传说中的
大辫子已经没有了，变成了齐耳短发。然而，从她到产科病房查
房开始，我就对她充满了崇拜。因为，她的英语实在是太棒了。

可能是长时间在国外学习和工作的缘故，边大夫查房时经常
用英语，并不是那种中文句子夹杂几个英文单词的形式，而是一
整段的英语。我对边大夫的英语水平充满了羡慕，以前赌咒发誓
绝不出国的我，竟也想有朝一日能出国学习，将英语练得和边大
夫一样好。颇有意思的是，我后来的确也出国学习了，但去的是
巴黎，那里的人永远认为法语是世界上最美的语言，即使讲英语，
也是以法语的拼读方式发音的。

边大夫英语极好，却也常常和我们小大夫开一些中式英语的玩笑。在我的记忆中，"给你点颜色瞧瞧"（Give you some color to see see）和"老师，让我试一试"（Teacher, let me try one try）等奇葩英语都是从边大夫那里学来的。

开始，我们按照协和传统管边旭明教授叫边大夫。不知何年何月开始，产科人对她称呼改变了，改称"边老"。其实那个时候的"边老"才50刚出头，一点都不老，尤其是她一头浓密的头发，令无数人羡慕。边老曾经给我们讲过，她女儿曾这样评价过她的头发："跟假发一样。"

二

实际上，边老最令我崇拜的还是她的一项产科改革：将检查产妇宫颈口扩张情况的方法由长期以来的肛门检查改为阴道检查。这可以说是边老回国后给患者带来的最大利好之一，对小大夫而言也是很大的"福利"。

女性经阴道分娩分为三个产程，第一产程是从规律宫缩开始，宫颈口从闭合状态逐渐扩张到直径10厘米的过程。但是宫颈口到底扩张了多大，并不是通过直视检查确定的，长期以来都是经肛门插入一根手指（食指）进行检查，称为肛门检查，简称查肛或肛查。而且，表述方法也不是用厘米，而是用宫颈口开了几指头宽来表述（比如开了3指）。

由于肛查只用一个手指感知，对距离的判断是很难的，而且中间还隔着一层组织（即直肠阴道隔），所以这项检查对产科大夫而言颇具挑战。当时的产科常规是肛查，不轻易直接做阴道检查，只有多次肛查宫口大小查不清楚，或者胎位或胎心有异常等情况下，才会在消毒后进行阴道检查。而且，当时只有上级大夫才有做阴道检查的权限。

对于刚刚入门的产科小大夫而言，肛查是一项很有压力的学习项目。产房曾有一个硬质挂图，上面有宫口开 1 厘米到宫口开 10 厘米的圆圈，是立体图，用途就是让小大夫们闭着眼睛用手去反复感知，再比对肛查时对宫颈口大小的感觉，提高检查的准确性。即便如此，对于新手而言，肛查也仍让人头痛。当时有一个姓张的大夫，文文弱弱的，在产房轮转的时候，我负责带教她。只要上级大夫让她给病人查肛，她就紧张。因为如果检查结果和上级大夫的检查结果不符，就说明她的检查还不过关。结果小张大夫在产科轮转的几个月期间，月经一直没有来潮，原因应该就是紧张。

三

边老管理病房后，果断地改变了这一当时全国通行的方法。她说国外早已废弃了肛查，普遍采用阴道检查。我清楚地记得，边老是这样解释的：第一，肛查是用一个手指检查，而且还要隔着直肠阴道隔去感觉，很难准确判断宫口开大的程度和胎头方位

238

是否正常，而阴道检查是用两个手指（食指和中指），这样就有参照，而且是直接感知宫颈，检查更为准确；第二，最新研究已经显示经阴道检查并不像传统的说法那样增加产后感染的概率，相反，由于肛查每次都要将阴道直肠隔顶向宫颈口，阴道的致病微生物更容易接触到胎囊，如果胎膜已经破裂，则会直接接触到胎儿，反而会增加产后感染的概率；第三，由于阴道检查比查肛更准确，不用反复检查，整个产程中检查的次数就会减少，同样降低了感染的概率；第四，由于已婚妇女有性生活，阴道的容受性更好，女性多半都愿意做阴道检查，而不愿做肛查，后者更让人难受。于是，从那时开始，小大夫也有权限进行阴道检查了。后来，产科已经用阴道检查取代了肛查。

我写出这段故事，并不表示我对比边老还老的前辈们的不尊敬，而是想表达这样一层意思：医学科学和医学认知都是不断发展进步的，有些方法即使当时全国通行，也是需要与时俱进的。但是，改变需要勇气，需要胆识，需要魄力，而边老恰好就是具备这些素质的人。

四

我对边老的敬畏是从一起"断电事故"开始的。

那是 1998 年春天，我在产科当总住院医师，边老负责一项临床试验，目的是检验即将进入中国市场的新型抗早产药物盐酸利托君注射液在预防妊娠 20 周以后的早产中的疗效。当时这种药物非常昂贵，一支都得上千元。药厂免费提供试验药品，我负责药品的保管、分发和登记等具体工作。最开始项目进展得一帆风顺，我还得到了边老的表扬，直到有一天，发生了一起特殊的事故。所幸事故不是发生在病人身上，而是发生在药品上。

药品需要冷藏保存，否则会很快失效。试验药品放在治疗室的一个冰箱里，护士和我当然都知道它们是宝贝。然而不幸的是，有段时间病房的护理员病了，来了一个临时护理员。她工作很积极，在清洁冰箱的时候把电给断了，清洁完毕之后就没有再及时接上电源（她说是为了让冰箱透透气，干爽一下），等到发现的时候，后果已经酿成，而且无法挽回——30 多支注射液成了废品！

价值数万元的药品瞬间报废，当然是一件大事。药厂的科研代表找到我，眼睛里几乎都是怒火，说的话也特别难听，我当时还血气方刚，就和他"刚"了起来。为了解决问题，边大夫组织相关人员，包括药厂的科研代表进行商谈。边大夫在会上首先进行了自我检讨，然后对事件原因进行了分析。经过一番商谈，药厂的科研代表请示上级主管后同意再提供 30 支试验药品。

五

按说事情到此为止，已经圆满解决，但是最后当边老让我也说几句话的时候，却出现了状况。虽然后来我知道她只是让我说几句，向药厂科研代表表个态而已，但我当时没有意识到这点。面对曾经对我极不友善的药厂科研代表，我说："我也不希望这样的事情发生，但这是护理员不小心造成的。"我还没有说完，现场气氛就凝固了。边老当时气得脸都青了，直接问我："那你说怎么办？既然这样，你来处理！"

好在药厂科研代表没有当着边老的面再次我和"刚"，我们也重新开始了试验。但是在那之后的好几天，我心里都非常难受，对药厂科研代表对大大夫礼貌而对小大夫强横的行为极为不耻。而且，我对边老也有些怨气，好几天都不和她说话，即使她当时是妇产科副主任。哎，人呐，谁没有年轻气盛的时候呢？

过了几天，边老把我叫到她的办公室，和颜悦色地对我说："我知道你有些委屈，也知道药厂的人对你态度不好，但是我们不是为了缓和矛盾、推进试验吗？我当然知道是临时护理员不小心犯的错误，但是我们不能把责任推到她身上。你想想，她一个护理员，一个月能开多少工资？如果追究下来，她的工作就没了！还有，你是具体的负责人，怎么说也有责任。你要是写一张纸条贴在冰箱门上，提醒其他人冰箱里面有需要保持低温的贵重药品，或许就不会出现这样的事故了……"

六

我诚恳地接受了边老的批评。尤其是她说的不能把责任推到临时护理员身上这句话，对我的影响极为深远。20多年之后，我刚买不久、用于接送孩子上下学的电动自行车在医院车棚被盗，监控录像显示车是被一个中年妇女大摇大摆地骑走的，而负责看管车棚的保安一直低着头玩手机，根本没有看进出车棚的人。保安负责人第二天通过保卫处给我传话说愿意给我赔1 000元，我当场拒绝。因为我知道一旦赔了钱，当事保安就会被严肃处理，很可能会被辞退。可以说，做出这个决定的主要原因就是20多年前"断电"事件中边老对我的教导。

另外，边老说的在冰箱门上贴纸条提醒的建议，对我以后的工作也很有帮助。2012年，我到美国哈佛大学医学院附属布莱根妇女医院做访问学者的时候，看见每个手术间都有一张手术间仪器及物品放置位置图。这样，不同的手术团队在手术结束后会将所用的物品物归原位，下一个手术团队使用的时候，就能迅速地找到需要的设备。他们的护士长说，这参照的是航空公司的流程，也就是"清单革命，统一流程"，这样任何一个机组使用同一架飞机时，团队能很快进入工作状态。

我将这张器械放置示意图照了照片，回国后给医院汇报时进行了展示，后来应手术室之邀再次报告时也展示了这张图片。2013年之后，北京协和医院手术室的地面上贴了放置相应仪器的标签，像小型停车位一样。这是否与我的汇报有关，不得而知。但是，边老说的贴纸条的方法却一直影响着我，以至于我在家里到处贴条，还在门边也配置了一个小白板，用于家人之间对重要

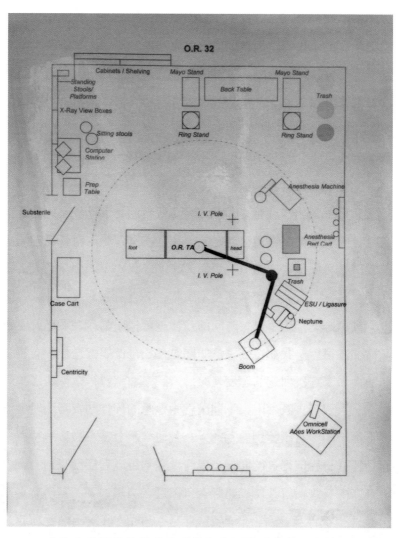

哈佛大学医学院附属布莱根妇女医院手术室设备放置示意图

事情的相互提醒。

可以说，边大夫对我批评和提醒，不仅让我认识到了我该负的责任，也让我对她从长期崇拜、短期抵触变为持久敬畏了。没错，就是敬畏，既绝对尊敬，又有点害怕。这种情况一直持续到2003年国庆节之前的一个晚上才发生了改变。

七

那是2003年9月底的一天晚上，秋天的北京已经有些凉意了。当时我值产科长四线，也就是隔天一个夜班，为产科最高现场决策者，当然也是责任承担者。那天晚上，我一个老同学的夫人临产了。同学的夫人在孕早期很不顺利，一直有先兆流产征象（阴道少量出血），用了很长时间的药物进行保胎治疗，后来好不容易情况才稳定。我在特别关注的同时，还是像以前一样，对特别熟的人采取有所回避的态度。

在男妇产科医生中，不同医生为熟悉的异性朋友看病时的态度不尽相同。对于特别熟悉的人，我通常不会亲自做妇科检查，而是托付给我信得过的同事。因为，我觉得以后还要见面，亲自检查多少有些尴尬，所以通常有所回避。当然，并不是所有男妇产科医生都像我这样。科里有一个姓 C 的同事，风格就和我截然不同。他不仅不回避熟悉的异性朋友，而且他爱人生小孩的时候也是他亲自接的生。年轻的时候，我们常常互黑，于是我给他编了一个段子。段子是一个谜语，谜面是：C 大夫给大学女同学接生，打一成语。我给出的谜底是：故，地，重，游！当然，现在看来，只能说 C 大夫比我更君子、更坦荡而已。

回到那个微寒的初秋之夜。由于产妇是我同学的夫人，因此我都是让下级大夫去做阴道检查，然后向我报告。同学夫人宫口开全进产房后，我也是站在她床头，给她鼓劲而已，不去产床的另一端。因为在那一端，产妇的隐私部位已经完全暴露。

同学夫人的第一产程进展顺利，第二产程（从宫口开全到胎儿完全娩出）也很顺利。然而，第三产程却出现了致命问题——胎儿娩出后，本来应该在 15 分钟，最多 30 分钟内娩出的胎盘，迟迟都不能娩出！

八

胎盘不能剥离子宫娩出体外，或者剥离不完全，子宫创面就会持续出血，这就是产后出血的主要原因之一，严重的时候会致命。我最初还很镇定，指挥下级大夫做手取胎盘的操作，也就是将手通过还没有闭合的宫颈口伸入到子宫腔内，像剥柚子一样把没有剥离的胎盘强行取出来。由于没有麻醉，患者比较痛苦，但一般都能奏效。遗憾的是，下级大夫没有能够成功取出胎盘。同学夫人的出血越来越多。我再也顾不得熟人与否，刷手上台，亲自去取。

要命的是，经过多般努力，我也没有能够将胎盘取出来！同时，同学夫人的出血越来越多，血压都开始下降了。坦白地说，我有些慌了。如果出现问题，我怎么对得起同学？还怎么继续当医生？那个时候，我的第一反应就是向边老求救。我相信人真的是有潜能的，因为边老家的电话号码自动从我的脑海中跳了出来。我让护士用手机拨打了边老家的电话，电话很快就接通了，护士把手机递到我的耳边，我带着颤声简短汇报了病情。电话那头边老果断地说，联系血库输血，立即到手术室，麻醉下取胎盘，必要时开腹切除子宫。边老让我不要慌乱，她马上赶过来。

九

考虑到边老当时已经58岁，大晚上一个人从北极阁到医院有些不安全，于是我让下级大夫联系血库和运送同学夫人到手术室的同时，我和同学一起从医院到边老家去迎她，我一边走一边和同学交代病情。到北极阁胡同口的时候，我看见一个人从胡同里急急忙忙地向我们这边走来，几乎是一路小跑。我老远就大喊："边大夫！"

可以说，那个时候的这三个字，不是普通的称谓，而是救星的代号。当时已经是凌晨两点，整个东单北大街昏黄的路灯下，只有我们三个人。我出来的时候没有穿外套，穿的是短袖刷手服，有些瑟瑟发抖——一是天气真的比较冷了，二是充满恐惧的心突然放下来后的报复性反弹！写作此文的前一天，同学夫人给我发微信说："我老公也回忆是半夜两点去接边大夫，脑子都是蒙的，让干啥就干啥。"

十

　　边大夫和我直接进了手术室。术前准备工作已经就绪，同学夫人很快就被麻醉好，血也已经输上了。边大夫上了手术台。大概是孕早期因先兆流产长期用药的原因，同学夫人的胎盘粘连特别严重，即使是在麻醉下手取胎盘也没有成功。于是，边大夫只好用有齿卵圆钳，一点一点地往外钳夹胎盘。一个多小时后，被取出的胎盘装了满满一托盘，出血终于逐渐减少了。配合药物后，血最终止住了。同学夫人的生命和子宫都保住了。

　　边大夫脱下手术衣的时候，刷手服已经完全湿透。我真诚地向边大夫道谢，发自内心，替我同学和他夫人，更为我自己。边大夫打趣道："小谭，这下你不用怕你同学了！"边大夫的笑容，愉快中带着几分天真，永世难忘。

　　从那以后，我对边大夫就从敬畏变成了感恩。每年的9月2日，我都要给边大夫发一条短信表达祝福，因为，那一天是她的生日。

十一

　　边老生病后，我曾和同事一起去看过她，她还是叫我小谭，只是说话声音有些发颤。后来，边老的病情有所好转。在 2019 年 8 月人民日报社举办的"国之名医"评选活动中，边老获得了最高荣誉——"国之名医·特别致敬"称号。我也因在科普方面的工作获得"国之名医·优秀风范"称号。当边老穿着那身靓丽的绸面衣服去领奖的时候，我特别高兴，特别自豪。她经过我身边时，我鼓掌的同时，大喊："边老，边老！"边老看见了我，微笑着向我挥了挥手。遗憾的是，在那次活动中，我们医院的其他几个获奖者一起合了影，却没有与边老合影。因为鉴于她的身体状况，她领完奖后主办方的工作人员就护送她提前离开了会场。

　　很遗憾，今年边大夫病重期间，我没有去看望过她。我本人自去年 11 月中旬以来，受"无法治愈，只能共存"的高频感应神经性耳鸣的折磨，一度被逼到崩溃的边缘（所幸现在已经和平共处），状态极为不佳，不太愿意去看病中的前辈，包括今年 3 月到西山拜谒宋鸿钊院士、吴葆桢教授和王元萼教授的活动，我也缺席了……但是，有几次在楼道遇到边老的爱人、麻醉科的叶铁虎教授，我也和其他人一样称他虎叔，我请虎叔代我向边老问好。还好办公室的前辈是妇儿工会的负责人，每次她去看望边老后都会和我说起边老的近况。

　　2022 年 8 月 25 日，边老与两天前离开我们的徐蕴华教授一起，进入了没有病痛的天堂，将她在人间的驻留时间永远定格在了 75 岁。科里一位在边老手下工作的师妹在妇产科微信群中留言："边老最后一段时间没有太遭罪，都是干干净净的，虎叔一直也陪在身边，也是一种幸福，大家不要太难过。咱们永远铭记前辈，脚踏实地地工作。"

妇产科三位前辈（从左至右）：孙念怙教授（1929.12.5—2019.8.17），徐蕴华教授（1935.12.6—2022.8.23），边旭明教授（1946.9.2—2022.8.25）

这就是让我从崇拜到敬畏，从敬畏到感恩的边老。虽然北京协和医院的官网上有边旭明教授的正式生平，但我仍然愿意将我在边老身边的小故事写出来，与喜欢边老、热爱边老、崇敬边老、感恩边老、怀念边老的朋友们分享。而这些，正是协和留给我的印记之一。

边老不老，风范长存。让我们通过下面的文字再次纪念敬爱的边老吧！

边旭明，我国著名妇产科学家、产前遗传诊断学家。1946年9月2日出生于北京，1970年毕业于中国协和医科大学（现北京协和医学院）获学士学位，1970年至1978年在陕西省洛南县及湖北省郧阳市妇产科工作，1981年毕业于中国协和医科大学研究生院获硕士学位，师从著名妇产科学家林巧稚。

1986年至1989年间，她在加州大学圣迭戈分校医学中心及奥地利维也纳大学附属医院从事访问学者工作。1994年至2011年担任北京协和医院妇产科副主任兼产科主任，1999年起先后担任卫生部妇社司全国产前诊断专家组组长、中华预防医学会出生缺陷控制与预防委员会副主任委员、中华医学会围产医学分会副主任委员等多项社会兼职。

边旭明教授在担任产科主任期间，带领协和产科实现整体提升和发展。她数十年如一日坚持工作在产科临床第一线，病人的床边、产房和手术台是她长年战斗的地方。她思路清晰、冷静果断、敢于负责，每一个疑难危重孕产妇的抢救、会诊和处理，都能看到她的身影。

边旭明教授长年坚持临床教学工作。1983年起担任中国协和医科大学临床指导老师，1986年起担任妇产科临床教学老师，2005年起担任博士生导师。现如今已是桃李满天下，为我国妇产科医学事业培养了一批又一批栋梁之材。

边旭明教授还积极开展科研工作。系统开展了过期妊娠、糖尿病合并妊娠、甲状腺功能异常合并妊娠、子宫肌瘤合并妊娠、头位难产、胎儿宫内窘迫及新生儿窒息等方向的科学研究，结出了累累硕果。

作为产前遗传诊断学家，边旭明教授在胎儿遗传性疾病的产前诊断以及出生缺陷防控工作中做出了突出贡献，是中国产前遗传诊断学领域的一面旗帜。她曾作为主要研究者和课题负责人承担国家"十五""十一五""十二五"科技攻关课题，主持完成的"胎儿染色体异常在早中孕期孕妇中的血清学筛查"研究为预防染色体异常患儿的出生发挥了关键重要作用。她对孕中期血清学筛查方法开展研究，制定出规范流程与操作方法并在全国进行推广，使我国孕中期血清学的筛查质量在全球名列前茅。

边旭明教授一生为中国的围产医学和出生缺陷防控事业鞠躬尽瘁、成绩卓然。她分别获得 2005 年中华医学科技奖二等奖，2016 年中国医师协会妇产科医师分会颁发的"妇产科好医生·林巧稚杯"奖。她在 2017 和 2019 年的"国之名医盛典"中被授予"国之名医·卓越建树"和"国之名医·特别致敬"称号，2018年被中国妇幼健康学会授予"杰出贡献奖"。

第四章

医在旅途

旅途不仅激发灵感，也考验人性和良知。

从当医学生开始，无论是在绿皮火车，还是飞机、高铁上，我曾多次应召参加对身体出现状况的旅客的抢救。当然，也有在旅途中自己成为病人进而自救的时候。

闻声而动，与其说是提供帮助，不如说是医者本能。

飞机上，
有人捂住了女子的嘴

飞机降落过程中，一个女子呼吸困难，我却试图去捂住她的嘴。

一

周六早上，我 5 点起床，应邀到辽宁的一个小城市讲课。考虑到机场小航线短，航班通常不会被优先保障，我本来很想临时推掉，又怕伤了老朋友的心——毕竟她十年前来进修时，我们曾在同一个战壕里战斗过。讲完课，我赶上了当天飞回北京的 CA1286 航班。

由于值机晚，我又照例想坐得靠前点，就选了一个三排座的中间位置，15K。还好，我的身材特点对于乘坐飞机颇有优势，什么座位对于我都能够"量化宽松"。前一排左手边靠过道是一个抱孩子的年轻妈妈，孩子大概半岁多，直冲人"咯咯儿"地笑，很是招人喜欢。小家伙一路都没有哭，尽管我有轻微的飞行恐惧症，居然也眯了一小觉。醒来就听广播说飞机即将着陆，请乘务员回到座位坐好。

二

就在这时，我前排的年轻妈妈大声呼叫乘务员。我当时想，在即将着陆的关键时刻，乘务员是不能离开座位来提供帮助的。但是还是有一个可能是负责安全保卫的小伙子站起来问了情况，年轻妈妈说她很难受，头晕想吐。右手边中间座位红衣服的中年妇女给她准备了清洁袋，并帮她护着怀里的孩子。

我探头看了一下，孩子睡得很香。窗口边的中年男人安慰年轻妈妈，说已经看到候机楼了，再忍一小会儿就行。

三

最初我也以为是普通晕机，就没太在意。晕车、晕船、晕机这种事儿，忍得住就忍，忍不住就吐，只要不吐到别人身上就行。

然而，我很快发现情况并不是这么简单。因为中年妇女一直在轻拍安慰年轻妈妈，但年轻妈妈的喘息却越来越重，我从侧面能看到她因难受而苍白的脸，鬓角淌着汗珠！果然，年轻妈妈求救说她感到憋气，手也要抽筋了，快抱不住孩子了。旁边的中年妇女赶紧把小孩从她怀里抱了过去！

听到说手要抽筋了，我的脑袋"嗡"地一声，几个月前在我们病房发生的那个惊险场面，一下就闪现在我眼前！

四

那是一个子宫肌瘤切除术后的病人，很年轻，手术也顺利，但病人比较紧张。第二天早上我查房的时候，她说有点胸闷，手脚发紧，好像要抽筋了。我们安慰她不要紧，让她吸上了氧。没想到她症状越来越重，手都抽成爪子一样，一点都伸不开。她说她全身发紧，感觉快要死了！

从手抽搐的情况我判断是缺钙，于是让护士给她静脉推注了两支葡萄糖酸钙，患者的症状稍为缓解。我正自鸣得意，然而好景不长，患者症状很快反复，而且越来越重！

患者抽搐的手

我们给患者抽了血气，检查电解质水平和酸碱平衡状态，同时紧急呼叫，求助内科总值班。内科总值班赶到床边查看病人后，让护士去找了一个稍微大点儿的食品袋，然后将袋子扣在了病人的脸上……

病人的症状很快奇迹般地缓解了！在我的要求下，内科总值班给我们分析和讲解了发生原因。飞机上这个年轻妈妈的情况，几乎是几个月前我那个病人的翻版！因此，我有了初步诊断。我解开安全带，站了起来。

五

当时飞机已经着陆，但还在快速滑行。几个乘务人员已经围到了乘客旁边，我请乘务员找一个塑料袋，她们似乎理解了我的意图，却一时找不到。急中生智，我让乘务员撕开一个清洁袋，撑开后，准备把它扣到年轻妈妈的脸上！

我有我的道理，但年轻妈妈却不知道。她剧烈反抗，痛苦地喊："你快拿开，我都憋死了！我不要！"周围的人也用怀疑，甚至是惊恐的眼神看着我。我赶紧大声说："我是医生！回头再给大家解释！"

这个时候，我喊出这一声的目的，是希望大家信任我，也是希望飞机里能有其他医生——比我更专业的医生，尤其是内科医生过来帮忙。遗憾的是，当时没有！

六

　　我自曝了医生身份后，大家多少收回了怀疑的目光，但是年轻妈妈仍然摇头，不愿意让我用纸袋罩上口鼻。我只好拿着纸袋，离开她的口和鼻有一小段距离，同时轻轻拍她的肩，让她放松，叫她不要做深大呼吸，如果能憋一会儿就更好。我用毋庸置疑的口气告诉她："放心，你憋不死的！"

　　然而最初的效果并不尽如人意，我心里也有些犯嘀咕。万一要不是我考虑的那种情况，而是心脏病怎么办？我摸了摸她的脉搏，觉得还行，我相信我的判断没有错！

　　为了减少年轻妈妈的恐惧，我把纸袋离她的嘴稍微远一点，让她没有口鼻被捂住的感觉。尽管袋子是远了点，但她呼出的气体仍然会被口袋挡回来，然后被她重新吸入到肺里。这在理论上是正确的，在实际上是需要的！

七

　　有一个人问我是哪个医院的医生，我脱口而出我是协和医院的！我之所以没有遮遮掩掩，主要是想利用"东家"的名气来让病人更加放松，让大家放心，仅此而已。实际上我也有些后悔，要是抢救不成功，或者抢救方法不对，岂不丢了"东家"的脸？还好，事情就是如此奇妙，没过几分钟，年轻妈妈就说感觉好了些，她抽搐成一团的手也放松了不少。我知道，最危险的时刻，已经过去！

情况稍微缓解后，周围人问我为什么要用纸袋子罩着她的口鼻，那样她岂不是更加缺氧，更加难受？于是，我把几个月前内科总值班给我们讲的内容，大致地讲了出来。一是我好为人师，二是他们或许用得着。

八

我说，这是一种特殊的危险情况，叫作"通气过度综合征"！

带着孩子的年轻妈妈可能是太紧张了，飞机下降时自己感觉有些不舒服，又担心自己身体出状况孩子没人管，于是越发紧张，大口呼吸，呼出了大量二氧化碳，导致体内二氧化碳浓度下降，出现了一种危险的病理情况——呼吸性碱中毒。

人体内环境是需要维持酸碱平衡的，二氧化碳在体内与水结合形成碳酸。如果缺氧，二氧化碳过多，就会形成酸中毒，比如有呼吸道疾病或者终末期的病人。相反，如果体内的二氧化碳过少，碳酸不足，就会形成碱中毒。呼吸性碱中毒时，血液中钙离子与白蛋白的结合增多，使游离的钙离子浓度下降，病人会出现神经、肌肉应激性增高，感到口周、四肢发麻，肌肉痉挛，耳鸣等，可发生手足搐搦，甚至全身惊厥发作，如果处理不及时或者处于高空作业或驾驶状态，有可能危及生命或造成次生灾难。

年轻妈妈由于紧张而大口呼吸，把体内的二氧化碳排了出去，所以她现在缺的不是氧，而是缺二氧化碳！因此，我要用袋子罩住她的嘴，让她把自己呼出去的二氧化碳再吸入到肺内，提高血液中的二氧化碳浓度。纠正了碱中毒后，她的手足抽搐自然就缓解了！

这就是我想捂住这个年轻妈妈口鼻的原因！原理是不是有点复杂？可我当时真是一口气说出来的。因为，这是上次来会诊的内科医生讲给我们的。我当时颇为惭愧，惭愧自己成为"专家"后，把这些基本的东西给忘掉了！还好，这次派上了用场，正是"墙内开花墙外香"！

乘客下得差不多后，年轻妈妈也基本缓过劲来了。周围的几个人一直都陪着她，有的帮着抱小孩，有的帮着拿行李。原来，和我一样，他们与年轻妈妈也素不相识。但是，没有关系，同舟共渡，即是缘分，不是吗？

后记

下飞机前，乘务长送了我一个小礼物，她说感谢我在飞机上给乘客提供的帮助，还有传授的医学知识。她说虽然在客舱应急复训中也培训过关于过度通气的问题，但不知道其中的医学道理。而且，有医生在场，说话比他们乘务员的话要管用得多。

我一直认为，虽然现在提倡循证医学，但医学在某种程度上还是经验科学。有些事情，有些病，只有你见过、听过，脑袋里才有这根弦，才会想到，才会处理，才敢处理！这是我分享这个故事的主要原因。

就个人而言，分享这个故事还有两个原因。第一，说来也巧，从当医学生开始，我已经四次参与"抢救"乘客。平心而论，前三次的贡献都不大，只是有救人的心而已，而这次在飞机上，却是实实在在利用专业知识，挽救了有"濒死感"的乘客的生命。第二，我想告诉"白富美"同学们，以后外出旅游，比如巴黎呀、伦敦呀、巴塞罗那呀，也捎上我呗。保障安全，我有一套！

7 号车厢，紧急呼叫！

旅途中，总有广播呼叫医生的时候。

一

2018 年 4 月 28 日上午，我到西安参加一个项目启动会。替领导汇报完工作后，我一身轻松地与共事了 7 年的美女同事一起乘坐下午 4 点发车的 G666 高铁返回北京。然而，高铁 12306 网站太不作美，没有将我和同事分配在同一排，甚至都不在一节车厢，我 12 号车厢，她 13 号车厢。

7 年前，我曾说这位同事的手非常好看，手指修长，即使素手，也堪比手模。难得的是，在饱受 7 年手术室刷手液、消毒液的摧残后，她的双手仍然堪比手模。根据我的小样本研究，手指的长度、纤细程度与身高、身材和颜值是成正比的，至少，在这个同事的身上是正确的。

二

上车后，我开始翻看一上午都没有"批阅"过的朋友圈，看到了一个中学同学发的"英雄救美"套路，忍不住笑出了声儿！

我决定保留下来发微信自黑一下——即使我当了英雄，估计得到的回答也就是"来世做牛做马"。回复调侃朋友后，我开始编写自黑段子，广播中突然响起似曾相识的声音："现在广播找医生，哪位旅客是医生？7号车厢有旅客突发疾病，需要尽快得到帮助。"

我本能地放下手机，收起电脑，抄起双肩包，与旁边的人说声借过后，就往7号车厢冲去。我边走边给我的同事打电话，问她是否听到了广播，赶快到7号车厢帮忙。她说她已经听到，正在路上！

三

我边走边想，大概会是什么病？是男的还是女的？我能不能帮上忙？是否需要心肺复苏？是不是妇产科的病？会不会在车上铺台接生？最后一个，我最不怕了，同事当一线负责产妇，我当二线负责小孩，应该没有问题。

20多年前，我当医学生的时候，在成都到重庆的列车上"救治"了一名低血糖的妇女，颇为自豪，后来在旅途中也遇到过呼叫医生的时候，但记忆都不如第一次深刻。

我一边快速前行，一边在心里复习心肺复苏流程。其实并不需要复习，与走路和骑自行车一样，医生的某些行医技能，学会了通常不会忘的。

在 8 号车厢和 7 号车厢接头处的时候，列车员大概从我快速行走的状态中判断出我可能是医生，于是大声招呼："大家快让一让，医生来了！"

我感到了责任！

我挤到发病旅客的座位，旁边围了好几个人。原来是个两三岁的孩子！闭着眼睛，脑袋耷拉在妈妈臂弯里，脑门上贴着一小块敷料。旁边有个人正在小孩的手上按摩穴位。

我摸了摸孩子的颈动脉，觉得脉搏较快，但比较有力，身上很烫！我边摸边问孩子妈妈孩子的情况。孩子妈妈说孩子这两天一直发烧，刚才抽起来了！还好已经停了，但她害怕再抽。

我舒了一口气，让孩子爸爸赶紧去餐车拿一瓶冰镇矿泉水，如果没有，冰镇啤酒也行！我感觉孩子座位周围比较闷热，就告诉列车长，让周围无关人员离开，不要围着孩子和妈妈。紧接着，我建议妈妈抱着孩子到两节车厢之间的接头处，那里通风好些，比车厢凉快。这时列车长说，他已经调低了空调温度。

这时，一个看起来显然是医生的女人也到了，她过来就拿着一个药物纸盒子，告诉孩子妈妈，如果再抽搐，就塞到孩子口中，防止孩子咬伤，并让孩子的头偏向一侧。这一点我的确没有想到。

我一看，她显然比我专业，就问她是不是儿科医生，从心底希望她就是！她就是！然而，她说她是心血管医生。也很好，在生命体征的维持方面，心血管医生比我更专业。

这时美女同事也赶到了，她一开口就是在医院进入值班战斗岗位的口气，对我表示了绝对的尊重："领导，您让我干什么？"

四

　　心血管医生问我是什么科的，我说我是妇科肿瘤。说实话，我有点害羞。因为，我刚才的医嘱属于"超范围执业"！

　　简单沟通"会诊"后，为了减少无关人员，我对心血管医生说："您比我专业，劳驾您留在这儿，我们就先撤离了！"回到座位不久，心血管医生也回来了，她说孩子应该没有大事了。

　　静下来后我才琢磨，刚才我已经准备"英雄救美"了，为什么当时就没有想过是不是美女？如果是美女，被救了之后会说什么样的话呢？是说"以身相许"还是"做牛做马"？实话实说，我当时真的没有想这些，我唯一想到的就是：尽快冲到事发地点，希望能帮上忙！

　　那一刻，我的心是纯净的。信不信由您！

　　希望孩子没有大碍，快快好起来，欢度五一节！

　　（即刻记录于从西安到北京的 G666 高铁上，写完发出这篇文章时，列车刚过石家庄。）

高铁上，又有人"非法行医"

广播里突然传来了 5 号车厢有旅客突发疾
病需要医生的紧急呼叫！

2018 年 10 月 13 日，周六上午，我赶到北京南站，登上
G301 高铁，前往徐州做妇产科常见病基层巡讲。由于对高铁上
的饭菜不敢恭维，我去餐馆打包了一份著名的蒸饭，准备上车后
慢慢品尝。落座之后，我打开饭盒，准备开餐，同时继续翻阅着
朋友圈。

朋友圈都在转发北京大学第一医院产科医生被产妇的丈夫及
女儿暴打的消息。说实话，一个刚刚做完手术抢救完产妇的医生，
仅仅因为拒绝了一个生二胎的产妇剖宫产的要求，就被暴打，让
人痛心。视频更是让人心里很堵，我甚至担心那个对医生拳打脚
踢的大学生女儿，会让她的很多同龄人失去继续学医的勇气。

正在沮丧感叹之际，广播里突然传来了 5 号车厢有旅客突发
疾病需要医生的紧急呼叫！听到呼叫后，我抄起随身小包，朝 5
号车厢冲了过去，沮丧和感叹也消失了。此时，列车还没有开动。

这已经是今年第二次在高铁上被呼叫了。和前次一样，我
在路上就想：到底会是什么病呢？是男的还是女的？会不会是

有人要生了？但无论如何，由于火车还没有开动，我想要去告诉工作人员，如果可能，先让旅客下车，紧急送往南站附近的医院，不要勉强随车走，沿途任何一个城市的医疗资源都不会有北京丰富，就凭列车上为数不多的医生和极为有限的医疗资源，会耽误事儿的。

然而，赶到 5 号车厢后，我却没有发现生病的旅客，有人回应说病人已经到 2 号车厢了。这个时候，列车已经开动，后面车厢有几个旅客朝这边赶来，从神情上判断他们和我的工作性质差不多，后来证实果然都是医生。

我的身材优势让我第一个奔到了 2 号和 3 号车厢的连接处。原来是一个二十多岁的小伙子，瘫坐在地上，一头大汗！这显然不是我这个妇科肿瘤医生的管辖范围，但我还是伸出手，握住他的手腕把脉。我并不是号脉名家，只是想通过脉搏判断他的基本情况而已。

前辈告诉我们，在血压、脉搏、呼吸和体温四大基本生命体征中，脉搏（或者心率）是最重要的生命体征。比如，如果一个人失血了，最先反映出来的是脉搏增快，而血压可以正常，甚至可以反射性升高，只有失血到了一定程度之后，才会出现血压下降，意识丧失。而且，从急救常识来看，如果没有了脉搏，心跳骤停了，就需要胸外按压、人工呼吸等心肺脑复苏操作。再则，从脉搏上也可以大致判断患者有没有心律失常，这点儿我还是懂的。

说说我为什么对"把脉"如此情有独钟吧。因为，手术后的

2 小时、6 小时和 24 小时非常重要，病人需要渡过术后出血的关口。而术后的 6 小时和 24 小时，理论上分别是医生下班的时候和第二天医生上班的时候。这两个时间点医生都要巡视手术病人，及早发现术后出血。我查房的时候，对于术后病人，有时会把一下她的脉，当然是为了了解患者的身体状况。而从病人的角度，感受却有不同。早年当产科医生的时候我就知道，产妇在分娩的最后时刻，最希望紧握或者抓住的，是人的手，无论是亲人还是医生的，而不喜欢抓着冷冰冰的铁扶手！数数脉搏这种医患接触，会让病人感觉到医生很关心她。所以，我喜欢"把脉"。

另外，"把脉"还可以让我揭穿小同学的把戏。前年冬天，由于雾霾很重，小同学频频感冒，隔三差五发热，然后我就得帮他请假。后来，他有时候不想起床，会说爸爸我好像又发烧了。我就会去摸他的脉搏，如果脉搏不快，均匀有力，我就放心了。小孩子嘴里会说谎了，但心脏还不会。

扯远了，回到抢救现场。

我一摸小伙子的脉搏，比较稳定有力，而不是细弱，也没有明显的心律失常，立即觉得没有大碍。他说他昨天晚上喝高了，刚才为了赶车又跑急了，结果上车就出现了状况——晕倒了。我问他有没有胸前区疼痛，他说没有，我就基本放心了。这么年轻，我猜也不太可能是心肌梗死，估计是低血糖或者伴有低血压。

这个时候，其他的几位医生旅客也赶到了，其中一位是内科医生。我赶紧主动让贤，把小伙子交给她。小伙子想站起来向我们致谢，被我们给按了下去，让他坐在地上休息。列车员已经跑步取来了白糖。在内科医生的主持下，几个医生简要会诊，然后就各自撤离了。

"现场故事"就这么简单，我回到座位，盒饭还依然是热乎的！是不是有点关公温酒斩华雄的意思？噢，自我贴金的感觉，原来如此美妙！

很巧的是，同一节车厢中，竟然有兄弟医院宣传部门的一位朋友，"嗅觉"灵敏，抓拍了两张照片发给我。可是早说啊，或者让我喊一声"茄子"，或者让我能把头发也整理整理。

世界很小，事情也巧。毕竟好人多，坏人还是少。"非法行医"与"合法行医"，一旦情况紧急，就想不了那么多了。

听诊器

听诊器，是最赋予医生标志的医疗器械。

医学院大学三年级开始上《诊断学》课程，除了学习理论知识外，还要跟随带教老师学习视、触、叩、听等基本诊断技巧。学校给每个同学配发了一副听诊器。刚拿到听诊器时，我很兴奋，迫不及待地把听诊器挂在脖子上，似乎要向世人宣布：从现在开始，我，就是真正的医生了！

我在学习心脏听诊上很下工夫，在带教老师指导下，能从病人身上听出很多种明显的心脏异常杂音。从一位心包积液（心脏周围的包膜腔出现异常增多的液体）的患者身上听到的那种海鸥鸣样杂音我记忆犹新，甚至让我在老家一举成名。

那年暑假，我带着宝贝般的听诊器踏上了返家的列车。由于没有买到有座位的票，只好买了站票。那个年代成渝之间没有高铁，从成都到重庆的火车要开整整一晚上。尽管以前有过两次站着过来的经历，但由于暑假前试图勤工俭学无果的懊恼，上火车后觉得很累，很想找个地方坐一会儿，即使和别人挤一挤，挂上半边屁股也行！

我在过道里倒腾包里的东西，将听诊器有意无意地露了出来。

一半是真的喜欢这件宝贝，一半是借此引起周围人注意。万一旁边有座的乘客对医生这个行当感兴趣，凑巧又"尊重知识、尊重人才"，匀给我四分之一个座位也未可知。不出所料，看见了我的听诊器之后，邻近的一位乘客就问我是不是医生。我说目前不是，是华西医大的学生。这已经激起他们的强烈兴趣，于是我和他们侃解剖、聊生理、说诊断。不幸的是，几位客官除了洗耳恭听之间饶有兴趣地发问之外，并没有作出我希望的关键动作。

兴味索然之际，广播里突然响起播音员的声音，说9号车厢有个旅客晕倒，由于列车没有随车医生，如果哪位旅客是医生，请尽快前往抢救！刹那之间，几双眼睛齐刷刷地投向了我！当时我的肠子都悔青了，真想抢自己一个大大的嘴巴。座位没有捞着，却招来了真正的"大活儿"。尽管我们曾经像一群兴奋的小鸭子一样跟随老师去医院看了几次病人，但自己并没有真正应对过病人，更不用说抢救一个已经晕倒的人！

但是，那些目光让我没有退路！我抄起唯一的武器——听诊器往9号车厢挤过去。一名热心乘客在前面吆喝开道，他的吆喝比警报还管用。我一边走一边想，会是什么病？我该怎么办？需不需要口对口人工呼吸，或者心脏按压……

挤过几节车厢后我来到了病人面前。她是一位中年妇女，半躺在厕所边的过道上。替我开道的人大喊："医生来了，都快让开。"她其实已经醒过来了，但面色苍白，目光散漫，额头上有些冷汗，气息较弱，讲话比较困难。我迅速蹲了下来，用手摸了摸颈动脉，发现脉搏又快又弱，手心湿冷。我有了初步诊断。我伏在她耳边，低声问她是不是没有吃饭，她微微点了点头。我转身大叫："谁有白糖，赶快冲杯糖水！"

很快有人送来了糖水和勺子。我扶起那位妇女的头，舀着糖水吹凉后喂她。过一会儿后，她说好多了，自己喝吧。围观的人群鼓起掌来，一位旅客给中年妇女拿来了饼干，还有一位旅客给她让了座。

赶过来的列车长问我的名字。由于从小就被教育过雷锋同志做好事不留名的道理，我执意没说名字，只是说我是华西医大的学生。然后，便拿着没有派上用场的听诊器，凯旋而归。刚走到我站的那节车厢，就听广播中说刚才的旅客已经脱离危险，感谢华西医大那位不留名字的同学。之后，我更是半推半就地得到了半个座位，几位乘客还请我分享了他们的水果罐头。

我带着火车上救人的"英雄事迹"和听诊器回到村里。为了提高查体水平，我逮着个邻居就给听听心肺、摸摸肝脾、叩叩肚子。当然，那个阶段愿意给我当"小白鼠"的都是男性，多半是当年放牛时的伙伴。很多时候，我照猫画虎"查体"后，并不能对他们的"不舒服"说出个子丑寅卯，所以"生意并不兴隆"。

再一个学年后，我们学完了《内科学》，知识更丰富了，底气也更足了。暑假，我一如既往把听诊器带回了老家。这次，派上用场了。

一天上午，一个远房亲戚请我去给他儿子检查检查。他儿子是我童年放牛时最好的伙伴之一，也是小学同学，初中毕业后在家务农，一身的好劳力，挑两百多斤的农家肥上坡下坎如履平地。半年前开始出现下肢浮肿，从公路边爬十几米高的小山坡回家都心慌。当地的几个医生看过后诊断"水急黄肿"，说是肝脏的毛病，一直吃中药，但情况没有好转。

我拿着听诊器到了一公里多外的同学家。刚进院子，同学的妈妈就给我端上来一碗荷包蛋（老家称为茶水，用于款待贵客），让我先喝茶再上楼看她儿子。她说她儿子上下楼梯困难，这几天都没有下楼。我婉言拒绝了同学妈妈的荷包蛋，说看完同学的病再说。

同学妈妈哪里知道我的小心思。尽管荷包蛋是我的最爱之一，但我听说同学是肝脏病。我是医学生，当然知道某些类型的肝炎是通过消化道传染的，比如1988年那场上海甲型肝炎大流行。所以，我不敢吃他们家的东西。

上楼之后，我发现同学果然浮肿得很严重，甚至说话都有些累。令我意外的是，他的皮肤和眼睛并不太黄，至少不是教科书上说的金黄或者暗黄，而是要白得多。我开始仔细查体。叩诊心脏时，发现他的心脏边界增大了很多。用听诊器听诊时，听到了诊断老师给我们示教过的鸥鸣音！老师说，如果听到这种像海鸥鸣叫的声音，多半提示患者有某种类型的心脏病。我又检查了腹部，发现他的肝脏稍微增大，摸起来并不坚韧发硬。

我基本肯定同学患的不是肝脏病，而是心脏方面的问题，但具体是什么类型的心脏病，我说不上来。同学妈妈将荷包蛋重新加热后端上楼来，这回我没有推辞。我一边吃着甜润可口的荷包蛋，一边告诉同学父母，说他不是肝脏病，而是心脏的问题，最好到县医院去检查。

第二天，同学的父母全权委托我将他们的儿子带到县医院检查。同学走路很艰难，需要我扶着才能上下车。到县医院后，同学进行了心电图和胸片检查，还抽血送了化验。很快诊断就出来了：扩张型心肌病。学习《内科学》的时候我们学过这种病，知道治疗效果很差，患者随时可能因心力衰竭或心律失常死亡。我不忍心将真相告诉同学，谎称问题不大，很快就会治好。

当天病房没有床位，医生让我们第二天再去。为了给同学节约些钱，我和他到一个在县委供职的同学的集体宿舍里凑合了一晚上。那天下午特别闷热，晚上下了起大雨，整整一晚上，据说是 1982 年县城发洪水以来最大的一次。我也感冒了，咽喉疼痛，可能还发了烧。我和同学有一搭没一搭地聊天，他说算命先生给他算过，他活不过农历的七月半。

虽然我知道他的病几乎没有治愈的可能，但我想也不至于这么短。因为掐指一算，离算命先生所说的大限还不到一个月！我让他放宽心，别去相信算命先生的鬼话。

第二天同学住进了县医院，用药后病情明显好转，医生说还要继续住院一段时间。于是，我待了两天后就先从县城回到村里。想到同学随时可能离开人世，我不忍心再进他家去享用他妈妈的荷包蛋了。在同学家门口的公路上，我向他父亲说明了真实的病情和可怕的结局。老人听了之后，一屁股蹲坐地上。我安慰老人说，这病要完全治好是很困难，但如果控制得好，有的人也可以活得很久。

大约一周之后，同学从县医院自己出院回家了。据邻居说，他下了长途客车后大步流星走向家中，和没病之前一模一样。我也没有想到他能恢复得这么快、这么好，看来奇迹已经发生，那个算命先生肯定输了！

当地医生半年都没有诊断出来的病，居然被我这个医学生一下就诊断出来，这无异于在老家放了一颗卫星，我的光芒很快盖住了远近的几个乡村医生。与前一个暑假找我查体的人寥寥无几截然不同，那个暑假，我用听诊器听遍了远近几里几乎所有自认为感觉不太舒服的村民，包括大嫂子、小媳妇，甚至大闺女。封建思想在"科学仪器"面前低下了高昂的头，我的听诊器出尽了风头。

可惜好景不长。暑假即将结束的一个下午，乌云密布，雷鸣电闪，下了很大的雨。我们在屋檐下吃饭，模模糊糊看见对面几十米外的公路上一群人推着运货的两轮木头架子车在雨中飞奔。第二天早上，一个邻居告诉我，昨天下午我同学突然发病，在被架子车推往医院的路上人就没了。

后来听人说起同学去世前的情况。大山那边他未婚妻的家里不知从什么渠道得知了他的病情，派人过来将订婚的聘礼退还给同学。据说同学一句话也不说，只是埋头吃饭，然后就倒了下去……那一天是 1991 年的 8 月 14 日，农历七月初五！在那之后的几年中，每个月的 14 号，我就会莫名其妙感到心慌难受，过了很多年以后才逐渐缓解。

甚至有人说，如果我不去给他看病，他说不定还会活得长一些，是听诊器起了反作用……

虽然有这些风言风语，听诊器在我心中的地位不可动摇。2012 年我去美国斯坦福大学医学院作访问学者时，对方送我的礼物就是一条有听诊器图案的领带。

一个医生吞下尖硬枣核之后

这是一段人在囧途的故事，却被一位消化内科的老专家热情表扬，他说这是一篇关于消化系统的很好的科普，其实也是一个医生的自救。

一

周六下午，在郑州参加中原妇科肿瘤国际论坛后，我准备坐6点多的高铁到南京，参加次日的妇科常见病基层巡讲。这样一来，晚饭只能在高铁上解决了。

临别的时候，主办方备了一份礼品，是当地特产——干枣。我拎着礼物一路小跑，登上了18：08开往南京的高铁。落座后，我忽然感觉有点饿了，但乘务员说晚餐要8点钟左右才能送来。于是我打开礼品包装，取了一小包大枣，撕开后取出两枚，塞进嘴里。

我一直都是"嘴大吃四方"的主儿，吃东西特别"狼乎"，不想浪费空间和时间。"出嫁"以后，这一行为多次受到对方的严厉批评。最初，我还虚心接受，但屡教不改。后来连虚心都免了，常振振有词地拉出战争引线：都活了好几十年了，还用你来

278

教我吃饭？

二

　　不巧的是，没嚼上几口，就来了一个不能不接的电话。嘴里含着东西和人说话总是不好。于是，我加快咀嚼速度，三下五除二把枣咽了下去，真正是"囫囵吞枣"！匆忙间，我觉得嗓子眼儿被硌了一下。虽然很快就过去了，但我还是担心是不是不小心把枣核吞进去了。挂断电话后，我吐出枣核，发现果然只剩下一枚枣核，另一枚已经不翼而飞，应该是移步到我的胃中了。

　　我对枣核进行了检查，愕然发现：我的运气不好，这种干枣的枣核很硬，非常尖锐，像刀尖一样，扎穿纸张毫不费力，扎到皮肤上很疼，如果稍微用力，将皮肤戳个洞没有问题。

　　我突然开始担心，如此尖锐的枣核从胃里进入肠道后，一不小心，或者遇到寸劲，肠子就可能被扎穿孔！这岂不是与含金自尽、吞钉自绝是异曲同工！

　　我的大脑在飞速运转，犹豫是不是该立即下车，返回会议主办方的医院去做胃镜，把它取出来。否则再过一段时间，枣核进入了肠道就取不出来了。

　　然而列车已经开动，无法下车了。

三

我开始上网搜索"吃下了个枣核怎么办"。

看到搜索结果，我稍感安慰。上面说误吞了枣核之后多半没有问题，会很快排出来，但是我还是不太放心。因为检索到的文章只是说多数情况下没事，还建议注意4个小时以内的腹部症状和体征，一旦出现腹痛，就要去医院。从郑州到南京的高铁差不多要4个小时。看来，即使真有问题，也要争取坚持到南京。

依然放不下心的我再次复习检索到的文章。

其中一篇文章说，枣核进入胃里后，在强大的胃酸和消化酶的作用下会瞬间化成水。我觉得这不太靠谱，更不相信这么玄乎——若果真如此，胃酸岂不是比浓硫酸还厉害。另一篇文章说，尽管枣核两头很硬很尖，但毕竟是植物纤维素，受到胃酸的作用以后会很快变软，不太可能扎穿肠子——这我倒是比较相信，也愿意相信。而且，多年的临床经验告诉我，肠子不是傻子，里面有黏液，除非是枣核通过的时候受到阻碍，一般都没有问题。

还有一篇文章，说应该吃些含纤维素高的食物或水果，比如芹菜、香蕉等，一是促进肠道蠕动，二是包裹枣核，让它不至于损伤肠道。还有建议喝蜂蜜、甘油或者液状石蜡，以利于枣核排出。蜂蜜水高铁上没有，甘油、液状石蜡我们病房倒是都有，但远在千里之外。

听天由命吧，但从心底里，我觉得我会侥幸过关，哪里会那么倒霉！

四

乘务员发了一小包零食和瓶装水。零食是面包、饼干和干果之类，以前我通常都不吃，而是把它们拿下火车，作为"出差礼物"骗骗家里的小同学。这次情况特殊，我将面包和饼干一口气吃完，留下干果没吃。"果仁"枣核已经够让我不安的了，不能再火上浇油。我把瓶装水一口气喝完，又用一次性纸杯去接了一杯。

7点30分，乘务员送来了晚餐。我一反常态，尽挑素菜吃，把肉食留下。因为此时此刻，我需要粗糙食物，特别是纤维素来包裹那尖锐的枣核。吃完晚餐后，我再次评估了一下那枚令我胆寒的干枣核，结论令我不安——它实在是太硬了。

我当然希望胃液和消化液会软化它，使其硬度和尖锐度迅速下降，但对这种说法还是有些不信。于是，我进行了两项平行实验：实验之一是体外水平，我将一枚枣核放到装了温水的一次性纸杯中，试图用普通的水来软化它；实验之二是体内水平，我将一枚枣核含着嘴里，用温暖的唾液来驯服它。尽管唾液和胃液的成分不一样，但总是体液嘛。

五

　　实验开始后，我打开电脑，预习明天讲课的幻灯片。但我有些心神不宁，于是拿出了这几天正在复习的小说《笑傲江湖》。我曾经笑话令狐冲，除了受伤，还是受伤，整天被一帮人治来治去，哪有大侠的样子。结果没想到，有一天我也会被一枚小小的枣核所伤。而且，伤势并不清楚，可能完全没事儿，也可能伤得很重！

　　坦白地说，吞了枣核之后，我已经不是一个资深医生，而是一个普通病人了。更糟糕的是，这个病人还是一个有医学知识的病人，比一般病人考虑得更多、更细。我甚至开始体会，胃是不是正在蠕动着将枣核搅拌成食糜？这个尖锐的东西是不是已经一次次在扎胃壁，甚至扎出血了？

　　胃所在的位置是在剑突下的左上腹部，这里倒是不痛，但心前区那儿有点儿痛。难道是枣核刺伤了胃后壁或者贲门部，反射性引起心前区疼痛？好在没有加重，也没有撕裂样的疼痛。

六

　　20：07，高铁到达徐州东站。我推测枣核应该已经进入肠道——最危险的时刻，差不多到了！

　　食物通过幽门离开胃后进入的第一站是管腔比较细的十二指肠，周围有一堆重要的解剖结构——胰腺、胆管、下腔静脉。如果这个地方被扎破了，即使开了大刀，估计也是九死一生。而且，人在旅途，找谁开刀去？十二指肠离后背很近，要是被扎破了，胆汁或胰液流出后，后背和后腰会剧烈疼痛——所幸没有。

知识越多越"痛苦"，一点儿不假。

七

九点多，我给小同学的妈妈打电话，汇报了我的即时去向，然后轻松地告诉她我误吞了一枚枣核，网上说问题不大，过两天会自己排出来。

我之所以故作轻松，是怕她担心。我有些内疚，周末出差，家里留守的是一个接近更年期的妇女和一个接近叛逆期的少年，为作业的事战火连年。从电话中我能听出来，似乎战火刚过，余温未消。

我之所以要告诉她，是担心如果今天晚上或者明天，我真的在外地某家医院做了手术，医生给她打电话的时候，她认为是骗子而不予理睬！

给亲人打完电话，我在犹豫是不是给情人、情敌、仇人也打个电话——所有恩怨荣辱，能否一笑泯之？在脑海中搜寻了一圈，找不到合适人选，还是作罢。

放下《笑傲江湖》，我继续看幻灯片。如果真的出现肠道破裂，即使开腹探查，一时半会儿都找不到伤在哪里。枣核不是金属，连 X 线都照不出来。可能还要切除一段肠子，然后是各种粘连，各种不舒服……而且，说好的八块腹肌，注定毁了。尽管有诸多想法，但我总体还是乐观的，相信幸运之神会降临到我头上。毕竟，我颜值不高，但人品不错。

列车过了安徽定远后，我前面做的两项实验也出结果了：含了两个小时的枣核一点都没有软化，放在杯子中的枣核同样没有软化！

心中有些不祥的预感！

八

21：52，火车到达南京南站。接站的是一位南京妇幼保健院的美女大夫。我以玩笑的口气告诉她，我不小心吞下了枣核，要是晚上有事儿，请她帮忙到鼓楼医院找个靠谱的外科大夫，可千万别关手机。她也玩笑地回答说没有问题。

其实，我的玩笑中是有认真成分的。妇幼保健院毕竟以妇产科为主，外科还是应该找综合医院。我是男人，妇幼保健院的大夫对男人的内部结构不太熟悉，"装修整改"比较费劲。

九

22：30，到达酒店，我拿到房卡后直奔房间。

电梯里遇到一对男女，男的比我成熟，领导模样。女的身材不错，颜值也高，年龄大概比我小一半。美女的房间居然在我隔壁。我进入房间关门之际，听到领导说想进入美女房间，大概是说谈谈公事、看看文件吧。

我暗笑一声：老兄，你这也太老套了吧。我还想提醒老兄，看文件一定记得开灯，而且，朗读声恐怕不能太大……不过，美女已经婉言谢绝，说领导明天再说。由于吞了枣核，我将八卦的心也收了起来。

进入自己房间一看，天助我也！主办方准备了水果，其中有香蕉和梨，我分分钟吃完，因为我需要纤维素，纤维素，纤维素！

扫荡完毕，洗漱妥当，已经是晚上 11 点半。此时枣核应该已经进入大肠，多半安全了。但我还是决定赶紧睡觉，否则一旦出现腹痛需要起来去医院，就睡不成了。日有所思，夜有所梦，一点不假。我睡得并不踏实，梦见枣核已经排出来了。

醒来一看，6 点半，该起床了。

十

令人欣慰的是，可爱的便意，一如既往地准时来到了身边。

我哼着小曲迈进洗手间，然而，我犯了一个"极大的"错误。

马桶里是一泓清水。座圈垫好纸后，我开始了"日常工作"。我没有往坑里面垫纸，因为我想马上就要洗澡了，即使关键部位被污染，问题也不大。

"日常工作"一如既往地顺畅。然而，要在这一堆"色香味俱美"的半固体软状物质中寻找出那枚枣核，谈何容易？首先，枣核的颜色与周围环境对比不明显；其次，它不会自动露头，极有可能藏在中间，而我没有透视眼；再次，大部分物质已经进入马桶底部那一泓清水中，如果寻找，就需要捞出来；最后，尽管是自家"孩子"，味道也忒重了。

十一

我瞬间犹豫了，不想再寻找了，爱咋地咋地吧。但是，那个尖锐枣核的图像不断地一次次映入我的脑海，实在让我有些担心。

经过激烈的思想斗争之后，我觉得与其继续猜测，不如豁出去把枣核找出来。可是，工具呢？我想起昨晚用过的一次性牙刷，便拿起它来把固体一点点压碎，甚至从水中捞出来，试图从中找出质地坚硬的物质。遗憾的是，没有任何异常发现！是不是已经撒开在那一泓清水之中了？既然已经决定并开始找了，却找不到，心里更不踏实。开弓没有回头箭。

作为医生，曾经在手术台上找过针、找过小螺丝，甚至找过2毫米长的针尖，都必须找到了才算数，才能下手术！这总比找针尖容易吧？

这个时候，一种精神让我充满了力量。我来自农村，小时候搓肥球、栽玉米、放农家肥（牛粪），不都是徒手抓吗？于是我豁出去了！徒手操作……掰开揉碎。我想再小的硬物，也逃不出我的手心！

悲催的是，仍然一无所获！

也许是真的化成了水，彻底被消化，尸骨无存？或者，不是找不到，而是时辰未到，枣核还在路上？因为我连个枣皮都没有见着。

十二

我只好暂时放弃，反复洗手，强烈洗手，猛烈洗手……然后，开始淋浴。

这次洗手和淋浴，比以前任何的洗手和淋浴都来得猛烈，来得认真，来得仔细。我洗了整整半个小时，至少是平时洗澡时间的5倍，真是对不起沙漠里的骆驼！

洗浴完毕之后，我忽然感到一阵高兴。因为，那可爱的便意，再次若隐若现，然后逐渐清晰。它来得是如此及时，让我有时间再次寻找枣核！否则，一个小时以后，我就要开始上课，一直要上到 12 点半，然后就要匆匆坐高铁返京，没有时间，也没有机会从容找寻枣核了。

十三

这次，我改变了策略，不再光顾抽水马桶，而是在洗手间的地上铺好了纸，保护好周围环境后，采用最原始、最自然的姿势开展"日常工作"。事实证明，我的决策是英明的。因为，在这种状态下，寻找硬物要容易得多。

先是发现了一些枣皮，我想，是时候了！果然，我感触到了小小的、硬硬的东西！我找到了！找到了！找到了！我几乎要欢呼起来，一看没人共鸣，还是算了。

这枚"枣核"太美了，光彩夺目，冲掉了我所有的晦气和担心。我反复冲洗枣核，再用香波轮番清洗。然后再次反复洗手、猛烈洗手……

我检视战利品，结果发现枣核依然非常坚硬！更恐怖的是，枣核的尖端依然非常尖锐！

于是，我开展了第三项实验。

十四

承受着巨大的压力，我又吃了一颗枣，目的是得到一颗新的

图中的实验组为经过作者胃肠道的枣核

枣核，将它与已经在我消化道旅行了一圈的枣核进行客观、科学的对比。结果发现，两个枣核在硬度和两端的尖锐度方面几乎一样，虽然多少有点差别，但估计没有统计学差异。

我将枣核放入装房卡的袋子，作为永久纪念，然后迈开大步上课去了。连免费早餐，都不放在眼里！

后记

基于亲身经历和 3 项实验，在此进行简要讨论和提醒。

网上关于吞枣核的文章总体是对的，绝大部分情况下，吞下枣核后没有问题。人体有强大的自我保护能力，除非是肠管本身有粘连或狭窄，多半都能自行通过并排出。但是任何事情都会有例外，总有倒霉的主儿。我很幸运，这还要感谢枣核的不扎之恩，感谢我健康的胃肠道。

胃酸和消化酶会让枣核瞬间化为水的说法完全错误，纯属瞎掰，尽管它在那个时候给我带来了极大的安慰！胃酸和消化酶会让枣核软化和变得不太尖锐的说法则有待证实，可能我的胃酸不够强烈，属于个案，需要"开展大规模随机对照临床研究来证实"。网上说事发之后多吃含纤维素的食品和水果，以期对尖锐的枣核进行包裹，我认为是有道理的，至少它能促使异物尽快排出。

提醒有小孩的父母，或者您本人，当您需要在排泄物当中寻找硬物的时候，不要使用抽水马桶。在地上垫纸保护好环境后，用原始的体位"工作"，然后找寻，是最妥当最有成果的。

您不要觉得我傻或者矫情。如果有一天，您碰到同样的情况，也会有同样的感受。我只是把它写了出来而已，尽管部分内容可能让人感觉不适。当我将文章的临时链接发给同行后，反馈回来的信息说，真有人因为吞枣核做了大手术。世界很大，事情很多！

作为医生，我还有特别的感受。当我们和病人谈话的时候，我们说的是最常见的情况，而病人担心的是最坏的情况。医生是医生角色的时候，开膛破肚都不会眨一下眼睛，但是作为病人，也一样担心或者有更多的担心。所以，我会尽量理解病人的痛，慎重使用手中的刀！

此外，我告诫自己，以后真要慢慢吃东西。

最后，这段时间我们还能愉快地握手吗？请别嫌弃这颗受伤的心。

第五章

百味人生

穿上白大褂，我是医生。脱下白大褂，走在人群中，我是一个普通得不能再普通的人，是父亲、是丈夫，是儿子。

生活中有阳光灿烂，有尴尬局促，有亲人情怀……这些故事会让你忍俊不禁，也会让你感动，有笑，有泪，还有生活的真味。

诚实自然，是我作为一个完整的高级生命体的精神追求。

一副拐杖

一副拐杖，支撑的是伤腿，传递是温度。

北京协和医院妇产科办公室有一副拐杖，我是第二个使用者。前几天一位同事寻找拐杖，说家里人要用，求助信息发到微信群不到半个小时，多年前那副我用过的拐杖居然找到了。

我使用拐杖的时间是 2007 年春天。

2006 年 9 月，我受部委委派赴疆，支援新疆维吾尔自治区人民医院半年。男女授受不亲的观念在那里根深蒂固，而当地医院妇产科就我一个男的，所以在差不多半年的时间里，没有异性同事邀请我吃饭或出游。

支援即将结束前的一天，科里的民族领导对我说，很抱歉这么久都没有请我出去玩，周末科里组织了滑雪，请我一定赏脸参加。其实那几天正是我每月一次才思泉涌的时候。我想在援疆结束前把荒废的时间找回来，便复印了一大堆文献，准备赶出几篇论文，于是婉拒。但后来提到了民族团结的高度，就盛情难却了。

那天是周六，天气比较阴沉。到了天山脚下的滑雪场后，科里指派一名女研究生负责我的人身安全。

我从小爱运动，拿大顶、鲤鱼打挺之类的是我的绝活，平衡能力也很好。之前我有过滑雪经验，所以很快就抛开她，到山坳那边的中级滑道去了。来回滑了几圈，有些意气风发。

突然前方有人倒地，我本能躲闪，重重地飞了出去。我不知道翻滚了几圈，只听咔嚓一声，右边膝盖撕心裂肺的痛，其余记忆就没有了。整个过程大概也就一两秒钟。后来我想，除了那句经典的"不作死就不会死"之外，老天要废掉一个人，瞬息之间可以搞定。

恢复知觉后，我的第一反应是右腿肯定没了！一看腿居然还在，有些欣喜若狂，但试了几次都没能站起来。山坳远离了人们的视线，摔倒的人已经远去。除了我之外，没有第二个人。

过了很久，我终于站了起来，拖着滑雪板，一瘸一拐向大部队休息的地方挪动。那时候比较年轻，一是没人可求救，二是不想求救，总觉得自己应该还行。

大概过了一个小时，大部队的人才见到我。女研究生当场就吓哭了！我笑着安慰她，不用大惊小怪，休息一下就好了。

他们把我送回宿舍，下车时我才发现，休息了一个多小时后，疼痛不但没有减轻，右腿反而完全吃不上劲了。骨科大夫对我进行了检查，初步诊断：右侧膝关节内侧副韧带断裂，或者手术，或者固定！我再也笑不出来了！一个月前，我刚刚贷款买了车，回北京后正好取车，而油门和刹车都得用右腿！

鉴于我身份的特殊性，当地医院决定立即送我回京。又鉴于活动的特殊性，科室领导非常紧张，于是统一口径，说我是在上班途中滑倒受伤。我说反正是集体活动，不如实话实说，遗憾的是，没有被采纳。人在江湖，身不由己。我理解当地医院的苦衷。

由于我是援疆干部，又是"上班途中受伤"，医院方面当然重视。一行人经由国宾通道，捧着鲜花，从飞机上把我架了下来，还有人摄影。

到医院后紧急安排磁共振检查并组织会诊，确诊为内侧副韧带部分断裂。稳妥起见，不使用现代的轻便支具，仍用传统的石膏固定。有时候我在想，对于医疗这个特殊行业，贵宾享受的是最贴心的服务和最灿烂的笑容。至于治疗方案，虽然是最保险的，却未必是最优选的。

医院特别从中医科调配出一张床。领导和同事们先后过来看望，正在北京出席两会的当地医院院长专程前来探望。领导们亲切问候，同事们暖心安慰。只有一位同事幽幽地说："你这条腿完了。我们在兔子身上做过实验，只要关节被固定一周以上，肯定得骨性关节炎！"忠言，的确逆耳啊。

科里的教学秘书给我送来了一副木制的双拐，恭喜我荣任它的第二任主人，说前任是一位髋关节受伤的同事。晚上我试着撑着双拐上厕所，但极其不熟练，差点儿就摔进了坑里。

次日，我被救护车送回家，同事们连扶带抬把我弄上六楼。两天后，拐杖的首任主人送来一张可以在沙发上写字的折叠桌。她说桌子很好用，但她用过的已经脏了，就去家具店买了个新的。一位前辈还给我送来了从新西兰带回来的小毛毯，她说春天午暖还寒，可以盖住膝关节保暖。这位以严格和严厉著称的前辈，几个月前曾因收治病人的问题劈头盖脸地骂得我差点还嘴。

说实话，我不喜欢这副笨拙的拐杖，能不用它就不用它。之后的半个多月，由于下楼很不方便，我几乎足不出户，成了名副其实的"宅男"。人只有失去了自由，才知自由的可贵。从那以后，对街上乞讨的残疾人，我或多或少都会给些零钱。有人说他们是故意示伤骗钱，但是我想，残疾和不便总是真的。

同事们一拨拨到家里来看我，聊的都是科里的旧事和趣事，一聊就是一晚上。尽管如此，那段时间还是很漫长。我没有像刚受伤时计划的那样借机恶补一辈子让人肝肠寸断的英语，也没有心思继续写已经构思好的论文，而是自学视频编辑。我给夫人录了一段像，用蒙太奇的手法剪辑到一名模特所做的广告中。远看背影是人家模特，转过身就是敝家夫人。

那时科里每年举行春节联欢晚会，每个病房要出演一个节目。妇产科的人都很有才，节目的内容和创意往往会在国家级春节联欢晚会上原音重现。我曾经是编故事的人，这次却成为了故事里的人。

在同事们口中，我受伤原因的版本不下十个。最为传奇，而且大家乐于接受的版本是在一个月黑风高的夜晚，我到一位年轻女性家中进行"国事访问"，不幸时机没把握好，跳窗出逃，腿摔断了！还有一个大家同样乐于接受的版本是我去追一名高挑的美女，由于步幅比人家短，只好加快频率倒腾，一着急，腿摔断了！

这帮家伙还准备把诸多版本搬上联欢会舞台，名曰《腿是怎样摔断的》。不巧被总支书记紧急叫停，说不能把欢乐建立在别人的痛苦之上。其实，书记哪里知道，对于喜欢编排同事的我，岂会介意这些调侃？

打石膏的最后几天，我的用拐技术已经炉火纯青，不仅可以自由下楼，还去了菜市场和书店。我甚至有些相信，金庸笔下那些使用双拐的武林高手，功夫真的可以出神入化。那段时间，我都有些喜欢这副拐杖了。

然而不幸的是，如那位忠言逆耳的同事所言，拆除石膏后，我的右膝关节完全僵硬，稍微弯一点就会钻心地痛。最初的功能锻炼异常艰难，没有任何进展，我仍然需要借助双拐才能上下楼，甚至不如解除石膏之前。我开始厌恶拐杖，看见它就烦，但又不得不用。

那段时间我几乎崩溃。我一直认为，无论环境多么恶劣，只要身体好，我就能活下去，但现实却如此残酷！我打电话给骨科同事，得到的科学而现实的回答是："不行咱就再手术？"

老师郎景和主任建议我去物理治疗科看看，当时理疗科的主任是我师母。她和风细雨地和我谈了一个小时，举了若干个熟悉的人的例子，目的是让我相信所有人都能回到伤前状态，还亲自给我示范膝关节功能锻炼的关键动作。看到从无戏言的师母如此坚定，我的天空终于有些放晴。后来，在与病人的交流中，如果需要，我都会坚定鼓励，尽管转身后我会向家属说明实情。当了病人之后我才知道，有些时候，病人最需要的是医生毋庸置疑的安慰和鼓励，甚至比药物还管用！

我开始了正规的功能锻炼，一点一滴，每天都有进步。终于，半个月之后，我可以不用拐杖上下楼了。又过了半个月，我已差不多行动自如，但其实后续影响还是很大的。现在受凉或劳累之后，一站起来膝盖就会疼痛，要靠止痛药镇压。爬山之类的运动，只好被迫减少。至于滑雪、滑冰之类，听着就腿疼。

丢掉拐杖之后没有几天，教学秘书说一位同事的妈妈受了伤，要用拐杖。我归还拐杖时开玩笑说，让同事妈妈用完之后把拐杖扔了吧，这样会更吉利些，否则还会有人接手。的确，拐杖的后任主人至少还有四位。

其实我当然知道，就如得病一样，谁都不想得病，但并不是绕开医院走就会不得病。没有人愿意受伤，但总会有人受伤。拐杖不美也不招人喜欢，但却能给需要的人提供帮助。

这副拐杖，带有温度。

都不容易

在成年人的世界里，真的没有"容易"二字。山外有山，苦上有苦。

一

早上5：20，闹铃响起。为了多睡一会儿，我前一晚上约好车后就和师傅说好不要提前打电话，5：30我会准时出现在车旁。

从闹铃响到站在师傅车旁只有十分钟，穿衣刷牙洗脸等规定项目无法省略，大小问题也不能回避。从哪里省时间呢？只能是头发！我的头发颇有傲骨，如果不洗，宁愿被梳掉，也不会服贴。于是，干脆不梳！

然而，到了楼下，我却没有看见打着双闪等候的车，路旁的车都在安静休息！给师傅打电话，通了却没人接。是不是订单取消了？翻看订单，也没有取消。于是再次拨打，仍然无人接。难道司机睡过头了？

时间已近5：40，截屏留图后，我准备临时约车。不过，取消订单之前忍不住又拨了一次电话，这次居然有人接了。师傅急急慌慌地说对不起，刚才没听到，车就在我对面。

二

我当时的确有些愤怒，之前截屏订单的目的，也是准备被放鸽子后找公司理论。我来到师傅的车旁，他正在把座位摇直。他说他四点多就到了，太困了，就眯了一会儿，没想到蓝牙耳机掉了。我的愤怒瞬间消失了！我以为我起得比鸡早，但还有比我起得更早的；我以为我辛苦，但比我辛苦的其实多了去了。

我对师傅说，在保证安全的情况下，尽量开快点，我系了安全带，急起急刹没问题。是的，我承认十次事故九次快，但我自己开车比较鸡贼，喜欢在保证安全的前提下用足速度。所以，我对开车肉肉的司机很不感冒，前面都可以塞进一列火车了，也不踩油门！

我们很快就自西向东到达了朝阳门环岛。天色尚早，车辆很少。车左转再左转后就可以进入二环路，一路向北，在东直门进入机场高速，然后就可以高歌猛进了。

三

然而，我突然发现二环路西侧著名的银河 SOHO 居然在我的右手边！显然，方向反了！我们不是北奔机场高速，而是南投建国门而去。我惊呼师傅方向反了，师傅说没有反，您着急，咱就走机场第二高速，更快！

我反驳说不对！白天车多，自然是走第二高速快些，但路程要远不少。而现在是清晨，机场高速无论是望京路段还是五环入口，都不会堵。这我太有经验了。

师傅似乎反应过来了，显然有点慌乱，他说要不从建国门掉头回去。然而，说时迟，那时快，车身已经过了桥洞，如果硬生生切出去，极其危险！而且，在建国门需要"优雅地"绕两个大圈才能向北。于是我说还是走通惠河北路，一路向东，上东五环奔二高吧。

本来我想眯一小觉的，但师傅一直在道歉，为了稳定他的情绪，我就和他东一句西一句地聊天。虽然我已经彻底放下了投诉这档事，但师傅心里可能一直担心，从语气中我能听出来。从医30年了，这点判断力我有。师傅哪里知道，投诉这种事情，我通常是有想法没行动，很多时候到最后一步就算了。因为，作为同是服务业，同是窗口行业的我，深深地知道这是一个999个点赞抵不过1个投诉的年代。

四

我跟师傅说我乘坐的是国航的国内航班，请他把车停在10号门附近，这样很方便在自助机上补打登机牌，师傅欣然答应。估计离机场还三四公里的时候，他就在手机上把单给结了。他说耽误了我的时间，里程上不能让我吃亏。我说路程没关系，因为我在手机导航中已经发现，由于师傅一路狂奔，我们比预计的时

303

间提前了几分钟，以至于我可能还有时间去国航的休息室喝杯免费的饮料。

从某年某月的某一天开始，无论航班的时间点多么不方便，我通常也会选择国航，目的很单纯，就是为了保级金卡。保级的目的，不是为了提前登机，享受报纸靠枕，而是另外两个原因。第一，我喜欢国航休息室里的牛肉面条，有一次我一口气吃了三碗，外加两听啤酒！第二，尽管国航的一个小姐姐说他们的空乘是全民航系最土，但我认识的几个都很漂亮，尤其是很有气质。

正在筹划如何能快速过安检以便有时间去休息室喝杯咖啡的时候，车已经停稳。司机再次向我道歉，我再次表示没有关系。然后，我才发现，师傅停的不是10号门，而是4号门！但是，车已经开走了。

也许是我的四川普通话"四"和"十"不分，但更可能是师傅一直在惦记我会不会投诉而心绪不宁。毕竟，对于一个专车司机，先是睡着了没接电话差点误时，然后是在没有征求乘客同意的情况下绕了远。虽然都不是主观故意的，但理论起来，都是硬伤。

五

安检很是给力，居然给我留出了10分钟时间去休息室，我在前台登记后就直奔咖啡机而去。突然，旁边发出了一声低沉的惊叫——原来，一个男士把另一个男士手里的咖啡给撞飞了。被撞飞者一脸络腮胡，挺魁梧的，有点儿像影视作品中的黑社会老大。

撞人的男士慌乱道歉，络腮胡大手一摆说没有关系，示意撞人者快去登机。但是，从络腮胡的痛苦表情中，我认为其实是有关系的。我本能地从旁边的冰柜里拿了一听冰镇啤酒塞给他，让他尽快冷敷一下，他点头致谢。正当我准备叫不远处的服务员来把洒在地上的咖啡打扫一下时，转过头来才发现，络腮胡自己拿着餐巾纸，蹲在地上擦咖啡沫……

出门在外，都不容易。很多时候，自己的气顺好了，其他事情也许就顺了。

一份盖饭

脱下手术衣，走在街上，医生也是普通人。

昨晚十点多，郝炯大夫突然打电话给我，激动地说："你推荐的尖椒肉丝盖饭，今天又救了我一命！"

我一头雾水。尖椒肉丝盖饭的确是我最爱的吃食之一，但也就能让人填饱肚子而已，哪至于上升到救命？而且，还是"又"？

一

周一，郝炯排了 5 台手术，早上 8 点就进了手术室。前面 4 台一帆风顺，但最后一台遭遇到麻烦。患者是子宫内膜癌，有过 2 次手术的历史，腹腔严重粘连。手术进行了一个多小时才把粘连分开，行话是恢复了解剖。此后进展顺利，但郝炯下手术的时候也差不多 8 点了。

郝炯回到办公室的时候，我还没走，准备给一个网络会议录视频课件。郝炯说他手术的时候还不觉得饿，但和家属交待完病情后，前胸贴后背的感觉刹那间袭来。他说以前明明很扛饿，但最近偶尔有低血糖的感觉。

我开玩笑说，多半和我一样，男性更年期闹的。于是建议他去医院北边的小饭馆，那里的尖椒肉丝盖饭不错，又快又香！

二

　　离开办公室之前，郝炯把几块硬盘硬塞进了小挎包，鼓鼓囊囊的，还提了一口袋的书，说他晚上想将下午的手术录像编辑一下，留着以后教学用。郝炯和我同办公室差不多十年了。私下说，他人比较笨，但还算勤奋，也爱码点文字，编辑点手术录像。

　　我建议郝炯整点啤酒，清暑解渴。尖椒肉丝盖饭加冰镇啤酒，百姓绝配！

三

　　饭馆人不多。郝炯找了个角落的位置坐下。伙计拿来菜单，郝炯看都不看就说要尖椒肉丝盖饭。他又看了看冷藏柜里的啤酒，咽了口唾沫，最后还是将目光移开了。他最近查体甘油三酯偏高，戒酒了，只好要了瓶汽水。

　　盖饭很快就上来了，郝炯风卷残云，很快将血糖恢复到正常值。

　　他满血复活后给我发微信：盖饭不错，救了我命。

　　我回复他：哪是什么尖椒肉丝盖饭救命，明明是饥不择食！吃碗面条，一样杠杠的。扫码结账的时候，郝炯的电话响了，是急诊值班医生打来的。急诊来了一个晚期肿瘤患者，发生大出血。郝炯赶紧抄起布袋子，匆匆走出饭馆。

处理完病人后，刚回到家，就下起了大雨。郝炯觉得头有些晕，简单洗漱，倒头就睡着了。

四

周二早上，郝炯前往长安街南边的医联体医院去做了一台手术，下午回来出专家门诊。郝炯一下午看了40多名患者，六点多才结束门诊。

我也还在办公室没走。昨天很不幸，虽然录了课，但保存的时候电脑死机了，正试图恢复视频文件。

郝炯说，他现在胃里的感觉和昨天差不太多。虽然医院食堂的伙食也不错，但昨天的盖饭太好吃了，再去吃一次！

私下说，郝炯有点轴，爱上一种食物，会吃很多次，直到让他太太发火为止，绝不轻易变换口味。疫情期间，他一个人居然吃了一个月的鸡蛋面条。

五

还是那家饭馆，还是那个位置，还是尖椒肉丝盖饭。

旁边桌上是四个小青年，喝了至少一箱的啤酒，醉醺醺的，自豪感洋溢在每个人的脸上。

郝炯突然有点担心，小青年们可别酒后发飙，伤及无辜。郝炯的担心是有道理的，现在酒后的事情比较多，一不小心就有麻烦。因此，郝炯不敢多看这几个男孩，真怕他们突然来句："你瞅啥？"

六

上盖饭的时间，似乎比头一天长很多，但尖椒肉丝盖饭总算是端上来了。当郝炯将盖饭干掉二分之一的时候，掌柜的来到了桌边，问他："这几天你来这里吃过饭吧？"

郝炯抬起头："哪里是这几天，就是昨天！"

掌柜的继续问："昨天？下午还是晚上？"

郝炯有点奇怪："晚上，就这个时候。"

掌柜的再问："昨天也坐这里？"

郝炯说："是啊！"

掌柜狡黠地笑了一下，有客人喊，他就先招呼去了。旁边四个小青年瞅了掌柜一眼，结账离开了。

郝炯继续干饭。

当盖饭所剩无几的时候，掌柜的又来到郝炯桌前，问："你丢东西了吗？"

郝炯一惊，难道那几个小青年是小偷？手机？没丢。一个装书的袋子，又不值钱。这年月，男人，尤其像郝炯这样的更年期男人，除了手机，还有什么值得人惦记的？

郝炯释然。

掌柜的只好再问："昨天呢？"

郝炯差点被尖椒肉丝噎住。昨天？郝炯猛然一惊，不会是小挎包吧？印象中应该是在家里的，那可是孩子妈妈送的生日礼物！昨天，郝炯将硬盘塞进包里的时候自己还在叨叨，鸡蛋不能放在一个篮子里。这要是丢了，可就要了命了！包里面有他最近三年的手术录像，还有一些文稿材料！

七

果然是这个小挎包！包不大，东西还不少。

我终于明白为什么郝炯说尖椒肉丝盖饭"又"救了他一命。这几块硬盘和 U 盘，真可以说是他的命！

郝炯一边咂吧啤酒，一边继续在电话中发表感言：第一，他从来都没有真正丢过东西，都会失而复得，这大概就是人品。第二，墨菲定律的一种解释是：如果你担心某种情况发生，那么它就更有可能发生。第三，爱一个人，爱一种食物，矢志不渝，轻易别变！

我更加"鄙视"他了，不就一份尖椒肉丝，搞出这么多感悟，实在有点搞笑。更搞笑的是，昨晚的这份尖椒肉丝盖饭让郝炯戒了的啤酒，开戒了。

八

郝炯说他想感谢一下这家店——这倒是应该的。他说他掏出钱包正欲致谢，却被店主婉拒。我笑道，根据你我多年共事的经验，我猜你根本没有掏钱包这个动作。

他没接茬，转而问，那送面锦旗？锦旗是古代的郎中比较喜欢的，写上"华佗再世，妙手回春"之类，大俗大雅。虽然现在医患关系办公室也蛮喜欢，但给一个饭馆写个"拾金不昧"似乎并不会特别提升食品的档次。

于是，郝炯请我帮忙，说好歹我也是有微信公众号的人物。我欣然答应，于是便有此文。

九

发生故事的这家店的名字叫惠八方家常菜，在王府井大街附近，华尔道夫酒店后边的东边——西堂子胡同。

郝炯说，如果逛王府井大街饿了，或者下手术晚了，不妨带着胃口，移步探访。做本地回头客生意的店，除了名气之外，不会比著名大街上的品牌店差。关键的关键，店主人帅气逼人，掌柜的心慈面善。

对了，最后说一句，这个所谓的郝炯大夫，其实就是鄙人。因为实在是尴尬又好笑，就"栽赃"给郝炯了。如果你说这是在故弄玄虚，就未免太认真了。生活很平淡，调个味而已。

遭遇崇拜之后

古人云：德不配位，必有灾殃。接受崇拜，
必须资格足够才行。

一

2019 年元旦后的一个周末，我到延安去做宫颈癌防治的公益科普讲座，正好小同学参加了科学冬令营，于是我邀请他妈妈一起顺道去西安和延安游玩了两天。对秦皇汉武、大唐盛世和前辈伟人顶礼膜拜之后，我们如期启程返京。

机票是我用里程兑换的，对于这种不给航空公司带来新效益的机票，限制颇多。比如位置，可选的多半是飞机尾巴的部分，前部的位置只有中间可选，靠窗和过道基本没戏。除非选择机尾位置，否则我和小同学的妈妈无法选在同一排。但我还是选了飞机前端的中间座位，因为如果遇上颠簸，前端幅度会小一些。而且，区区两小时的航程，不在一排也没啥关系。诗意点儿说，两情若是长久时，又岂在朝朝暮暮？现实点儿说，不坐一起还少了些被批评教育的风险。新潮点儿说，两边都是陌生人，没准儿还有缓解审美疲劳的机会。

二

　　闲言少叙，书归正传。到达咸阳国际机场，进了安检后，离登机时间已然很近，但我还是前往国航的贵宾休息室，要了碗牛肉面。无论航班时间如何不方便，我都坚持选择国航，主要就是为了积累里程和航段，为了能在休息室吃上一碗或几碗面条。

　　正在我低头吃得欢畅的时候，一个温柔的声音在我耳边响起："您是谭老师吧？"

　　我抬起头，努力吞下刚刚送入嘴里的一大筷子面条："是啊……您是？"

　　对方说："您可能不认识我，但我认识您！前段时间还在《人民日报》上看到了您的文章《飞机上，有人捂住了女子的嘴！》，写得真好！"

　　我客气地回答："应该不是在报纸上，是在公众号上。那么长的文章不可能刊登在报纸上。"

　　尽管我说得谦虚，但心里颇为自豪。无论是开通微博和微信公众号成为科普网红，还是和领导们到新媒体大楼集体学习新媒体融合，小同学的妈妈都不是我的粉丝。她总是揶揄我："你写的乱七八糟的东西有人看吗？真的有人粉你？"我通常用这句话作答："熟人眼里无英雄！"这次，我可以用实际的例子告诉她："你看看，数千公里之外，真有粉丝来见哦。你是大写的服，还是小写的服？"

当然，这只是腹语。而且稍显遗憾的是，粉丝是男的。否则，我的嘚瑟程度能至少增加一个数量级！

三

小伙子说他姓马，也是医学院毕业的，目前在一家外企上班，经常看我的公众号文章。此情此景，我觉得很有深聊的必要。然而，刚刚加完微信，广播就通知登机了，只好就此别过。

没想到，小马走到门口又返回来和我说："谭老师，我能不能跟您合张影，没想到在这里能遇到您，我好激动。"

我说："当然可以！"而我更想说的是："其实啊，老师比你还激动！"

小马准备来张自拍，我果断地将他的手机拿了过来，意味深长地递给了小同学的妈妈，让她给我们来几张，多来几张！

然后，我们便各自登机。

四

落座之后我才发现，我旁边，靠过道的14C的主儿，正是小马。我是14B，小同学妈妈在前面一排，13B。左手边靠窗的14A同学登机比较晚，是个和小马差不多年龄的小伙子。他好不容易才在行李架上倒腾出一块地儿，放上行李后挤了进来。

小马和我继续愉快地聊天，我们还自拍了一张合影传给她太太。他太太回复说早就关注了我的公众号，篇篇都看。

看来，无论对于古人还是今人，伟人还是凡人，西安和延安都是风水宝地！

五

一个多小时后，飞机平安降落首都国际机场。

像现在的大兴机场一样，首都机场 T3 航站楼也曾经被夸上了天。但是个人觉得，除了块头儿大、航拍外观漂亮外，它"最傲娇"的地方就是能让你感受机场之大！这不，降落后滑行了半个多小时，高铁都从北京开到了天津，飞机居然还是停在了需要坐摆渡车、没有廊桥的远机位上。

小马个儿高，主动帮我把背包取了下来，随口说了一句，这么沉的包啊。他哪里知道，延安的同行很热情，临走的时候给了我们一箱洛川苹果。我不想办理托运，于是将苹果开箱后塞入双肩背包中。所以，我的背包主要的特点就是：沉！

和小马道别后，我们顺利在网上约到一辆车，上了机场高速。在车上，我还在回味当着小同学妈妈的面被人崇拜的感觉，美妙！

六

车过了温榆桥，我的电话响了起来，陌生号码。虽然我猜十有八九是骚扰电话，但还是按了接听键。当医生的都很"怂"，即使是陌生电话，通常也不敢不接。万一要是和病人或者病情有关呢？

果然不是我熟悉的声音。对方说她是孟女士，前不久曾经邀请我到他们单位讲过课，她问我是不是把东西落在首都机场了。

小同学妈妈惊问是不是忘记拿双肩背了，我说绝不可能！我的双肩背虽然很破略脏——小同学妈妈从来不让它上沙发和椅子，但它几乎装得下我的全部家当！里面有一台我用了七年，已经用顺了，即使键盘已经磨秃了字，但还是一直舍不得换的超级本，还有 4 个装满了课件和手术图片的 U 盘。更重要的是，背包里面还有在西安往返延安的高铁上，在小同学妈妈无可奈何和些许鄙视的目光下，我逐句修改后的 200 多页书稿。

所以，哪里可能掉？我哪里掉得起！司机师傅也说，他刚才的确帮我把背包放到后备箱了，很沉！

七

电话那头的孟女士解释说，有人从首都机场给他的同事杨先生打电话，说在一个背包里发现了杨先生的名片，就打电话问他认不认识一个姓谭的，杨先生没有我的电话号码，于是就给孟女

316

士打了电话。

我想起来了，我几个月前去孟女士单位讲课的时候，杨先生曾给过我一张名片。我没来得及将信息记录在手机上，顺手将名片塞进了背包里。

那么，难道是我拿错了包？不太可能啊，那么沉的包应该是独一无二的。但也真有可能，因为背包不是我自己取的，是小马帮的忙。我在背上之前，在放入后备箱的时候，都没有怀疑过，也没有核实过。

八

我请司机师傅把车靠边。司机师傅很给力，其他车辆也很配合，我们一道一道从高速的最里道并了出来，停在主路与出口之间的紧急停车带上。

我有些紧张，因为紧急停车带其实并不安全，总有不讲规则的鲁莽司机。司机师傅和我一起警惕地到了车后，打开后备箱后，我发现真的拿错包了！从拉链的外观和手感，我就知道人家的才是正宗的瑞士背包，而我的同款则来自某宝。背包里面一个苹果也没有，倒是有一台苹果电脑和一大摞材料，和我的背包一样沉！

我请司机师傅载我们返回首都机场，同时联系上了车上背包的主人。我在第一时间向他道了歉，对方用带着哭腔的声音请求

"大哥"尽快返回机场换包。

为了节省时间，我们约定在出发平台的 2 号门见面。我想，耽误了人家的事儿，总得做些补偿，如果他要进城，我就邀请他上车，反正有空座，比他自己再约车更快。

九

到达首都机场后，我从后备箱取出背包，边打电话边朝 2 号门赶去。结果发现，那个翘首以盼的人，正是坐在我旁边靠窗户的 14A 同学！尽管在飞机上我曾用手戳过他，提醒他用餐，但我们没有说过话。

我再次道歉，并邀他顺便上车进城。他摆手拒绝了，说在机场还有点其他事儿，于是互道青山不改，绿水长流……

十

一切完事之后，我开始复盘。为什么？为什么如此奇葩的事儿居然发生在一向标榜行事谨慎的我的身上？而且，还是在小同学妈妈的面前！痛定思痛，来碗蹄花汤。

首先，凡事不能想当然。我的背包很沉，但这只是特点之一，别人的包也可以很沉。所以，无论是取行李还是过安检，对自己的行李都要反复确认，不能掉以轻心和想当然。还好这次只是拿错了普通的包，要是像传说中那样，被毒贩子故意调包，会直接被就地正法。据说，在东南亚，不怕掉东西，而是怕莫名其妙多了东西。

其次，心情不能过于放松。外出旅行，刚到达陌生地方的时候，警惕性通常较高，返回自己熟悉的地方后，心情就会比较放松。然后，就可能像我一样，阴沟里翻船。

再次，名片不是完全没用。现在见面之后，加个微信似乎一切都搞定了，很少再给名片，但这次正是名片快速提供了线索。虽然各种新媒体层出不穷，但我一直喜欢看、喜欢码传统的文字，所以，我依然坚持"以温暖文字记录一地鸡毛"。

最后，被崇拜是有风险的。作为一个走南闯北的"老江湖"，我居然会遭遇这样一种以前只是听说过的奇葩情况。最主要的原因，大概是被崇拜之后，晕了头，乱了节奏！看来，我只是个普通人；还好，我只是个普通人。

由此可见，"不以物喜，不以己悲"需要多么高的修行！由此可推，小同学妈妈仍然不会粉我，我依旧是被批评、教育和改造的对象……

他和她，让我爱恨交织

关键是他和她到底是谁?

一

端午小长假最后一天，下午 6 点，我从医院旁边的咖啡馆起身，向自行车棚走去，准备与我的那个"她"——电动自行车一起"夫妻双双把家还"。让我有些担心的是，临走时我翻遍了电脑包，也没有找到自行车钥匙。难道是我忘记锁车没有拔出钥匙?好在车是停在医院的车棚，应该没有大事。然而，当我用有门禁功能的一卡通刷开车棚大门，找了几遍后发现，我的电动自行车果然找不到了。

这是小同学上学以来，我们"第三次"丢电动自行车了!

二

第一辆电动自行车是孩子小学入学前两天进入我家门的。当时我还不会骑电动自行车，网上关于电动自行车肇事的血腥视频让我从心里对其很抵触，但对用普通自行车后座捎孩子上学，我心里更是没底儿。

我大学二年级才接触到自行车，虽然刚刚学会骑车就"勇敢"地闯进了双流机场的飞机跑道，但坦白地说，我骑自行车的技术比驾车技术差了几个数量级，还因此被小同学妈妈鄙视过——作为我嘲笑她倒车入库技术的对等报复。

我的确是不争气，第一次骑电动自行车带小同学上学的那天，不得不像老太太一样推着车过马路。不巧，这一场景被一个小师妹看到，人家笑得莞尔嫣然，我却脸上发红。还好我的技术提高迅速，很快就能驾驭自如了。

不幸的是，与我相处不到半年，还没有跑出"纸婚"，"她"就被一个中年妇女给"拐跑"了！

三

那个时候，医院北区的新车棚尚未启用，旧门诊楼还没有拆除，旁边有一个自行车棚，离病房近。

一个周五的早晨，我把小同学送到学校后来到医院，将车停到车棚。下午因为出差参加会议，就直接去了机场。两天后的周日下午，当返回医院后，我发现车丢了。

当时的车棚没有门禁，由一个保安看守。我向医院保卫处报了案，保卫处很重视，让保安队的负责人把我和小同学带到我从来没有到过的，有很多屏幕的综控室，调看监控录像。

四

　　我和小同学一起盯着快速回放的屏幕。他似乎并不心疼，反而有些兴奋——抓贼嘛，总是激动人心的！那辆电动自行车是绿色的，比较靓丽。由于冬天冷，我在后座的扶手上缠上了白色布条，打扮得颇有特点。

　　到底是小同学眼尖，盯着屏幕差不多一个小时后，他在监控显示下午 5 点 15 分的时候，看见电动车被一个中年妇女大摇大摆地骑出了车棚！

　　那时候门诊比较乱，车棚附近有打不尽赶不绝的号贩子。那段时间正好号贩子在全国被严厉打击，我估计是混不下去临时改行了。当然，猜测而已。

　　由于当时监控摄像机的机位和分辨率都有限，始终无法抓取到盗车妇女的正面清晰图像，看来把车找回来的希望很渺茫了。

五

　　回家的路上，小同学低声对我说："爸爸，你就原谅那个小偷阿姨吧。估计她是吃不上饭了才偷车的，我们家好歹比他们家富裕，是吧？"一年级孩子说出这样的话让我很感慨，以至于我不忍用"富贵不能淫，贫贱不能移，威武不能屈"的大道理去打击他的善意，尽管未必妥当。

　　虽然通过监控录像没有找回车，却帮保安系统发现了一些问题——我们从录像中看到，保安大多数时候都是在玩手机，对进出车棚的人看都不看一眼。这一情况保安队负责人当然看到了，他通过医院保卫处和我商量，准备赔我 1 000 元。

我拒绝了。原因之一是连小同学都已经原谅了小偷，我更要大度些才对。更重要的是，如果赔了钱，那个保安肯定要被辞退回老家。血和泪的经验告诉我，在医疗差错或纠纷中，只要没有赔钱，医务人员接受的处理可能会轻些，反之亦然，这可以理解。我让保卫处转告保安队长，我不要这 1 000 块钱，但是请他们不要辞退那个保安，教育他一下，下不为例就可以了。

心痛也好，大方也罢，第一辆电动自行车，就这么"轰轰烈烈"地走了。留下的，只有一个后来匹配不上的充电器。

六

因为送孩子上学的"绝对刚需"，丢车的第二天，我就花 2 800 多大洋买了一辆新的，但换了个牌子，以前的车是氢电，比较沉，换了个锂电的，轻了不少。

吸取教训，我们有了两项改进措施。第一，从靓丽的绿色换成中性的黑色，免得"木秀于林，风必摧之"——不怕贼偷，就怕贼惦记。第二，除了固有的电子锁外，增加了一把铁链子锁——双保险。

每天早上，这辆车伴随我和小同学一起到学校，风雪无阻。

花开花落，我与第二个"她"过了一年，日子平淡如水。

七

一个春天的晚上，我下手术回来晚了，小区的车棚锁门了，我不好意思叫醒看门大爷，就将车放在了楼下。不幸的是，第二天早上发现电池被人偷走了——那个锁电池的锁，防君子不防小人，稍微一掰就开了。

同样由于刚需，我当天下午就去店里买了块新电池，1 350元！店员理直气壮：电动自行车嘛，最贵的当然就是电池，其他部件都是铁架子。

有些心痛，但更心痛的是，换了电池不到半个月，我的第二个"她"，连同怀里的电池，一起被彻底撬走了。"万幸"的是，这次事主换人了——不是我，而是小同学妈妈！

八

那是一个阳光明媚的星期天下午，小同学妈妈骑车去附近商场的一个课外班接小同学回家吃晚饭，但出来后发现电动自行车不见踪影了！

小同学妈妈通常进去喊上小同学就走，两三分钟就会出来，于是就没有锁铁链子锁。那天小同学与伙伴玩高兴了，下课后非要再玩一会儿，这一玩就是半个小时。

　　我照例没有敢批评小同学妈妈，小同学妈妈也照例没有自我批评。作为替代疗伤方案，小同学被妈妈批评了一顿。小同学无辜地看着我，但我除了同情，不能有额外的情感表达，否则画风就会骤然改变了。

　　由于不是在医院而是在公共场合丢的，我们连报案和调监控的地方都找不到。于是，第二个"她"就这样安静地离开了。留下的，又是一个充电器。

九

　　依然由于刚需，第二天我毫不犹豫再次购买了一辆电动自行车。就像老谋子选演员总是选小巩类型一样，我的第三个"她"与第二个一模一样。之所以如此，并不全是因为恋旧，而是这样至少有两个充电器可以轮着用——双充高配，嫁妆到位！而且，除了电子锁和杠锁外，我还在电池上也栓了一个铁链子锁——对"她"如此用心，都是希望天长地久。

　　有点难为情的是，这第三个"她"与前两个还不太一样，我和"她"之间产生了特殊感情。

　　骑前两辆车的时候，由于孩子上学的地方比较近，更由于我和她之间尚在磨合，我坚决反对在车上安装风挡和保暖手套，理由包括会增加车的自重、碍手碍脚、有安全隐患等。随着我和她之间磨合的深入，以及孩子三年级后上学的地方稍微远了些，去年冬天，我终于同意小同学妈妈给车装上了风挡和手套。不仅装上了，甚至春天取下手套后，风挡也仍然保留。因为，我太喜欢"她"披上风挡的扮相了。

我的右侧膝盖曾经在 2007 年援疆的时候因为滑雪受伤打过石膏，结果关节僵硬，一到天冷的时候就疼，需要用止痛药才行。如果注意保暖或者热敷，就会缓解很多。去年冬天，疼了十多年的老寒腿居然一点不疼了。经多方考证，我认为十有八九是风挡的功劳。

十

然而，正当我与"她"的感情如胶似漆的时候，"她"居然又失踪了！这递增一个年级就丢一辆车，速度也太快了。无奈中夹杂愤怒，原因与第一辆及第二辆车不一样——这次我应该能找回来，不可能再让"她"不明不白就走了。

换了第二辆车之后，我把车放到了医院北区的新车棚。虽然新车棚离病房稍微远些，但装备有十多个高清监控摄像头，进出需要凭保卫处授权的门禁卡，可以说是全天候无死角看护。

道高一尺，魔高一丈，如此安全的地方居然也出了问题！

发现车找不到后，我打电话给小同学妈妈，问她是不是提前回家把车骑走了。午饭后他们母子去了大兴的蹦床公园，我则到医院附近赶一件急活。我以"迅雷不及掩耳"之势打断了小同学妈妈即将开启的强力批评模式，说我先去保卫处调看监控，回头再让她继续发挥。

我向保安报告了事情经过，要求调看监控录像。我反复强调，他们一点儿责任都没有，是我自己忘记锁车没拔钥匙。但是，有这么多高科技摄像头，我就不信揪不出这个"顺手牵羊"的家伙。端午假期，进出车棚的人很少，天助我也。

负责人说这次不用去综控室，门卫室里就可以看监控录像。我告诉他们，我是前天也就是端午小长假的第一天上午 10 点左右进入车棚的。因为那天上午，我参加了一场有 22 年缘分的特殊婚礼（参见《三世情缘》）。我是骑车来医院，然后去地库开车的，这点我确信无疑。

十一

实话实说，这个端午假期，我的安排有些凌乱。我 22 年前曾接生过一个 32 周的早产儿，妈妈是心脏病。后来，我和早产儿的父亲成为了很好的朋友，前段时间他短信说 6 月 16 日儿子结婚，邀请我参加婚礼，我毫不犹豫就答应了，后来却发现很有难度。

6 月 16 号我值四线班，24 小时。虽然属于听班性质，前面有一、二、三线三道防线顶着，但一旦有事儿，需要迅速出现在医院。婚礼地点是北六环小汤山，尽管属于北京，但来回却需要不少时间。由于是端午假期，要临时把班换出去很困难，于是我只好给同级别的同事打电话，问他们在不在医院附近，如果在就帮我盯3个小时。终于找到一个金姓的同事能帮上忙，她让我放心去飞，她随时应召。

婚礼的场面很大，估计全村的人都来了。新郎官壮得跟铁塔似的，他老爸更是一如既往地率性，在儿子婚礼上敞开胸怀豪饮。22年前值班时的一次抢救，让40多厘米的早产儿成为了现在1.9米不止的新郎，这段缘分的确让我有些感慨。

十二

由于值班和婚礼的原因，我们只好决定假期的后两天在北京郊区找个地方小玩一下。下午参加完婚礼后，小同学妈妈把我送回医院，就和小同学一起回姥姥家了，我答应第二天一早下班后就回去，与他们一起出发去郊外。

我到学系办公室询问了一下三线医生有无特殊情况后，就到旁边的咖啡馆，把这段婚礼故事整理了出来。然后去附近的小面馆吃了一碗小面后，就回家待命了。可能是因为激动和感慨，我的记忆有一段时间的空白。然而正是这段空白，给我带来了麻烦。

十三

那天晚上，我突然接到了一个电话，问第二天上午到哪里接我，我这才想起漏掉了一件重要的事情。原来，端午假期的第二天上午，在北京东四环有一个小型研讨会，11点多我有发言，但这在我的日历上却没有记载。

我赶紧向小同学妈妈汇报这一特殊情况，小同学妈妈倒是没有说什么，但我听到了小同学的抱怨："这个爸爸真不靠谱，又不能带我出去玩了！"我有些内疚。最后决定，第二天上午会议结束后即刻回家，我们吃完午饭就出发，在郊区的某个农家乐住一个晚上。

十四

不巧的是，端午假期的第二天凌晨，北京下起了大雨。但我被雷雨声惊醒后，却感到了释然——不是我不想出去玩，而是老天不让我们出去啊！我甚至希望这雨不要很快就停了，即使"雨过天晴"也最好是中午之后。

会议结束后，主办方把我直接送回了孩子的姥爷家。现在军队大院管得严，没有门禁卡绝对进不了门。平时我们都是开车进出，刷的是车牌，门禁卡放在车上。下车之后，我打电话让小同学妈妈开车出来接我，没想到小同学自告奋勇要骑小自行车把门禁卡送到大院门口。

作者与儿子，摄于 2018 年

从栅栏门拿到门禁卡进入大院后，我欣喜地发现小同学在自行车上已经比我高出一大截。于是，我请一个正准备开车出门的路人给我们照一张相。他说只能照到背影，我说需要的就是背影。那天恰好是父亲节，我将照片命名为《背影》发到了朋友圈，获得了超过 300 条朋友赞评。

可以说，端午的第一天和第二天，我都是在欢喜中度过的，收获的是满满的爱。第一天是为别人的孩子喜，第二天是为自家孩子喜……然而，晚节不保，端午假期的尾巴上，我痛苦地发现，我的第三个"她"，又离我而去了。

十五

我一边看监控录像一边和保安聊天。尽管我反复强调不要他们负责，但保安还是有些紧张。这可以理解，因为如果是院外的人员进来骑走，他们还是有些说不清楚。

突然，一个可怕的念头冒了出来。要是"临时起意，随手牵羊"的人是本院的，比如临时工，怎么办？尽管我知道这种可能性很小，但是万一呢？我和负责人说，如果真的发现是本院的临时工，就不要报警，我们私下解决。确切地说，只要把车还我就行了。如果公事公办，后果会很严重。

十六

没有费多少时间，我就在10：03的时间点上，看到了一个极其熟悉的身影闪进了车棚！毫无疑问，那就是本尊！画面清晰，连衣服上的褶子都看得清清楚楚。我分明看见我"潇洒地"从车筐中拿出了电脑包，"帅气地"锁上了车，而且是先后锁了电子锁和杠锁，还扭头和一个刚进车棚的同事打了招呼！

我脑袋"轰"的一声，原来不是我没有锁车，我锁车了！这贼到底有几个胆子，居然能使用门禁开门，然后在如此高清的监控下悍然做案？！真是匪夷所思！

我有些兴奋，保安显然紧张了！我撸起了袖子，准备继续看下去。

十七

突然，我大脑中的一个回路瞬间接通了——不是我忘了拔钥匙，而是我记串了一件事儿！

我彻底记起来了。前天下午，我参加完婚礼回到医院，在旁边的咖啡馆整理完文章后，来到车棚，骑着车回家待命。第二天早上下大雨，主办方派车把我从家里直接接走。会议结束后，主办方把我直接送回到孩子姥爷家。我压根儿就没有再把车骑到医院来，此时此刻，我的车应该在家里安睡……

我请保安负责人停止放监控，很不好意思地反复向他们道歉。

十八

　　保安顿时轻松了，我却有些郁闷……爱车"失而复得"，本来应该高兴才对。然而，导致这起乌龙事件的原因，却是因为我的记忆出现差错。

　　我曾经很自豪，别的本事没有，但记忆力真是杠杠的。所以，我的东西可以摆得不整齐，但需要什么，很容易就能找到。我曾经对错别字零容忍，但现在文章中也频频出现错别字，而且自己还感觉不到……而这一切，几乎都是因为年龄的关系。再过几年，我就要知天命了，与而立之年的自己相比，尽管我依然能够倒立，但也已经到达"男性更年期"这一站了……

　　于是，我认为自己对照片《背影》的评论，可以作为这段爱恨交织的端午故事的结尾：一个为生活打拼、后背衬衫发皱、逐渐老去的父亲和一个成长中的阳光少年！

　　好在最后那10个字，可以抹去我所有的疲惫和不快，重新让自己能量满格！

那年，

我差点儿消失在加州一号公路

出门在外，小心为好。因为，人生行至一
定路段，就并不完全属于自己了！

前两天看到一位知名企业家在国外因拍照意外坠落的报道，
有人怀疑背后原因复杂，也有文章澄清说就是意外，而且还原了
现场——一截一边只有一米多高、另外一边却有十几米高的墙！

这种情况在中国也可以见到，比如著名的长城，只不过在爬
上去之前，我们就知道内低外高了。遗憾惋惜的同时，我愿意相
信这是一场意外。因为，2012 年，同样是成年人，在著名的美
国加利福尼亚州一号公路上，我遭遇过类似的危险。

一

那年，我在斯坦福大学做访问学者，三岁半的小朋友和他妈
妈也随同去待了两个月。7 月 25 日，我们从硅谷的帕罗奥图小
镇出发，自驾到蒙特雷半岛的水族馆，在观看了漂亮的水母和鱼
类后，沿着一号公路继续往前行。

加州一号公路被誉为"全球十大最美海岸公路"之一，从北至南连接旧金山与洛杉矶，沿着美国西海岸蜿蜒前进，全长1 000余公里，公路的一边是高耸的海岸山脉，一边是陡峭的悬崖和惊涛拍岸的太平洋。

经过了著名的17英里海滩不久，我远远看见了一座桥，也许就是几年前断裂了的菲佛峡谷大桥（Pfeiffer Canyon Bridge）。正好小朋友说想要尿尿，于是我们在路旁的观景台停下来。喜欢摄影的人都知道，像大桥啊、山峰啊之类的庞然大物，到了近处就照不全了。

我们停下来的时候，观景台上已经有两台车。当时小朋友还不知道害羞，掏出"小型武器"就在灌木旁边开始战斗了。一号公路的观景平台其实就是把路稍微扩宽了一点而已，设施并不完善，不是每个地方都有简易厕所。我好歹是成年人，要解决问题得到小树林里才行，尽管严格来说，后者在美国也属于违法行为。不过，我想去小树林的原因，并不是解决内急，而是"另有所图"！

二

我在观景台上照了一张有大桥的照片。我对角度很不满意，只照到了大桥的一个小角，而且没有近景。如果离开公路远一些，效果肯定就会好些——这才是我进入小树林的真实原因。

离开观景台一段距离后，我又照了几张，但觉得角度仍然不够好，前面的小山包挡住太多。应该再离公路远一些，往树林里

加州一号公路，摄于 2012 年

深一些，靠西边的太平洋更近一些，就可以躲过小山包了。脑袋里这样想着，脚下也不由自主地移动着。当然，手里的相机也不停地"咔嚓"着。

　　逐渐，我完全看不见他们娘儿俩了，欢笑声也逐渐遥远了。终于，在某一次"咔嚓"之后，我对照片基本满意了。树枝作为近景，远处是桥，旁边太平洋，有山有水，还不错！

三

　　然而，也就是这时，我突然感觉脚下空了，几乎快要失去重心！

恰如金庸小说中的武林高手，我本能地往旁边一倒，靠在了旁边的灌木丛上……我这才发现，小路旁边有一段低矮灌木丛是悬空的，下面是 90° 的峭壁，直通惊涛拍岸的太平洋！

就在这时，远处传来了小朋友稚嫩的呼唤声："爸爸，你在哪儿啊？快回来！"

四

尽管很惊险，但当时的我并不是很害怕，或者说没有来得及害怕，而是在返回观景台的路上才觉得后怕！我自己掉下去了也

作者与儿子，摄于 2012 年

就下去了，但他们前往洛杉矶迪士尼乐园的旅途，谁来开车，谁来陪伴？而且，说不定小朋友他妈妈还要到相关部门回答是否受到越洋袭击的质问！这怎能不后怕？

回到观景平台，两辆走马观花的自驾车已经开走了。我用惯常的姿势举着小朋友照了张相，也给他妈妈来了一张。

五

车开过大桥不久，我在另外一个观景点又停了下来。按道理是不应该停车的，因为间隔太短了，车上的人也没有生理需求。但是，我就是想停下来，想停下来回眸一下那处曾经差点让我"彻底蒸发"的峭壁。何况，旁边的确有面朝大海春暖花开的难得景色。

当然，我没有将这些想法告诉小朋友和他妈妈，只是在那个地方又照了几张照片，作为无人知晓的纪念……

他们也是在看到这篇文章的时候，才知道这段有惊无险的故事。

六

其实，喜欢自驾旅行的我的安全意识是很强的。比如，即使在自驾青海九寨的最后时刻，总里程已经飙过 7 700 千米，我也会把最后一千米当成危险路段，直到熄火拔出钥匙为止。然而，这次差点融入太平洋的行为，的确危险至极。所以，尽管我选择了"瞒报"，但内心还是有所反省的。

第一，照相不要太拼。尽管我喜欢摄影，但以后再也不能因为想选个好一点的角度就贸然奔袭了。而且，照得再好，不就是在微博、微信上晒一晒吗？

第二，走路不看景，看景不走路。18年前，和科里的前辈一起去黄果树瀑布的时候，前辈就这样告诫过我们。

第三，不必过分担心。意外意外，就是意料之外的，通常是人力所不能预料和阻挡的。大概真的就像小时候父亲给我们讲过的一样：人啊，该在刀下死，不在剑下亡！

第四，尽管如此，这句话似乎也对："不作死，就不会死"，尤其是在事后诸葛亮们评头论足、总结教训的时候。

最后，无论如何，出门在外，小心为好。

因为，人生行至一定路段，就并不完全属于自己了！

媳妇的三次回家

媳妇是同一个媳妇，变化的，是老家。

一

2000 年，我博士毕业后，重返工作前，和爱人一起到张家界旅游，她主动提出，想回旁边的老家看看。我们认识六年，结婚两年，我还从来没有带她回过老家呢。其实，我是没有勇气带她回去。

老家曾是三峡库区的国家级贫困县，生活条件很差，爱人一直生活在部队大院，肯定难以习惯。不用说北京的女孩，当年从重庆下乡的知青都无法忍受。但是爱人说没关系，不就两三天吗，忍忍就过来了，她说想去看看我小时候生活的地方。

我很感动，也很担心。小时候，老家有个人参军后转业留在城里工作，带城里的媳妇回老家时，住在了县城的招待所，而没有住在家里。这件事儿被添盐加醋、无限放大后，那个人就成了忘本的反面典型。

二

尽管提前反复打了预防针，可以说有了充分的思想准备，但实际情况比我给她讲述的还要糟糕得多。

首先是洗澡。老家属于高寒山区，洗澡是一件奢侈的事儿，尤其是女人。冬天需要等全家人睡了以后，将火塘烧得旺旺的，才用一个大点的木盆，用毛巾蘸着水擦洗。即使是夏天，也是用瓢舀着水洗洗而已。水是从几百米外的井里一担担挑回来的，存放到水缸里，不可能有淋浴条件。

爱人是个很讲卫生的人，可以说到了洁癖的程度，每天不洗个淋浴她是不会睡觉的，我还曾经批评她浪费资源。回到老家后，我唯一能献的殷勤和逼出来的浪漫，就是像某个洗发水广告那样，用水瓢舀水后一点点倒出来，让她能用流水洗头和洗脸，而不用在一家人公用的脸盆里洗。

三

其次是如厕。当时老家的厕所是名副其实的茅坑，和猪圈、牛圈在一起，没有马桶，就是在粪池上搭两个木头而已。上茅房的时候，臭不必说，还有危险，时有掉进茅坑的事故发生。更让人难以招架的是，一群群的苍蝇在身边嗡嗡地飞，直接就往身上撞。而且，如果上茅房技术不佳，粪池里的东西会大面积溅到暴露的关键部位……

我在老家生活了 17 年，上茅房的技术练得炉火纯青，即使离开多年也不会陌生。但是对我爱人而言，这技术难度就太大了，即使有我在旁边牵着手"陪侍"，她也报告不能解决问题。于是，我只好带她到房子后面的小树林，而我则充当光荣的哨兵……

四

再就是睡觉。小时候我住的房间已经没有办法住人了，我们住在大哥家，大哥把最好的房间腾出来给了我们。然而这个最好的房间也没有玻璃窗，窗户是用塑料薄膜蒙起来的，薄膜破损的地方，山风一吹"滋啦滋啦"响。楼板是简易铺设的木头楼板，走路的时候"吱呀吱呀"的。床铺是农村常见的木头架子床，铺了一层稻草当褥子，再铺上一张草席。

当时是夏天，老家的蚊子很多。一到傍晚，一群群的蚊子就围着人嗡嗡直叫，即使挂了蚊帐，蚊子也能从小缝中钻进来叮人。点的蚊香是土制的，像雪茄一样粗，看着很吓人，但效果一般，把人熏得眼泪直流，蚊子却依然上下翻飞。

五

更糟糕的是，作为褥子的稻草里有跳蚤，甚至臭虫。我爱人祖籍南方，皮肤非常好，很招蚊子，是我的天然蚊香——有她在旁边，蚊子都懒得理我！于是，她被老家的蚊子、跳蚤和臭虫轮番轰炸，很快全身红斑点点，抓得伤痕累累，她一晚上都没有睡着，而我已经鼾声如雷——我每次回老家都睡得特别香。

爱人是一个非常能忍耐的人，但第二天早上看着满身的红包，还是忍不住小声地哭了起来。本来准备在老家住两天，但第二天上午给父母和其他已故长辈上完坟后，我借故提前离开了，和爱人去县城招待所开了一个标间。我们到县医院，老同学给她开了些药物，才稍微控制住瘙痒。

六

我们仓皇逃回北京，从首都机场直接去了急诊，甚至使用了激素抗过敏。医生说，要是再来晚些，就可能发生剥脱性皮炎，严重者会死亡。急性期过了以后，爱人脱了一层皮，好几个月才彻底治愈。

这是我第一次带媳妇回老家。她遭受了身体上的痛苦，我遭受了心灵上的打击。我很内疚，也很后怕。回次老家差点出人命，我再也不敢带她回去了，直到整整 16 年后，我才第二次带她回老家。

七

2014 年，老家的生活条件好了很多。当时老家已经划归到黄水国家森林公园，政府鼓励发展乡村旅游。于是，大哥家翻盖房子，我提供了有限的资金帮助，更多的是点子策划，让大哥按快捷酒店的标准建造，同时要让客栈具有文化气息。我帮大哥的客栈取了名字，叫山林故事，因为我热爱那片山林，那里有我的童年、我的回忆。我们以自然故事、农事故事、亲情故事和健康故事四个主题对客栈的客厅、楼道和走廊进行了简单装修，还在后院建立了一个小型的农具博物馆。终于在 2016 年夏天，山林故事客栈正式开业了。

2016 年暑假，我们一家三口到云南自驾游。返回北京途中，我决定带他们顺路回趟老家。我向爱人和小同学保证，洗澡、如厕和住宿三大问题都完全解决了，我自信比北京周边的很多农家乐条件都要好。

老家的自然环境比二十多年前也改善了很多。三峡工程开工后，库区退耕还林政策全面实施，十几年的功夫，就让老家恢复了青山绿水。我第一次离开老家到北京的时候，山是光秃秃的，大点的树都被砍光了。经过这些年的封山育林，山林非常茂密，森林覆盖率达到了国家森林公园的标准，空气清新。

我们住在大哥家的山林故事客栈。房间是"标准的"标准间，窗户是玻璃窗，床垫是席梦思，有独立卫生间，有太阳能热水……唯一不足的是，晚上还是有蚊子，好在我们带了不少花露水。

小同学是第一次回老家，特别兴奋，对老家的印象很好。因为他可以和小伙伴一起玩土，一起疯跑，一起钻树林、掰竹笋、采蘑菇、掏鸟窝、捉黄鳝……住了三天，小同学都不愿意走。他强烈要求，下个暑假一定要带他再回老家。

八

2017 年暑假，我回去参加中学同学毕业 30 年聚会，带着爱人和小同学再次回了趟老家。这次老家的变化就更大了，大得让我难以相信！老家用上了自来水，用上了天然气。最让我吃惊的是，夏天居然没有蚊子了！

原来，当地政府提出了"风情土家，康养石柱"的理念，依托黄水国家森林公园，大力发展特色康养旅游。政府对公路两旁的环境进行了综合整治，填平了房前屋后的污水沟，对每家门前的晒坝进行了水泥硬化，还将猪圈牛栏集中管理。这样一来，老家的卫生状况得到了极大改善，用翻天覆地来形容都不为过。

公路上每 50~100 米会放置一个标准环保垃圾桶，与城里小区的一模一样。每家每户的垃圾不像以前那样乱扔在房前屋后，而是扔进垃圾桶，每天由环卫人员用车收走，集中处理。村里还有专门的公路安全巡视员和保洁员，负责报告公路上的安全状况，并将垃圾（包括烟头）捡起来收到垃圾桶。我回家期间，甚至在路上看不见任何垃圾。这在山区的农村老家，以前是想都不敢想的事儿，而它居然真的发生了！

九

2000 年我第一次带媳妇回老家时，算是带新媳妇回家，我给长辈们准备了红包。我们离开时，长辈们也按当地礼节给爱人回包了红包。然而，推推搡搡之后，我坚持一份都没有收！因为那个时候他们太穷了，我不忍心收，尽管这样会让他们没有面子。

今年暑假回家时，长辈们给小同学包了红包，无论多少，除了让小同学说谢谢之外，我一份都没有拒绝！因为最近几年，他们的生活改善了不少，我不能再伤长辈们的面子。

这就是十多年来，我三次带媳妇回老家感受到的变化。我一直认为，国家从根本上是希望人民过得越来越好的，只是这些政策有的地方执行得好，有的地方打了折扣而已。幸运的是，我的老家——石柱土家族自治县属于前者，我在此手动点赞！

年饭·年夜

> 每个人、每个地方都会过年，但过法可能并不相同。

每逢佳节倍思亲。一过年，就会让我想起小时候老家过年的一些情形。

大年三十，父亲和母亲的分工非常明确。母亲会忙着为全家人准备年饭。老家位于重庆东部的土家族山寨，年饭是在三十的中午，而不是像很多地方那样是晚上。不像北方全家一起包饺子，年饭是全年最丰盛的一顿饭，至少有九道菜。

父亲的任务是修理家里有裂纹的锅，也有时是修理家具或农具，因为按老规矩，正月里是不能动刀的。我通常会津津有味地看着父亲修理东西，就像现在我家小同学会饶有兴趣看我修理东西一样。父亲在年三十总会说，不管一年到头多穷、多累、多苦，都要让全家人好好吃一顿年饭。如果连这点都做不到，就真正是白活一世了。我记得，他说这些的时候，多少有些自豪，这大概是男人的责任吧！

年饭一定要丰盛到无论如何也吃不完的程度，否则就达不到年年有余的意境。年三十这天，主妇们除了要准备年饭外，还要准备出来整个春节期间待客的主要肉食——扣碗，可以是芽菜扣肉、粉蒸肉，或者粉蒸排骨。真是应了那句广告语："功夫是蒸的好"。扣肉中肉的多少和肥瘦是衡量贫富的指标，而猪肉的来源都是自家养的猪。每年腊月里，有条件的人家都会杀过年猪，我认为这是老家农村最有年味的活动之一。过年猪一半边留给自己，另一半边上缴肉联厂。肉联厂收购的价格很低，再供应给城里人。

大概从小学三年级开始，每年过年时我就要承担一项光荣任务——准备纸钱，给已故的先人们拜年。当时的纸钱不是时下那种印刷得精美绝伦、足以乱真的冥币，而是用质量很差，甚至都不能用作厕纸的草纸剪裁而成。在每一摞纸钱上，逐一用毛笔写上已故先人的名字，故先考妣某某，落款自然是我们全家的名字。准备妥当年饭后，母亲会将所有的菜都端上桌子，并根据已故先人的数目，盛上相应碗数的米饭，再摆上筷子，然后由父亲主持拜祭仪式。尽管父亲是个不拘小节的人，但这个时候他都会庄重地邀请老辈子们。

父亲告诉我紧盯筷子，看它们是否会动。他说如果筷子动了，说明老辈子们看得起我们家，来我们家吃年饭了，家人就会受到庇佑，而且还说只有小孩子才能看得见。父亲总是问我看没有看见，有好几年我都向父亲报告说我看见筷子动了。但实际上，除了有一年因为桌子底下馋狗的窜动让筷子动了之外，我没有看见筷子动过。

请完先人后，年饭就可以正式开始了。那个时候觉得什么都好吃，就像自助餐刚开始流行的年代一样，我们小孩子们吃完饭后，撑得走路都有些困难。

吃罢年饭后，小孩子们的任务是拿着写好名字的纸钱，到空旷的地方去烧。父亲说，之所以要在每一沓纸钱写上名字，是怕到时候老辈们分配不均。老家流传着一个段子，说有一家人由于没有人会写字，于是主人只好把纸钱分成一堆一堆的，烧的时候还念念有词，说这一沓是某某的，那一沓是某某的。最后说，您们不要乱抢啊，谁抢谁就是那啥！

烧完纸钱之后，小孩子们就彻底自由了，可以放鞭炮，可以串门乱跑。当年我们放的都是些小得可怜的屁屁炮，与现在那些可以当炮弹的鞭炮完全无法相比，但欢乐程度似乎并不逊色。

大年三十晚上的饭反而非常简单，通常是吃中午的剩饭，或者吃些腊肉拼盘。然后，就是一家人最重大的事件之一——"年度大澡"。

老家海拔有一千多米，冬天非常冷，很多年份积雪两三个月都不融化。暖气自然不会有，房子密封也很差，即使是那些讲究的大姑娘，冬天要洗个澡也是奢侈，需要精心策划。要把火塘烧得很旺，屋里很暖和后才行。如果实在没有条件每个人都洗澡，大年夜每个人至少要洗脚。

洗脚的时候，全家人共用一大盆洗脚水，按长幼顺序一个一个洗，并不换水，如果觉得水凉了，就往里添一些热水。有一次我洗到后面觉得水太脏了，父亲说，只有人能脏水，水哪里会脏人？很长一段时间我认为很有道理，学医之后才否定了父亲的说法。

大年夜洗脚的时候，有一个很特别的规矩，就是不能洗过膝盖。如果洗过了膝盖，就意味着以后到别人家串门的时候，人家的饭已经吃过了，也就没有可能蹭饭了！这在粮食紧缺的年代，可不是玩笑问题。所以，除非脑子有毛病，再爱干净的人，大年夜洗脚也是不会洗过膝盖的。

再然后，就是一家人围着火塘守岁。那时候没有电视，连收音机也没有。父亲和母亲会给我们讲一些关于爷爷奶奶、姥姥姥爷和家族中已故先人的故事，有时也会议论一下邻居，说某某对父母不孝，要遭天打雷劈，不要学他们，诸如此类，年复一年地讲。那时老家没有电灯，冬天天黑得很早，小孩子很难守到12点，有时候在火塘边听着听着就睡着了。即便如此，大人们也不会贸然收拾让孩子们上床睡觉，亘古不变……

初一早上，小孩子们要换上干净的衣服。那个时候，每家的孩子都比较多，多半的人都是捡哥哥姐姐的剩余儿，只有少数富有的家庭，小孩子才有机会穿上全新的衣服。每年的初一，我对作为家中老幺都有些隐隐不快，因为我好像从来没有穿过新衣服。

大年三十和初一，小孩子通常不会挨打，即使犯了非常大的错，都会被大人饶恕。记得有一年的三十，调皮捣蛋上蹿下跳的我将母亲刚做好的足够吃上五六天的一大桶米饭打翻了，依然没有被父亲打屁股。

在老家，从初一到十五的早上都是吃汤圆，没有初一的饺子初二的面这样的说法。煮汤圆需要很旺的火才行，所以每家都会将最好的硬柴留到春节。每年过年前的一两天，父亲会领着我们兄弟几个到自家的山上打柴，捆好以后并不背回来。初一早上吃完早饭后，我们再去把这些柴背回来。不用担心柴会被别人背走，因为每家都有这样的活动，意思是：抱财归家！

抱财归家是初一要做的事情，初一还有一件绝对不能做的事情，那就是倒垃圾！每家每户年三十的时候都会把屋子再收拾一遍，将垃圾都倒掉。老人教育我们，初一倒出去的不是垃圾，那都是财运啊，怎么可以随便外流呢？我曾顽皮地想过，初一那天，是不是连哗哗和噗噗都要尽量避免呢？

2017，我干了一件漂亮的事

源于亲情，源于感恩

一

这一年，我干了一件漂亮的事儿。因为这件事儿，我乘坐时速350千米的复兴号高铁从北京到上海，去领取一个特别的奖项。

"中国最美村镇"评选是由第一财经、中国广播电视社会组织联合会对农广播宣传委员会、中央人民广播电台经济之声等发起的大型公益活动，其中的中国最美村镇50人奖项旨在精神表彰为家乡建设作出贡献的人。

尽管这个奖项听起来与我的职业似乎完全不搭，我却很认可，也很感动。因为，它源于一段感恩亲情的故事。

二

我12岁那年，母亲因为妇科肿瘤离开人世，是两位兄长和乡亲们资助我完成了学业。教育让我脱离了贫困，知识让我改变了命运。因此，即将步入知天命之年的我，希望能有机会用知识、用想法、用行动，去帮助老家的乡亲们。

于是，2017年春天，我三次利用周末从北京回到家乡，帮助老家大哥策划、设计、装饰和推广他新开的乡村客栈。在朋友们的支持下，客栈当年的运营利润就差不多达到了脱贫标准。

所以，这当然是2017年我最有成就的事，是我很长时间想干，却始终没有能力干的事儿。

三

母亲去世时，大哥27岁，二哥17岁，他们自己也很困难，却全力支持我继续上学，帮我实现了从医的愿望，他们是我一生中最感激的人。

三兄弟：大哥（中），二哥（右），摄于2015年

当我因饥饿从学校偷跑回来想辍学时，大哥对我说："弟弟，你不是想当医生吗，回去上学吧！你不上学，家里也富不到哪里去；你上学，家里也穷不到哪里去。我们再想想办法。"

四

客观地说，参加工作之后，逢年过节我也会对两位兄长进行礼节性资助，但限于能力，杯水车薪，效果有限。幸运的是，在"扶贫开发"政策支持下，大哥的乡村客栈开业了。客栈的名字是我帮着取的，我将它取名为山林故事。因为，那片山林，有故乡、有风景、有亲人、有回忆、有牵挂……

我主动承诺对客栈进行简单装饰，希望它带有一些文化气息。因为，据我在很多地方旅游的经验，有文化底蕴的东西，会更吸引人。于是，我利用业余时间，整理出关于山林故事的文案，数易其稿，然后喷绘制做成展板，还请电台的朋友对部分文章进行了配音。我请同学从县摄影协会帮我征集了客栈周围的自然风光照片，在北京进行了冲印。

2017 年 4 月，我将喷绘和洗印好的展板和照片从北京背了回去，和大哥他们一起对客栈进行了布置，还督促侄女为山林故事客栈申请了微信公众号。

五

山林故事分为四个部分。

第一部分是自然风光,以客栈为中心,对周围的自然风景进行简单介绍。老家位于黄水国家森林公园内,风景优美,气候宜人。

第二部分是乡韵农事。在后院建立一个小型农事展览馆,展出当地的农具和生活用具,并建立供小孩子安全玩耍的互动农事项目。

第三部分是温暖亲情,感恩支持我上学的亲人、师友、同学……这些故事已经集结成书——《致母亲:一个协和医生的故事》。

第四部分是健康知识。我将我在电视台做的健康科普节目的10段视频拷到专用电视中循环播放。还在二楼和三楼的楼道中制作了健康知识橱窗,将我在《人民日报》《光明日报》等媒体发表的科普文章放大展示。

作为妇科肿瘤医生和女性健康科普专家,我对第四部分最为用心,因为我希望朋友们能在黄水国家森林公园旅游度假的同时,带回女性健康知识,提醒自己和亲友关注健康。女人是家庭的灵魂,她们的健康,直接关系到整个家庭的幸福和稳定。"没有全民健康就没有全面小康",将健康科普知识融入山林故事中,是我颇为自豪的创意。

六

其实,支持客栈,我除了感恩,也有私心。我希望通过我的这些帮助能使大哥从客栈得到收益，这样我就不需要再资助他了。拔高一点，就是授人以鱼不如授人以渔。

回头看来，这种私心似乎并无不妥。因为，尽管我的帮助源于亲情，却与乡村振兴战略和脱贫攻坚的大政方针相符。在"决胜全面建成小康社会"的关键阶段，作为从大山中走出来的人，我希望能以自己的方式，以小家为起点，以故乡为基点，为实现这一目标做贡献。

事实上，由于客栈的吸引力，不仅让大哥家的收入增加，附近农家乐的客源也增加了，周围卖柴鸡蛋、卖西瓜、卖蘑菇和其他土特产的老乡的收入也有所增加。而且，老家卫生环境也改善了不少，可以说带动效应挺明显的。

当然，与其他带动全村、全乡，甚至全县人民致富的大老板和成功企业家相比，我的工作微不足道。然而，作为一名普通医生，我已经尽力了。我想，如果更多有热情、有想法、有资源、有家乡情怀的人一起努力，脱贫致富的目标就更容易实现。

也许，这番话会遭到一些人的嘲讽，但它是我的真心话。只有做了，才知道做事的不易。只有做了，才知道做事的价值。也许，这些事会被指不务正业，但我并在乎，无怨无悔。文章题目最初为《2017，我在前线》，意寓在国家脱贫攻坚战场的前线，有我这样一枚小小的战士。

为了家乡，为了明天。

后记

与病共舞，写作疗愈

　　校完《协和妇产科医生手记》样书的最后一个标点，我被自己感动了。并非因为书的内容真有多好，而是因为书稿的编排是在我成为病人之后完成的。

　　2021 年 11 月中旬，刚过知天命之年的我，与耳鸣（外界无声音但耳朵里有声音）不期而遇。最初我并不在意，以为是前一周大手术做得多了些，休息不好的缘故，过几天自然就好了。然而，耳鸣越来越重，响度越来越大，我终于去看了医生，被诊断为感应神经性耳鸣，可能与小时候用链霉素或庆大霉素过多损伤了高频听力有关。网上各种说法都有，多半令人沮丧，说高频耳鸣是无法治愈的世界顽疾，曾经让贝多芬耳聋，还让一些人因此而自绝等等。

　　尽管如此，我还是开始接受治疗，输液、吃药。医生告诉我，不要去想它，忽略它，好好睡觉，会有所缓解。但问题是，越是夜深人静的时候，耳鸣的声音越大，让人心烦意乱，无法合眼。治疗两周之后，一点效果也没有。在经历了又一个完全失眠的长夜后，我写下了几句话："耳若鸣蝉，意乱神烦。彻夜难眠，如坐针毡。"

但是工作还得继续。我以前总不理解那些带病坚持工作，最后倒在工作岗位上的报道，还认为这是对患者的不负责。然而，当自己成为病人后我才发现，很多时候带病坚持工作多半是迫不得已——自己约的门诊病人，得自己去看；自己排好的手术，得自己去做。一个萝卜一个坑儿，每人都有自己的事。

于是我咬牙坚持，并开始接受每周3次的针灸治疗，同时继续看不同朋友推荐的医生。每换一个医生，就有不同的说法，就会开出不同的药物。有一段时间，我真的是吃药比吃饭还多。最后因服药后肝功能出现问题，只得停药……

在希望、失望、绝望交替中挣扎了2个月之后，我写下了12个字：连续失眠，生无可恋，但还得活。是啊，我这个年龄，还不能说走就走，家庭还要维持，孩子还要上学，病人还需要我。当然，我知道最后一点完全是杞人忧天——医生多了去了，没有我，其他医生照样治病救人。

耳鸣引发失眠，失眠引发焦虑，焦虑加重耳鸣，循环往复，螺旋上升，几乎把我逼到了崩溃的边缘。我没有想过，也没有胆量自绝于人民，但是我担心连续的失眠会导致心脑血管事件的发生，早晚而已。我只是希望，倒下的地点是在工作岗位上。这样自媒体同行写追思文字的时候，才可以说这家伙是被"累"死的，而不是因为小小的、旁人根本不知道的耳鸣。

春节期间，耳鸣导致的痛苦达到了巅峰状态，我也不想再吃任何药物了。我与孩子妈妈正式谈了两次话，做了一些交代和安排。她让我不要乱想，鼓励我坚持治疗，一定会好起来；我将家和办公室都进行了收拾，将重要文件进行了归类，将相关的密码写在了备忘录上；和老家亲人通了电话，告诉他们我可能再也没有能力帮他们了……

我一直没有在儿子面前谈论过我的耳鸣和它引发的痛苦，我担心影响他的情绪，因为他还是个懵懵懂懂的青春少年。但是，在我最难受的那天，我把儿子叫到我的房间，简单地把情况给他说了一下，我尽量平静地告诉他："爸爸在12岁的时候失去了你奶奶，你可能要在同样的年龄失去爸爸了。"我要他乖，要他坚强，要他学会照顾自己，要他好好保护妈妈……儿子噙着泪水，点了点头。

儿子出去后，我抱着枕头，痛哭了一场。

我尽量减少工作量，但我知道这样下去，早晚会出差错，甚至事故，于是我向病房前辈和科室领导说明了情况。他们非常理解，同意我停掉对外门诊，只看以前预约的患者。我停掉大型的恶性肿瘤手术，只做中小手术，推掉了领导给我安排的一项国家级科研项目，辞掉了领导让我负责和附近一家医院进行医联体合作的任务。

当然，我推掉了一切会议和讲课，甚至线上讲课；停止了对很多朋友医疗求助的响应；停更了微博、微信公众号和朋友圈，7 000多条微信从未被点开……我按医嘱练瑜伽、冥想、走路、戒烟（本来也不抽烟）、戒酒、戒咖啡、戒色（本来也不好色）……

度日如年，度夜如年！

直到有一天，一位以前在科普传播活动中认识的领导给我打电话，直接问我是不是遭遇了什么大事，因为一向活跃的我，3个月没有任何动静。我如实向她讲述了我的情况，她和我整整通了1个小时的电话，让我不要抗拒药物，要接纳耳鸣，与它共存。她让我把耳鸣当成父母给我的一份特殊礼物，一首特殊的天籁之音，一首清风拂面的摇篮曲，伴我生活、伴我工作、伴我入眠。她还建议："你不是喜欢写东西吗？就继续写作吧，写给自己，写给朋友，觉得合适就分享出来。"她说写作是一种很好的疗愈手段。

于是，我把2年前交给编辑，但后来又暂不想出版的书稿要了回来。当时拟定的书名是《三色五味：一个男妇产科医生的八卦记事》。在整理修改中发现，以前自己没有当过病人的时候，有些文章有无病呻吟之嫌，有些文章的语气并不恰当。自己当了病人之后，才知道什么叫做病急乱投医，什么叫救命稻草，什么叫希望、失望和绝望，什么叫"医无戏言"——医生无意间的只言片语，都能在患者心中激起狂风巨浪。于是，我和出版社编辑老师商量，把"八卦"二字去掉，增删了一些内容，并将书名初步定为《协和妇产科医生手记》。

是啊，自己从医生变成病人，角色转换之后，才发现病人多么不容易，尤其是普通病人。我其实算特殊病人——虽然级别不高，但由于年资高，在医院工作了近30年，很多时候都能受到"刷脸"关照；还有，我只是耳鸣，生活质量受到影响而已，与那些生命剩余时间只有数天、数十天或者数个月的晚期癌症患者相比，我没有理由绝望。于是，我继续增删修改文章，同时开始听与耳鸣同频的音乐来进行类似于审美疲劳的"习服治疗"。

"五一"节之后，我整理完毕书稿，虽然耳鸣依旧，但它带给我的影响已经小了很多，每日4公里的健步走让我的体力完全恢复。于是，我恢复了对外门诊挂号，恢复了安排妇科恶性肿瘤手术，并重新开始发朋友圈。现在书即将出版了，耳鸣仍然时轻时重。这个世界，有些东西，我们必须接纳，我已经做好了与耳鸣和平共处的准备，也准备继续以写作来疗愈它给我带来的伤痛。

《协和妇产科医生手记》为非虚构医学人文作品，也许会有续集，但也许不会。因为，鉴于行业规矩和从医准则，有些故事目前或者永远不能写出来。也许未来我会以小说的形式呈现某些故事，以第三视角讲述，会自由许多。

再次感谢编辑老师们的辛苦劳动，再次感谢前辈专家和朋友们的鼎力支持。特别感谢样书出来后友情校稿的5位北京协和医学院的在读博士研究生，他们是寿逸莳、林剑峰、陶吟杰、焦蕤、鲍石。

最后，感谢有缘读到这里的您。

名家点评

妇产科医生是为女性生殖健康保驾护航的专业人员，关爱女性、保护母亲，帮助她们完成生育任务和缓解病痛是妇产科医生的职责。成熟的妇产科医生无一不是身经百战、历经艰险，这一过程非常值得记录，遗憾的是很少有人记录。所幸，谭大夫的勤奋书写，让我们能在这里读到女性朋友关心的话题，读到妇产科医生的成长，还读到医学的温度。

——乔杰（中国工程院院士，北京大学常务副校长，

医学部主任）

20多年前，我写完描述北京协和医院妇产科主任郎景和先生的文章，停笔时，万分惆怅。忧虑像郎先生这样的医学圣手（精湛的医术叠加极好的文笔），今后还可再现江湖？现在，读到郎院士的学生谭先杰医生的新作《协和妇产科医生手记》后，深感欣喜宽慰！从本书中，您可以触摸到一颗炙热跳动的仁爱之心，真切感受医学中历久弥新的暖意，欣赏到真挚精彩的文字，还可领略妇产科领域广博的知识。相信您在全神贯注的阅读之后，收获巨大。

——毕淑敏（国家一级作家，内科医师，注册心理咨询师）

这是一本非常值得一读的医学人文好书。我始终相信字如其人，文如其人，只有好人才能写出好文。谭教授的老家石柱土家族自治县与我的老家相邻，曾是全国最贫困的县之一，是总书记2019年4月前往考察的地方。谭教授因少年时母亲因妇科肿瘤病逝而立志从医，在党和政府的关怀下完成了学业，又通过奋斗让梦想一路花开，进入中国最顶级的医院——北京协和医院，最终选择妇科肿瘤作为终身专业。为了更广大妇女的利益，他在扎根临床工作的同时，致力于女性健康科普知识的传播，还像他的老师郎景和院士一样，重视医学人文。《协和妇产科医生手记》不仅将谭教授与病人之间互信互助的感人故事娓娓道来，而且温馨提醒了女性应该注意的健康问题，也记录了他所经历的时代变化和成长历程。读完《协和妇产科医生手记》，有感而发：最穷山区放牛娃，北京协和大专家。天翻地覆人生路，从医初心源于她。醉心科普为女性，植根临床花自发。妇科大夫著手记，医者仁心传佳话。

——袁钟（中国协和医科大学出版社原社长）

先杰大夫是北京协和医院有名的双枪将，柳叶刀、鹅毛笔双双出岫。柳叶刀，解除患者病痛，鹅毛笔，抚慰万家疾苦。不止于此，刀和笔都是对自己躯体、心灵的纯化与净化，因此，虽然他"见惯了"人间悲喜剧，依然对人类苦难保持那份不可遏制的敏感与敏锐，悉心相助，不留余力。读他写的《协和妇产科医生手记》，每一页都能品味到生命的张力弥漫氤氲，有一份人格魅力汩汩流淌在字里行间，难以言说，分不清几分是悲悯，几分是敬畏，却能分清那是满满的爱怜。

——王一方（北京大学医学部医学人文学院教授）

先杰大夫手里有刀，手里也有笔，有笔如刀，以笔写刀，笔笔见心见性，呈现一个完整的活生生的医生。

——冯唐（北京协和医学院妇科肿瘤博士，畅销书作家）

《协和妇产科医生手记》是一位医生的珍贵的沉淀和回味。一位医生，足够专业，足够感性，但又要足够会写，几乎是"不可能三角"，但这本书完成了。它不是泛谈"理想"，也不是简单地记录伤痕和勋章，而是充满了细节、专业、温情，像是作者脱掉了白大褂和你聊天，娓娓道来，时而严肃时而诙谐。作者比你想象得更加感性，他记住的细节也比你想象的多，有许多不为人知的纠结和艰难时刻。在当今医患关系上，患者那一边的故事我们听了很多，但是医生因为种种原因，经常沉默。从这个意义上说，这也是一本"理解万岁"的非常及时难得的手记。

——王晓磊（"六神磊磊读金庸"公众号主理人）